Geração 90:
manuscritos de computador

© desta edição, Boitempo Editorial, 2001
© da organização, Nelson de Oliveira, 2001

Coordenação editorial: Ivana Jinkings
Capa: Nelson de Oliveira
Preparação: Sandra Regina de Souza
Revisão: Daniela Jinkings, Joana Canêdo, Maria Gutierrez
Editoração eletrônica: Gizele Santos & Ary Olinisky
Produção gráfica: Livia Campos

Nota da editora: durante a seleção dos autores que integram esta antologia jamais chegou a ser cogitado, por motivos óbvios, o nome de Nelson de Oliveira, contista, romancista e ensaísta com trabalhos publicados em diversos jornais e revistas do Brasil e do exterior.

CIP-BRASIL. CATALOGAÇÃO NA PUBLICAÇÃO
SINDICATO NACIONAL DOS EDITORES DE LIVROS, RJ

G311

Geração 90 : manuscritos de computador / [organização Nelson de Oliveira]. - 1. ed. rev. -São Paulo : Boitempo, 2013.
266 p.

ISBN 978-85-85934-87-3

1. Conto brasileiro. I. Título.

13-00823
CDD: 869.93
CDU: 821.134.3(81)-3

É vedada a reprodução de qualquer parte deste livro sem a expressa autorização da editora.

Este livro atende às normas do acordo ortográfico em vigor desde janeiro de 2009

1ª edição: agosto de 2001; 1ª reimpressão: janeiro de 2008
1ª edição revista: maio de 2013

BOITEMPO EDITORIAL
Jinkings Editores Associados Ltda.
Rua Pereira Leite, 373
05442-000 São Paulo SP
Tel./fax: (11) 3875-7250 / 3872-6869
editor@boitempoeditorial.com.br | www.boitempoeditorial.com.br
www.blogdaboitempo.com.br | www.facebook.com/boitempo
www.twitter.com/editoraboitempo | www.youtube.com/imprensaboitempo

Geração 90: manuscritos de computador

*Os melhores contistas brasileiros
surgidos no final do século XX*

Organização:
Nelson de Oliveira

EDITORIAL

Nelson de Oliveira nasceu em 1966, em Guaíra (SP). Diretor de arte, publicou *Fábulas* (contos, 1995), *Os saltitantes seres da lua* (contos, 1997), *Quem é quem nesse vaivém?* (novela infantil, 1998), *Naquela época tínhamos um gato* (contos, 1998), *Treze* (contos, 1999), *Subsolo infinito* (romance, 2000), *Às moscas, armas!* (contos, 2000), *O leão que achava que era domador* (conto infantil, 2001), *O sumiço das palavras* (novela infantil, 2001) e *O filho do Crucificado* (contos, 2001). Participou da antologia *Dois zero zero zero*, da Komedi (2000). Dos prêmios que recebeu destacam-se o Casa de las Américas (1995) e o da Fundação Cultural da Bahia (1996).

Sumário

7   **Oliveira, Nelson de**
Apresentação: Contistas do fim do mundo

15   **Aquino, Marçal**
Epitáfio
Dia dos namorados
Rancor
Monk
Carta
Epígrafe

29   **Barbosa, Amilcar Bettega**
Teatro dos bonecos

41   **Bonassi, Fernando**
Violência e Paixão

53   **Carrascoza, João**
Travessia
Duas tardes

71   **Fantini, Sérgio**
Suíte bar

83   **Figueiredo, Rubens**
Céu negro

103   **Freire, Marcelino**
Purpurina cega
Linha do tiro
A ponte, o horizonte

117   **Martins, Altair**
Sol na chuva à noite

135   **Melo, João Batista**
O colecionador de sombras

149 Mirisola, Marcelo
A mulher de trinta e oito
Tigelão de açaí
Malamud

163 Moscovich, Cíntia
Os laços e os nós, os brancos e os azuis
Fantasia-improviso

183 Pieiro, Jorge
Janela
O mágico
Não deveria manchar de sangue esta página
Noite manchada com nanquim
Tiara de algodão
Luto anônimo
Borboleta
Sem título
Gêiser
Encanto

197 Pinheiro, Mauro
A primeira semana depois do fim
O caminhante
Carla

209 Ribeiro, Carlos
Imagens urbanas

223 Ruffato, Luiz
O ataque

239 Salgueiro, Pedro
Autobiografia com giz
Abismo
Quase noite
A profecia
Madrugada
O jogo de damas
Acontecimento

253 Volpato, Cadão
Azul real lavável
O carimbo de uma coisa livre
Irene Fumetti
O maiô de freira
O baile dos tímidos

CONTISTAS DO FIM DO MUNDO

Esta antologia é a realização de um projeto muito caro a mim: o mapeamento das minhas origens, o encontro com os irmãos de sangue e de ringue que eu só conhecia de fama – todos faixas-pretas do boxe, ao menos segundo Cortázar: "Meus filhos, diferente da novela, que vence o leitor por pontos, o conto deve vencer sempre por nocaute". Pegos na curva do milênio, quis o destino que nos encontrássemos neste fim de mundo, o Brasil, exatamente quando os juízes do dia do Juízo Final já anunciavam, indecisos, ora o fim dos tempos ora o início da era de Aquário. Os contos inéditos aqui reunidos são as flores do mal e do bem (a palavra grega *anthología* significa *seleção de flores*) do florilégio de uma época.

Conto com ponto br

Falar da Geração 90, dos contistas que estrearam e se firmaram na última década do século XX, é ter obrigatoriamente de falar da Geração 70, que produziu e viveu a primeira grande explosão do conto no Brasil. Se perguntarem a qualquer contista desta antologia quais os autores que fizeram sua cabeça na adolescência, fatalmente ouvirão: José J. Veiga, Lygia Fagundes Telles, Rubem Fonseca, Dalton Trevisan, Sérgio Sant'Anna, João Antônio, Roberto Drummond – os papas da Geração 70, do *boom* do conto brasileiro.

Reverência ingênua? Nem pensar. Não se trata de maneira nenhuma de epigonismo. Os contistas aqui reunidos aprenderam com os mestres a desdenhar dos caminhos já abertos, e abriram, por sua conta e risco, as próprias picadas. Por mais que eu não possa falar de uma segunda grande explosão do conto na década de 90 – afinal pouco se vendeu dos livros destes jovens autores, quase nada foi editado em outros países –, no quesito originalidade os contistas da Geração 90 não deixam nada a desejar quando comparados aos veteranos citados.

Longe da máquina de escrever – do homem na lua, do Brasil tricampeão mundial de futebol, do fim dos Beatles, da derrota dos EUA na Guerra do Vietnã, da morte na prisão do jornalista Vladimir Herzog, da posse de Figueiredo (no Brasil) e de Margareth Tatcher (na Inglaterra), do auge da Guerra Fria, da eleição do socialista Miterrand para a presidência da França e, enfim, longe do *boom* do conto brasileiro – mas colados no computador – na queda do Muro de Berlim, no fim da Guerra Fria e do comunismo, na volta dos Beatles, no apogeu e na queda de Collor, na popularização do *personal computer*, da Internet e do e-mail, no Brasil tetracampeão mundial de futebol, na globalização, na clonagem da ovelha Dolly, no mapeamento do genoma humano –, os novos contistas mantiveram e aprimoraram as conquistas estéticas dos que os precederam. E podia ser diferente? Um vagalhão tecnológico levou de roldão a moçada que começou a escrever há quinze, vinte anos. Todos acabaram vendo, de uma forma ou de outra, novos sinais do Dia da Ira. O conto passou do *boom* ao *new boom* – menor, porém tão interessante quanto – ao mesmo tempo em que os contistas deixavam de rascunhar à mão e passavam a rascunhar no próprio computador.

Na década de 90, a quantidade ajudou a fazer a qualidade: segundo estatísticas, publicou-se um número duas vezes maior de coletâneas de estreantes nesta do que na de 70. Daí a impressão que se tem de que, para o leitor interessado, foi muito mais fácil manter-se a par de todos os lançamentos dos anos 70 do que dos 90. É claro que a explosão de novos títulos podia ter sido muito maior, não fossem a censura e o punho de ferro dos militares, num lado da moeda, e, no outro, as sequelas dos primeiros planos econômicos (Cruzado I, Cruzado II, Bresser, Verão, Collor I e II) que tentaram pôr cabresto num processo inflacionário então para lá de furioso.

O suprassumo da Geração 90

Dos mais de cinquenta bons contistas que estrearam na década de 90, muitos, mesmo não fazendo parte desta antologia, têm obrigatoriamente de ser citados: Ademir Assunção, Airton Paschoa, Aleilton Fonseca, Antônio Fernando Borges, Bernardo Carvalho, Claudia Lage, Fernanda Benevides de Carvalho, Geraldo Lima, José Mucinho, Mayrant Gallo, Michel Laub, Pólita Gonçalvez, Ronaldo Bressane, Sérgio Rodrigues e Tércia Montenegro. Contistas que, apesar de terem lançado até agora uma única coletânea, merecem que fiquemos atentos à sua produção futura, século XXI afora.

De todos os contistas que fizeram da década de 90 outro momento de ouro do gênero no Brasil separei dezessete, justamente os que publicaram, a meu ver, o que de melhor se leu no final do século XX: Altair Martins, Amilcar Bettega Barbosa, Cadão Volpato, Carlos Ribeiro, Cíntia Moscovich, Fernando Bonassi, João Anzanello Carrascoza, João Batista Melo, Jorge Pieiro, Luiz Ruffato, Marçal Aquino, Marcelino Freire, Marcelo Mirisola, Mauro Pinheiro, Pedro Salgueiro, Rubens Figueiredo e Sérgio Fantini.

Vale a pena ressaltar que esta é a primeira geração de escritores cuja infância foi bombardeada pelo veículo de comunicação mais agressivo do planeta: a televisão. Se o leitor procurar com cuidado vai encontrar no imaginário dessa moçada, e consequentemente nos seus textos, as pinceladas rupestres aplicadas pela tela da tevê: cenas de Vila Sésamo, Jornada nas estrelas, Os três Patetas, Repórter Esso e Beto Rockefeller, recortadas, rasuradas, recicladas.

Linhas imaginárias

Mas estou falando da passagem do século XX para o XXI como se de fato tivéssemos cruzado uma linha real, traçada com giz a meio metro do chão. Se a primeira semana de 2001 foi em tudo idêntica à última de 2000, por que continuar imaginando que algo de novo acabou de nascer: uma nova etapa para o gênero humano? Não é isso o que a Geração 90 pensa: seus contos rejeitam a inércia banal tanto do tempo cósmico quanto do humano e imprimem movimento onde o senso comum, mancomunado quer com as ampulhetas quer com as absolutas estrelas, prefere o repouso.

Humana, demasiado humana, é claro que a ficção desses autores tem fixação pelas picuinhas do planeta Terra. Mas nas entrelinhas viceja a poeira do cosmo (que, em contrapartida, está se lixando para o fato). O universo – este amontoado de estrelas e galáxias que, no mais das vezes, não dá a mínima para o gênero humano – insiste em manter o monótono ciclo de sístole e diástole que o caracteriza desde que se fez presente, enquanto na Terra tudo corre à velocidade da luz. Principalmente a literatura brasileira.

O cosmo não é democrático, não aceita opiniões contrárias e muito menos dissidentes. Não está interessado na própria cotação no Ibope. Quer mais é continuar girando em torno do próprio umbigo, o resto que se dane, os insatisfeitos que se mudem. É em torno desse dilema que gira o novo conto brasileiro. A prosa curta da Geração 90 ora aceita, ora rejeita a relação sublime e absurda que há entre o homem e a natureza. Razão pela qual para muitos destes contistas a rubrica *Geração 90* chega a causar asco. Afinal, o universo não está em constante mutação, como querem os sábios chineses de barbicha ideogramática. Seu andar é monocórdio e repetitivo, diferente da Terra, em que tudo risca o ar em descargas de elétrons. Mas dividir a corrente do tempo humano, contínua e caudalosa, em pequenas frações regulares – dias, meses, anos e séculos – nos dá a sensação de conforto que, no campo da arte, nunca é bem-vinda. Tal sensação condiz mais com a paz tumular do cosmo, déspota pouco esclarecido para o qual qualquer divisão de tempo não infinita é uma falácia.

É contra a inércia do cidadão comum, preso a relógios e calendários, fases da lua e da Via Láctea, que teimam em lutar (por Zeus, ainda?!) os jovens. O que vocês, leitores, têm nas mãos, é a droga mais poderosa já produzida pelo intelecto: nacos de arte. Os contos aqui reunidos nos levantam do chão e fazem picadinho do aparato mecânico que mantém sempre azeitada a máquina do mundo. O resultado é quase sempre lágrimas e ranger de dentes. A boa literatura derruba fronteiras reais e imaginárias, gráficos e tabelas.

Uma dama e 16 cavalheiros do Apocalipse

Esta não é a antologia dos melhores contos da década de 90, mas dos melhores contistas surgidos na década de 90. O que não significa que as narrativas ora apresentadas não possam ser incluídas entre as melhores que essa moçada já produziu. Dos contos, nada pretendo falar – uma epifania não deve ser descrita, mas vivenciada –, o que tiver de ser dito, o que tiver de ser mostrado, eles mesmos darão cabo disso. E o farão por meio de um entranhamento no singular, no ser humano, nesse elo partido entre Deus e o diabo.

Também sobre os contistas, isoladamente, bobagem gastar saliva: são artífices de seu tempo, em conluio com a economia cinematográfica (Aquino, Bonassi), com o erotismo obsessivo e desregrado (Mirisola), com o lirismo que subjaz no cotidiano (Carrascoza, Figueiredo, Moscovich), com o mágico e o grotesco (Barbosa, Pieiro, Pinheiro, Salgueiro), com as neuroses urbanas (Melo, Ribeiro), com o engajamento social (Ruffato), com a cadência da poesia (Freire, Martins), com os desvãos miúdos do cidadão comum (Fantini, Volpato).

Nada sobre os contos, nada sobre os contistas. Mas a respeito do conjunto, algumas conclusões devem ser tiradas:

grosso modo, a presença de uma única contista já diz tudo. O que se vê, quando se olha para a década de 90, é a predominância, no panorama do conto brasileiro, do homem branco de classe média, heterossexual e europeizado.

Os excêntricos, os que são mantidos fora do centro onde as grandes decisões são tomadas – a mulher, o negro, o índio, o favelado, o homossexual – ainda não conquistaram o merecido espaço. Não vicejou, nos anos 90, o conto indígena e o conto afro-brasileiro, semântica e sintaticamente diverso do conto do colonizador branco. O conto do favelado também não deu as caras – não tivemos uma Carolina Maria de Jesus (*Quarto de despejo*) ou um Paulo Lins (*Cidade de Deus*) na narrativa curta. O conto feminino manteve o pequeno espaço conquistado décadas atrás por Clarice Lispector, Lygia Fagundes Telles, Hilda Hilst, Márcia Denser e Lya Luft. O conto GLS ameaçou ocupar seu lugar de direito, mas recuou. No geral o que se viu foi o autor homossexual ainda ocultando-se atrás da voz e da postura heterossexuais impostas pelo senso comum. Há ainda um tipo de excêntrico muito caro a pensadores como Foucault, capaz de obras-primas quando lhe dão espaço, que também ficou de fora: o esquizofrênico. O fenômeno Maura Lopes Cançado (*O sofredor do ver*) não se repetiu na década de 90.

Tudo isso me faz pensar se a própria literatura não seria uma forma de arte restrita aos donos do poder e aos que vivem sob sua guarda, uma vez que, já na base, o domínio da linguagem escrita pressupõe o processo de alfabetização a que os menos favorecidos não têm acesso. Das duas uma, ou os excêntricos nada têm a dizer por intermédio da literatura – preferindo, antes, a música, o cinema, o teatro e as artes plásticas – ou a literatura não é tão democrática como imaginamos. Mas essa já é outra história: uma briga muito longa, que terá de ser vencida por pontos, longe destas páginas.

Um por todos

Agradeço a Ivana Jinkings por ter aberto as portas de sua editora e topado participar da realização deste projeto. O risco é grande, como é grande o risco de toda empreitada literária neste maravilhoso fim de mundo tropical. Agradeço também a Luiz Ruffato, que me convenceu de que a concretização deste antigo desejo – o retrato dos contistas que deram rosto à década de 90 – era algo factível, e a Marcelino Freire, pelo título da antologia. Agradeço, ainda, aos colegas de ofício que me ajudaram a pular os muros – altíssimos! – que separam culturalmente as regiões do nosso país. Sem a ajuda deles – e particularmente do editor e escritor Walmor Santos –, eu não teria tido sucesso em descobrir os bons autores que a má distribuição não deixa chegar até nós, paulistas. Para o bem e para o mal, vivemos numa nação de nações.

Nelson de Oliveira

Marçal Aquino

Marçal Aquino nasceu em 1958, em Amparo (SP). Jornalista e roteirista de cinema, publicou *Por bares nunca dantes naufragados* (poemas, 1985), *A turma da rua 15* (novela juvenil, 1989), *As fomes de setembro* (contos, 1991), *O jogo do camaleão* (novela juvenil, 1992), *O mistério da cidade--fantasma* (novela juvenil, 1994), *Miss Danúbio* (contos, 1994), *O primeiro amor e outros perigos* (novela juvenil, 1996) e *O amor e outros objetos pontiagudos* (contos, 1999). Tem no prelo *Faroestes* (contos, 2001). Dos prêmios que recebeu destacam-se o da 5ª Bienal Nestlé de Literatura (1991) e o Prêmio Jabuti de 2000, ambos na categoria conto.

EPITÁFIO

O homem disse: "Não sei se eu vou conseguir viver sem isso".

Estavam no mato, sentados nas raízes de uma árvore de flores avermelhadas, na beira do rio. A alguns metros deles, a ilha. Era a ela que o homem se referia.

"Bobagem. É só uma ilha", a mulher disse. "Tem um monte igual a ela por aí."

"Pode ser. Mas este é o lugar mais bonito que já vi na vida."

"Você nunca saiu daqui, nunca viajou. É isso", ela riu.

"Até acredito que existam lugares bonitos por aí. Mas isso é meio pessoal: é a ilha mais bonita que eu vi até hoje. Sabe por quê? Porque ver esta ilha me fez perder completamente, e para sempre, a vontade de ver qualquer outra ilha do mundo. É por isso que eu digo: não sei se vou conseguir viver sem isso", ele repetiu.

Ela disse: "Nossa. Então é mais sério do que eu pensava".

E riu outra vez. Ela estava para brincadeiras naquele dia. Todos temos dias assim. E, às vezes, nesses dias, não damos importância a coisas que deveríamos levar a sério. Caso daquela mulher.

Ela soube disso na hora em que recebeu a notícia. Ela se lembra bem da cena porque até perguntou ao marido, que via o jornal na TV, quando mesmo que tinham inaugurado a represa. Ela primeiro achou que era coincidência. Ela, depois, ficou em dúvida.

O homem que amava uma ilha, que fora coberta pelas águas da represa, tinha se matado num quarto de pensão, a muitos quilômetros dali.

O marido continuou vendo TV. A mulher passou pela cozinha, olhou para a pia – de onde o almoço daquele dia ainda espreitava, na forma de uma pilha de louças, panelas e talheres – e saiu para o quintal. Era uma daquelas noites esbranquiçadas, típicas daquele lugar. Ali, no quintal, ela calculou, não seria ouvida pelo marido.

DIA DOS NAMORADOS

O rapaz e a moça entraram na pousada e, de um jeito tímido, ele perguntou o preço da diária. O velho Lilico informou e o rapaz e a moça trocaram um olhar em que faiscaram joias de diversos tamanhos. A maior delas era a cumplicidade.

Enquanto o rapaz preenchia a ficha de entrada, a moça se afastou um pouco para examinar melhor o quadro na parede – e pude vê-la por inteiro.

Era muito bonita. Tinha os cabelos e a pele claros. Alta, magra, ossos salientes nos ombros. Estava no mundo há pouco mais de uma década e meia e, com certeza, alguém que recusara já havia escrito poemas desesperados pensando nela. Ou cortado os pulsos – o que é quase a mesma coisa.

Embora não merecesse, o quadro recebeu toda sua atenção por alguns instantes. Era uma pintura ordinária. Eu já tivera a oportunidade de analisá-la durante as longas tardes em que a chuva me impedia de sair para caminhar pela cidade. Uma cidade habitada, fora da temporada turística, por velhos, aposentados e *hippies* extemporâneos. Gente que tentava, de um jeito ou de outro, ser esquecida.

O quadro: penso que o artista havia experimentado um momento de genuína felicidade ao contemplar, em algum canto do país, aquelas montanhas, aquele prado, aqueles cavalos. E, generoso, decidira compartilhar esse momento com o resto da humanidade. Mas a verdade é que fracassara. A arte não é feita de boas intenções.

O olhar com que a moça se despediu – para sempre – daquela obra continha um pouco de piedade. E, com isso, ela me conquistou em definitivo.

O velho Lilico entregou a chave ao rapaz, que se voltou e sorriu para a moça. Seu ar era de alguém vitorioso. Mas sou capaz de apostar que a mão que ele juntou à dela, antes de subirem a escada de madeira, tinha a palma molhada de suor. Havia um princípio de rubor no rosto dela. Eram muito jovens e estavam vivendo um grande momento, mas não sabiam disso ainda. Essas coisas a gente só compreende depois.

Lilico deixou o balcão da recepção e foi até a copa, onde falou alguma coisa para Jair, um de seus empregados. Em seguida veio até a mesa que eu ocupava.

"Gosto de gente que chega para hospedar-se sem nenhuma bagagem", ele comentou.

"E a felicidade que eles carregam, não conta?", eu perguntei.

Ele examinou o tabuleiro, como se estivesse tentando rememorar a jogada que pretendia fazer antes de ser interrompido pela chegada do casal.

"Mandei o Jair levar uma garrafa de champanhe para eles. Cortesia da casa."

"Fez bem", eu disse.

"Gozado, sabe quem essa moça me lembrou?"

Eu disse: "Sei".

"Acho que foram os olhos dela", ele falou. "Muito parecidos."

Retomamos o jogo e não falamos mais do casal. Eu, porém, continuei pensando neles. Num dia como aquele, anos antes, uma mulher, que entrava comigo num hotel bem diferente daquela pousada, me dissera: "Hoje eu vou te dar um presente muito especial".

Um pouco depois da meia-noite interrompemos o jogo e o velho Lilico recolheu as peças e guardou o tabuleiro. E eu já estava no meio da escada, a caminho do meu quarto, quando ele perguntou:

"Você ainda pensa nela?"

"De vez em quando eu penso."

"E por que você não vai atrás dela? Vocês dois ainda têm alguns anos pela frente."

"A mágica não acontece duas vezes", eu disse.

O velho Lilico balançou a cabeça.

"Você sabe que só em filme francês antigo o herói termina seus dias em hotéis vagabundos, escrevendo livros que nunca irá publicar."

Eu me limitei a sorrir. Então ele me desejou "boa noite" e voltou para a recepção.

Eu subi a escada e, ao chegar ao corredor, parei diante da porta do quarto que o casal ocupava e tentei ouvir alguma coisa. Mas tudo estava silencioso. Entrei no meu quarto e, enquanto me despia, pensei no velho Lilico. Ele tinha razão: ainda me restavam alguns anos pela frente. E essa era a pior parte da história.

RANCOR

(Polaroid nº 49)

Estavam naquela fase em que um faz tudo para conquistar o ódio do outro, na esperança de que algo intenso volte a pulsar entre os dois.

Tinham se amado muito, eu sabia. A maior paixão que vi.

Ela me contou que às vezes se imaginava bem velha, feliz, ou pelo menos esclerosadamente satisfeita da vida, mas não o via ao seu lado. E que era incapaz de prever como ele ficaria na velhice, porque tinha certeza de que não estaria por perto para ver. Uma ironia. Segundo ela, a maior declaração de amor dele: "Quero envelhecer junto de você".

Fotógrafa. No início, ele achava divertido esse lado dela: artista. Com o talento chancelado por meia dúzia de prêmios e exposições. Depois passou a considerar suspeitas as fotos que, aos conjuntos, estavam espalhadas pelos cômodos da casa – até no banheiro. Sempre paisagens. Nenhuma pessoa. Jamais um rosto ou corpo provocara um disparo da velha Canon que ela costumava usar. Ele me disse: "Sabe aquele tipo de cena fajuta, que você fica com a impressão de que a natureza posou para o fotógrafo e ainda recebeu por isso?".

Ele fizera um filme aos 22 anos. Amado pela crítica, ignorado pelo público. A partir daí, mergulhou na publicidade e colecionou prêmios. Falou-se muito sobre um roteiro, que ele nunca deu por concluído. Virou lenda no meio. "Só vinte e poucas páginas de anotações", ela me disse, explicando por que deixara de respeitá-lo. Não levava a sério pessoas que abandonam o sonho para ganhar dinheiro. Ou, como disse seu analista, ela não conseguia amar homens que deixara de admirar.

Aí teve o caso dele com a modelo. Exageraram: apareceram até numa coluna social. (Eu estava fora do Brasil nessa época.) "Uma prostitutazinha anoréxica", de acordo com ela. Retaliou: saiu com um amigo do casal, depois de uma festa. Não deu sorte: o cara não funcionou, culpou o uísque. Ela: "Eu procurando alguém que me desejasse e encontro um homem que me respeitava demais".

"Só em filmes medíocres e nas novelas da televisão as pessoas que se amam terminam juntas. Na vida real é o contrário: quem fica junto são as pessoas que não se amam", ele me disse. "Amar é passar a temer o futuro", ela me disse.

Mas se amaram.

Peço a ela uma lista com dez coisas boas dele.

Ela enumera:

1 – seu cheiro

2 – sua gentileza

3 – seu senso de justiça
4 – sua generosidade
5 – seu bom gosto musical
6 – seu lado místico
7 – sua inteligência
8 – sua originalidade ao presentear
9 – sua paixão por filmes antigos
10 – seu pau
"Quer mais?", ela pergunta.

Amava os desertos. Uma vez fotografou um, na Líbia. Nenhum beduíno ou camelo. Parecia a mesma foto repetindo diversas vezes a areia em ondas douradas. Ele: "Os desertos dela são interiores. Lá, as tempestades de areia costumam durar meses".

Perguntei a ele sobre as coisas que o faziam lembrar-se dela.

Antes de responder, ele olhou para o vaso sobre a mesa de centro entre nós: flores sinistras. "Dez? Basta olhar para ela e você vai encontrar bem mais de dez coisas."

Ela está apoiada na janela, olhando a noite. Sem roupa. Observo seu corpo: mesmo na penumbra, bem mais de dez coisas para um sujeito lembrar-se por um bom tempo.

Ao virar-se para me sorrir, seu perfil se enquadra contra o céu escuro. Sardas no rosto. Constelações.

MONK

Quando o carro quebrou, arranjamos carona no assento traseiro de um jipe sem capota. Éramos novos, estávamos muito felizes. Talvez por isso até o vento parecia satisfeito ao agitar os cabelos dela. Nunca mais vi o vento tocar coisa alguma com tanta delicadeza.

Tínhamos dormido num mosteiro desativado, em companhia de duas garrafas de vinho. Uma noite sem grilos ou piados de pássaros. Sem lua. Uma noite tão silenciosa que era possível escutar todos os ritmos da respiração dela ao meu lado.

Monk tinha morrido dois dias antes. Vimos a notícia na TV cheia de chuviscos de um bar. Erguemos um brinde a ele no mosteiro. Ela comentou: "Sem ele, o mundo fica um pouco pior". Uma noite tão boa e quieta que se Deus resolvesse visitar o mundo naquela hora, certamente andaria na ponta dos pés.

Ela pegou um caderno e iluminou com a chama do isqueiro um poema curto, que leu com sua voz rouca. Em diversas ocasiões, anos mais tarde, pedi a mulheres que lessem poemas para mim. Até a uma profissional – do sexo, não da poesia. Nunca funcionou. A maioria parecia estar recitando uma ordem de despejo no interior de um edifício vazio.

O velho que nos dava carona estava voltando de uma visita ao filho, que cumpria pena numa colônia agrícola da região. No assento ao seu lado estava um menino de pele e olhos escuros, que segurava no colo uma espécie de escultura feita de maços de cigarro vazios.

"Meu neto", o velho anunciou, assim que entramos no jipe, "quase um ano que ele não via o pai".

O menino olhou para ela com atenção, pareceu reconhecê-la. Talvez se lembrasse de tê-la visto na televisão. Ganhou um afago nos cabelos grossos e despenteados. E baixou os olhos para a escultura. Escondeu um sorriso tímido.

Quando o velho nos deixou na entrada de uma cidadezinha plana e empoeirada, o menino teve direito a mais um afago. Notei que ele segurava a escultura com uma espécie de humildade, como se transportasse algo capaz de curar um grande mal da humanidade.

A chuva caiu antes que conseguíssemos chegar à cidade e tivemos de nos abrigar num posto de gasolina. Os motoristas dos caminhões nos olhavam com um misto de curiosidade e reprovação. Nós apenas ríamos.

Tempos depois, numa casa de campo muito limpa e arrumada, ideal para começar algo e não para terminar, eu me lembrei desse episódio. Falei do mosteiro, do jipe, do velho e do menino. Ela mexeu as sobrancelhas, como se quisesse sublinhar o sorriso irônico:

"Isso nunca aconteceu comigo. Deve ter sido com outra."

"Bom, não importa", eu disse na hora.

Mas importava. Eu queria que ela se lembrasse de como estávamos felizes naquele dia, embora soubéssemos que não ia durar. Nunca dura. E, no fundo, não sabemos lidar com isso.

Às vezes eu a vejo na televisão. Como acabou de acontecer agora, num quarto de hotel cheirando a pinho, mas que é sujo, como são sujos todos os hotéis que se propõem a cheirar a pinho.

Na televisão, ela não me pareceu muito alegre. Mas pode ser que fosse esse o *script* de sua personagem. Ou não – e talvez ela estivesse mesmo meio triste. Como a maioria das pessoas. Como o resto da vida sem Monk.

CARTA

Abril, IX, manhã

Prezado F.,

Ainda os escritores: tenho, em relação a alguns, a sensação de que se esgotaram. Talvez já tenham dito tudo. E agora se contentam com a autoparódia. No caso de J., isso é evidente. Ele retoma personagens que brilharam em textos fulgurantes e se dedica a torná-los opacos. Outro dia estive em um bar, onde J. leu um de seus contos, dos bons tempos. Apesar de esquisito (o texto), estão lá seus princípios estéticos e literários, enfim sua viagem. No momento, seus escritos andam desbotados, sem viço. Sem tesão.

Isso independe da vontade do escritor, a meu ver. Acaba, velho, acaba. Há o estímulo que move a gente (de onde vem?). Por isso sempre desconfiei daquele tipo de enquete: "Por que você escreve?" Não sabemos, ao certo. Escrevemos – e isso se mistura com o "vivemos". Gostamos disso, queremos isso, brigamos por isso. E, de repente, cessa. "Como um vento que parou de ventar", conforme diria o velho Ariosto.

Não há nada a fazer (e, o que é pior, a dizer). Mas alguns não se calam. E, desprezando o respeito arduamente conquistado, passam à etapa de dilapidação. Aconteceu até com os grandes. (Com os menores, pouca gente nota; eles não rendem notícia.)

Richard Ford diz: "Não há uma perda irreparável para a humanidade quando um escritor desiste de escrever. Afinal de contas, quando uma árvore tomba na floresta quem mais lamenta além dos macacos?"

Porém não pense que isso é tranquilo, que nos libertamos. Às vezes, paramos, fazemos até apologia do nosso silêncio. Transformamos em *marketing* nossa impotência e nosso inconformismo diante de algo que era muito bom e que já não é. Feito relação amorosa que termina sem um motivo aparente. Apenas aquele vestido vermelho, visto agora no varal, parece sem cor, sem mistério. E o corpo que o vestia, deitado ao nosso lado de manhã, já não desperta em nós mais do que amizade – um dos disfarces mais temíveis da compaixão. (Casais deveriam despedir-se um minuto após os funerais da cumplicidade.)

Mas paramos, velho. Paramos. Inconformados.

Felizes os que deixam isso para lá e vão cuidar da vida. Mas que vida? A nossa andou tão misturada com essa coisa da literatura que é impossível concebê-la de outra forma. E mesmo os que abandonam o barco continuam sonhando com o mar. Duvido que um desses escritores, só um, não acorde no meio da noite e não pense num projeto – que, é claro, ele não vai levar adiante. Mas repare: você encontra um escritor que não vê há tempos e ele fala de um projeto em andamento (do qual, certamente, você nunca terá outras notícias). O projeto serve para mantê-lo vivo.

"Por que é tão complicado?", me perguntam. Não acho complicado. Pintores, compositores e músicos também passam por isso.

Falam de crise. Mas que crise? Na verdade convivemos o tempo todo com ela. Até que o estalo nos redime: um bom parágrafo nos faz sorrir, quando lembramos dele. Mas não compreendemos a magia, de onde veio. Vimos o brilho por um instante. Só. Um *flash*. Desconhecemos a fonte. E aí está a maravilha. E a miséria.

Por que não chega um momento em que há o domínio total da coisa? Porque não é assim que funciona. Queremos dizer algo (para nós mesmos?) e por vezes conseguimos. Mas não é sempre. Quando escrever for uma coisa saudável, os analistas perderão o sentido. Não é saudável. É atormentado. Mas não é uma doença, longe disso. Às vezes não passa de frescura.

Mas o certo é que amamos os livros e a mensagem que eles trazem. Cifrada, muitas vezes, imprópria. Mas mágica, sempre (estou falando, é óbvio, de livros que ficamos alegres de salvar em um sebo). A sério: quantas pessoas você conhece – que não escrevem, nem mesmo às escondidas – que gostam realmente de ler? Que sabem ler? Que têm uma vaga ideia do que é essa coisa da literatura? Dá para contar nos dedos de uma luva de boxe.

Já tive mulheres que passaram a amar a literatura por minha causa – porque eu falava disso o tempo inteiro e elas devem ter pensado: "Bom, deve ser mesmo importante, vamos ver que merda é essa". Conheci outras que não "se ligavam" em literatura (nem eu nelas) – tente estabelecer um vínculo com uma delas sem pensar naquele jogo de facas que está na cozinha. E também me encontrei com mulheres que tinham lido, sabiam o que tinham lido, gostavam do que tinham lido e do que havia por ler. Raras.

Mas, resumindo, enquanto não vem o vazio, vamos escrevendo. E até publicando. Mas sem saber direito o que estamos fazendo.

Duvido que algum dia alguém tenha iluminado, para valer, qualquer aspecto daquilo que você faz ao comentar seus textos. Duvido. Há uns charmes, uns afagos. Arrumamos até mulher por causa disso. Dinheiro, eventualmente. Ganhamos respeito e ironias. Um buquê em que isso vem misturado. E bebemos. E fumamos. E vamos levando.

Fama de louco, nesse caso, é bem-vinda. A família fala do louco visto na TV, no programa muito noturno – o videocassete salvou muita gente do desconforto de ficar acordado até tarde para ver o louco na televisão. Ao lado do apresentador querido e da menina semidespida, diante do auditório formado por gente que olha para o louco com curiosidade e desconfiança. E até com um pouco de tédio. Uma certa piedade.

Aí, o motorista da emissora, que vai levar o louco para casa, puxa conversa. "Sobre o que você veio falar?", pergunta, candidamente. "Literatura", responde o louco, olímpico. E o motorista: "Ah, sei". E cita uma bosta de um livro que ele *quase* leu. E o louco chega em casa, ainda não sarou do pico de adrenalina e orgulho. E relê, em pé (porque afinal tem um monte de coisas que ainda precisa ser feito em pé, por respeito), uns versos de um poeta que ele ama. Um que fala de uma orquídea se formando, sozinha, antieuclidiana. Ou vai aos próprios textos e confere um ou outro parágrafo, um efeito que descobriu por acidente, um ponto final que colocou fora de lugar por ignorância – e que encantou a crítica.

Pior: alguém visita o louco. E se espanta com sua biblioteca. E pergunta: "Nossa, você leu tudo isso?" Como se falasse de um compêndio de doenças da infância e a pergunta fosse: "Você já teve tudo isso? E sobreviveu?".

Mas o louco é foda. Ele olha os companheiros de manada se sabendo diferente (por quê?, nem ele sabe direito). Mas ele é diferente. Mais tarde ele vai reclamar disso, mas no momento em que olha a manada, enfiada bovinamente nesse desconforto que é o dia a dia, ele se felicita por ser diferente, por ter esperanças diferentes, por não querer ter um carro do ano, uma casa com gramado e churrasqueira. Falta-lhe o estilo competitivo e ele não se interessa por coisas corriqueiras. Seu compromisso é com algo maior, bem maior. Ele acha que no futuro, se houver futuro, alguém lhe fará justiça. Mas isso não vai acontecer. E se acontecer, ele já não terá fígado, pâncreas ou mesmo próstata para festejar. E tudo o que desejará é apenas uma veia boa onde aplicar a última.

E quando o louco cisma de ter um cachorro então? São os piores. O louco vai lá e escolhe um nome para o cachorro, um nome-homenagem, com ressonâncias literárias – e isso quando não faz esse tipo de coisa com os filhos. Grande merda. Uns poucos rirão. A maioria não dará a mínima, catalogará isso no manual de esquisitices do louco e continuará temendo as presas do cachorro. Cães com nome de pacifistas costumam morder a mão da filha do síndico, que só tentou afagar a fera. (E o louco: "Não é possível, isso nunca aconteceu antes".) É que o Gandhi (ou o Martin Luther ou seja lá quem for o pacifista de plantão) estará também com o saco cheio. E talvez o louco ainda queira escrever sobre o episódio. Tentando extrair uma explicação. Porque para ele tudo pode ser explicado pela via literária.

Sua nova namorada rirá – e é isso que importa: o louco ainda a faz rir. É educado. Sabe segurar talheres. Entende a hora em que é para ficar quieto. Leu uns poetas, ouviu alguns discos. É até atencioso, quando está a fim. E o pau dele ainda funciona. É meio torto, mas funciona. Porém a impaciência, esse vírus que nenhum laboratório consegue detectar, já está no sangue armando sua revolta. Veio de brinde no DNA do louco.

E o louco escreve. Escreve. Escreve sempre. Com chuva e com sol.

Enfim, um sujeito sem um pingo de juízo.

O que sobrará? Um céu baixo, uma terra devastada e um bando de gente que ainda planta, mas, no íntimo, torce para que nada nasça.

Era isso. Mantenha a calma. E não se mova.

Um abraço,

P.

EPÍGRAFE

Memórias conjugais

Acendi o cigarro.
E só então reparei como o vestido dela era inflamável.

Amilcar Bettega Barbosa

Amilcar Bettega Barbosa nasceu em 1964, em São Gabriel (RS). Engenheiro, publicou *O voo da trapezista* (contos, 1994; 2ª edição, 1999). Participou das antologias *Alquimia da palavra*, da Alquimia da Palavra (1992), *Cria contos*, da Movimento (1993), *Contos de oficina*, da Acadêmica (1993), *Caio de amores*, da Mercado Aberto (1996), *Conto & cidade*, da Prefeitura Municipal de Porto Alegre e Câmara Rio-grandense do Livro (1997), *O autor presente*, do Instituto Estadual do Livro - RS (1997), *Antologia crítica do conto gaúcho*, da WS Editor & Sagra Luzzatto (1998), *O livro dos homens*, da Artes e Ofícios (2000), e *Contos sem fronteiras*, da Secretaria Municipal de Cultura de Porto Alegre (2000). Possui contos, crônicas e resenhas publicados nas revistas *Ficções* e *Blau*, e no jornal *Zero Hora*, entre outros. Dos prêmios que recebeu destacam-se o Prêmio Açorianos de Literatura, na categoria conto e autor revelação (1995), e a Bolsa para Autores Brasileiros com Obras em Fase de Conclusão, da Fundação Biblioteca Nacional (1999). Participou, como escritor residente, da Ledig House International Writers' Colony, a convite da Ledig-Rowohlt Foundation (EUA, 1999).

TEATRO DE BONECOS

Porque é o dia do meu aniversário. Só. Enquanto espero, sento-me para descansar um pouco, afinal já tudo está feito, a mesa posta, a bebida escolhida, os legumes limpos e cortados, o arroz, o indispensável molho de cerejas (me preocupam as formigas e sua terrível fome de açúcar) cuja textura e sabor comprovei na língua antes de vertê-lo sobre cada sulco da alcatra de búfalo que lentamente vai dourando no forno e que me deu enorme trabalho para conseguir no mercadinho da aldeia, mas enfim, é um dos pratos preferidos de Alfredo e foi ele quem acabou me convencendo a preparar esta noite, a não deixar passar em branco a data dos meus quarenta anos.

Agora não quero a companhia de Alfredo e Ana. Fiz com que fossem caminhar na praia e aproveitar os últimos instantes do sol que já vai descendo atrás dos morros e deixando essa luz amarelada, artificiosa, que faz o mar parecer mais fundo. Alfredo chegou a dizer que gostaria que eu fosse junto, mas eu sei que é mentira. Ele às vezes me irrita com essas pequenas falsidades, por pouco não lhe joguei na cara a verdade. Eu devia ter lhe mostrado, de uma vez por todas, que ainda sou eu quem dá as cartas nesse jogo. Acontece que tenho medo de magoar a Ana, ela parece me entender tão bem, foi logo puxando Alfredo pelo braço, sabia que agora eu precisava ficar verdadeiramente só.

Sinto muito cansaço, mas é um cansaço que me acalma, um adormecimento das forças. Hoje perdi o sono lá pelas quatro da manhã e não consegui continuar na cama, era como se ouvisse o vaivém nervoso das formigas na cozinha, dezenas, centenas de pontinhos pretos brotando nas frestas do azulejo, subindo pelo pé da mesa e avançando nos minúsculos farelos de açúcar e farinha sobre a toalha. Levantei e vi que Alfredo havia adormecido no sofá, todo desengonçado como sempre, o braço e a perna pendidos e tocando o tapete. Ana dormia no quarto, cercada por suas almofadas coloridas e com aquele eterno ar de bonequinha adolescente. É impressionante como ela é graciosa. Mesmo quando jogada sobre uma cama, qualquer posição que ela assuma me parece sempre muito natural. Ao contrário do Alfredo e do seu corpo rígido e pouco espontâneo.

A madrugada é sempre muito solitária, tratei de acordá-los dizendo que desejava ver o sol nascer na praia, mas não foi fácil colocá-los de pé, estavam tão inertes, mais dormentes e pesados do que de costume. Somente com o sacolejo do carro na estradinha de terra foi que me pareceram mais despertos. Ainda fazia o friozinho atrasado da noite quando estacionei. Estávamos sentados os três no banco da frente, e sobre o mar havia uma borra de cobre, como se o sol estivesse imerso na água. Eu precisava falar sobre tudo o que me angustiava e resolvi começar pelas formigas. Alfredo concordou que era impossível continuar ignorando-as e que era preciso dar fim a tudo aquilo. Conversamos também sobre a noite passada, eu disse que havia bebido demais, a ponto de nem lembrar a que horas tinha dormido. Alfredo igualmente reconheceu ter exagerado na tequila, estava com uma terrível dor de cabeça. Havia certo tom de desculpa e ansiedade na sua voz, ele sabe que ando muito frágil e que Ana não o perdoaria se ele me magoasse. O problema todo é essa loucura, essa cegueira que foi tomando conta dos dois. Ana está dividida, é evidente, ficou calada o tempo inteiro, olhando fixamente o horizonte até que o sol se levantasse ainda gotejante e iluminasse por completo a seda branca da pele do seu rosto.

Agora me vem de cheio esse peso no corpo, a terrível dor nas têmporas. Sentado de costas para a janela, observo melhor a casa sem a presença deles e começo a perceber o verdadeiro tamanho da nossa solidão. É aí que vejo o que sou, onde há falta, onde aguardo infantilmente um preenchimento. E cada segundo de espera é uma pequena morte dentro de mim, como se a ausência daqueles dois fosse a antecipação da minha própria ausência, como se já fôssemos, os três, meros autômatos de um teatro de ridícula melancolia. A sala da nossa casa: a luz entrando como uma facada de sol por cima do meu ombro estende uma língua espessa e amarela sobre o verniz do assoalho, vai tornando visível o peso do ar, dá ao ambiente um aspecto de sonho ou alucinação, mas sobretudo revela a calma das coisas, essa espécie de quietude dos sentidos que vai descendo sobre a prata dos talheres, sobre as porcelanas, sobre as taças que logo se encherão com o vinho da serenidade, sobre a cristaleira, o sofá, o piano, estendendo sobre todos os móveis da sala uma colcha diáfana e luminosa, e é como se cada objeto refletisse a antiga harmonia da nossa convivência, assim como cada um de nós é (ou foi) o reflexo dos pensamentos, atitudes, e até dos gestos do outro.

Já tudo está feito. Vou esperando pelo tempo e escuto o rumor das ondas, adivinhando a espuma branca que se desmancha em forma de sussurro na areia. Claro que sei que daqui a pouco Alfredo e Ana estarão comigo outra vez e eu os verei entrar por aquela porta, alegres e barulhentos como sempre voltam desses passeios pela praia, e sei que tentarão me divertir tão logo me vejam tristonho; mas farei charme, não rirei assim que Alfredo, com aquele sorriso paralisado de manequim de vitrine, contar a primeira piada; sacudirei a cabeça e moverei sem graça os lábios, direi que sempre fico assim no dia do meu aniversário. Então eu sei: Ana deslizará sua mão de veludo sobre minha cabeça e me abraçará sem falar nada; e Alfredo, ainda que vacile um instante, também se juntará a nós, um pouco rígido e dissimulando a emoção com ironia, ele nos cercará com seus braços longos e um tanto desproporcionais, e assim ficaremos, enternecidos e

Geração 90: manuscritos de computador

abraçados os três, perfeitamente integrados um ao outro como nos tempos da felicidade, sentindo o contato quente dos corpos, o toque de suas peles brandas, a presença deles ao meu lado, o que sempre me dá vontade de chorar.

Quarenta anos. Alfredo tem razão, é dia de vestir a melhor roupa, comer o prato mais saboroso, beber nesse cálice o vinho da celebração. Mas é também o tempo de mexer no passado, buscar nas lembranças o ponto de apoio para isto que agora se revela tão frágil: nosso convívio arranjado à força dos desejos, sentimentos e necessidades irreprimíveis, a solidão compartilhada, nossa vida a três como se fosse uma só.

Não existe tempo daqui a uma hora. Quero viver para trás, avançar até o ponto em que minha memória começa a registrar os fatos da nossa vida: o tempo iluminado em que os conheci: primeiro Ana, seu sorriso, Ana cristalizada, Ana boneca envolvida pela luz fria da vitrine de uma butique de *shopping*, quando nossos olhares se cruzaram através do vidro e percebemos ao mesmo instante que não mais nos separaríamos. Mas não consegui lhe falar naquele dia. Voltei duas, três, seis, tantas vezes voltei à frente da vitrine que a dona da loja já me olhava desconfiada quando finalmente entrei. Passei sem olhar para Ana e fui falar com a dona. Comentei sobre as roupas – Ana, naquele dia, fazia o tipo colegial adolescente, com uma jaqueta folgada, calça *jeans* e moletom –, mas acrescentei que o que me impressionara mesmo fora a concepção da vitrine sem os tradicionais manequins de gesso, paralisados e sem vida nenhuma, e que aqueles bonecos de pano – tive de piscar o olho para Ana, que já fazia um muxoxo – que os bonecos sim enchiam de vida as roupas com seus corpos flexíveis e a pele tão macia ao toque, os cachos de cabelos de lã, o desenho e a cor do rosto, aqueles olhos vivíssimos de Ana a me olharem com uma insistência que me encabulava. A dona da butique argumentou que as pessoas compravam roupas na sua loja e não os manequins, mas o valor do cheque dispensava explicações. Trouxe Ana comigo, colada ao meu corpo, caminhamos juntos sob um final de tarde repleto de ruídos de trânsito e gente nas ruas, o vaivém incessante de pessoas avançando a cada sinal que se fechava aos carros, as pessoas subindo e descendo as calçadas, cruzando-se em direção às suas casas, ao refúgio dos laços estabelecidos, ao convívio familiar.

Já com Alfredo foi diferente, não houve a longa preparação da abordagem, a coisa foi mais rápida e direta, e muito em função do próprio Alfredo, um sujeito acima de tudo bastante prático. Nós nos conhecemos num domingo de sol excessivo no Brique e sua tez pálida e elástica era o contraponto exato à luminosidade daquela manhã. Estático, metido numas roupas antiquadas, era uma velharia a mais exposta entre livros, discos antigos e uma porção de objetos fora de uso espalhados sobre uma toalha na calçada. Alfredo tem o dom de surpreender. À primeira vista podia ser apenas um desses super-heróis infláveis que depois de fazer a alegria dos meninos murcham esquecidos no canto da garagem, mas havia no seu olhar uma vivacidade superior, notei desde o início que aquele ar de joão--bobo encobria alguém muito espirituoso, inteligente e, às vezes, matemático demais (a ponto até de me deixar assustado). Além de tudo, Alfredo era o lado extrovertido que faltava a mim e a Ana, e por isso nos conquistou com facilidade, trouxe mais alegria à nossa vida, deixou-nos a todos mais completos. Sempre admirei o jeito despreocupado como ele encara as coisas, esta atitude de deixar que a vida entre como um sopro por seu corpo transformando-o em alguém sempre pronto para a ação, a objetividade. Quando lhe falei (ou pensei apenas?), quase por brincadeira, da ideia de mudarmos para perto do mar, de imediato ele tomou a coisa como decidida e tratou da venda do nosso apartamento, da escolha da praia mais adequada e do projeto da nova casa, da burocracia de bancos e cartórios e o cancelamento dos pequenos compromissos em Porto Alegre — nada mais do que vínculos impessoais e estritamente necessários à vida na cidade, porque de resto não precisávamos comunicar amigos, família ou coisas do tipo, tínhamos há muito nossa própria vida e éramos completamente independentes.

O lugar que escolhemos é perfeito (existem as formigas, mas), a paisagem é linda, podemos fazer longos passeios pela praia e depois subir em algum rochedo para admirarmos o verde do mar e o céu muito amplo e quase sempre azul. Claro que vivemos isolados, mas uma aldeia de pescadores a três quilômetros oferece-nos tudo o que precisamos, desde o minimercado até a farmácia. O pessoal de lá já se acostumou com a nossa convivência. No início eles estranharam, mas logo passamos a fazer parte da simplicidade e da naturalidade da vida na aldeia. São poucas as pessoas de fora que vêm aqui, no máximo namorados em busca de isolamento para o amor. Até gostamos quando um ou outro destes casais aparecem. Nunca nos aproximamos muito, mas mesmo à distância nos enternecemos com o carinho que demonstram em cada gesto ou sorriso, nas mãos dadas, nos abraços.

Nossa casa é boa (o único inconveniente são as formigas, de resto), é espaçosa, arejada, mas não foi fácil ajustar o projeto de forma a satisfazer o gosto dos três. Há uma varanda ampla que dá para o mar, com folhagens e uma rede de dormir, onde costumamos conversar demoradamente e onde jogamos os jogos que vamos inventando para passar o tempo. No verão é o lugar de sentir a brisa do entardecer bebendo refrescos ou gim-tônica e lendo Virgínia Woolf, Silvia Plath e Sá-Carneiro. No inverno cerramos o janelão de vidro e passamos as horas tomando café e falando sobre nós, ou simplesmente nos metemos em silêncio, a olhar através da névoa salgada o mar espesso e seu céu de chumbo. São dias e noites frias. Confesso que às vezes sinto um frio excessivo por dentro, como uma corrente de sangue gelado inundando as veias. É um frio que cresce na carne e nos ossos, e brota na pele como um grande arrepio, quase um grito do meu corpo. Então enrolo-me no cobertor e vou em silêncio até o quarto de Ana. Caminho até sua cama e, primeiro, sento na borda do estrado, aguardo em vão que ela me diga algo para depois, como que agradecendo aquele silêncio de consentimento, aninhar-me junto ao corpo dela que, impassivelmente, num silêncio até mesmo dos gestos, deixa-se rolar no colchão para me dar um espaço dentro do seu espaço, e o calor da sua companhia.

Mas nossa vida é simples, dividimos as tarefas domésticas de acordo com as preferências de cada um. O dinheiro é meu e está aplicado, mas quem cuida disto é Alfredo, o mais prático dos três (estou me repetindo). Ana se ocupa em dar graça à casa, cuidar das flores, embelezar nossa sala com pequenos objetos que ela mesma fabrica ou descobre não sei onde. Sou eu quem geralmente cozinha e se encarrega das bebidas, gosto de misturar condimentos, experimentar temperos, matar a fome deles e a minha com imaginação e sensibilidade.

O único inconveniente aqui são as formigas (sei que estou me repetindo), sinto a presença de milhares, milhões delas fervilhando nas galerias que se ramificam sob nossos pés em infinitos veios subterrâneos, sou capaz de ouvir o barulho que não fazem (estou me repetindo), o rumor de uma multidão nervosa, insone, viva. Apavora-me a ideia de estar vivendo junto a um formigueiro gigante, e acho que Alfredo percebeu isto, sei que ele esteve na aldeia e pediu auxílio ao dono da farmácia (eu sei de tudo, sei de tudo), mas não me disse nada. Alfredo passou a fazer segredo de algumas coisas desde que ele e Ana começaram a viver essa aventura, tão evidente apesar do esforço deles para encobrir (eu sei). Ana está contrariada, é visível, na certa Alfredo a pressiona para que não comente o assunto. Também não falo nada, quero ver até onde são capazes de chegar – melhor seria dizer até onde Alfredo é capaz (onde eu sou, ou seria capaz) de chegar.

Ontem fomos jantar na aldeia, no restaurantezinho da Dona Carmelinda, como fazemos todas as semanas, e notei que eles estavam bastante alegres, quase felizes eu diria. Mas eu os conheço demais. Havia o nítido traço de desassossego em seus rostos, principalmente no de Alfredo. Estávamos pouco à vontade, mas Dona Carmelinda logo descontraiu a todos nós. Ela nos recebe sempre com festa e naturalidade, os pratos dispostos na mesa como da primeira vez (foi difícil a primeira vez, olhou-me desconfiada e perguntou se eles também iam comer): Alfredo e eu frente a frente, e Ana ao meu lado. Como sempre, servi a bebida primeiro a Ana que, como sempre, não fez nenhum movimento para alcançar o copo. Depois, quando vieram os pãezinhos, eu me apressei em partir um pedaço, passar a manteiga e levar à boca de Ana. Mas ela simplesmente deixou que o pão caísse sobre o prato, imóvel, fria, como se estivesse zangada comigo. Dona Carmelinda aproximou-se desde a porta da cozinha e disse que talvez Ana não estivesse com fome àquela hora. Fazia dois meses que a Dona Carmelinda tinha me presenteado com um recorte de jornal todo amassado, onde havia a receita da carne de búfalo. Desde então Alfredo insistia que devíamos fazê-la no meu aniversário. Voltei a pedir detalhes sobre o tempero e o preparo do molho, ela me deu um pote de vidro com gengibre moído e recomendou que adicionasse duas colherinhas assim que começasse a engrossar. Depois trouxe-nos uma cachacinha do seu alambique e em seguida serviu-nos a moqueca que só ela sabia preparar. Comemos e bebemos cerveja, voltamos para casa já um pouco altos e abrimos uma garrafa de tequila. Estávamos com vontade de beber e esvaziamos a garrafa enquanto cantávamos e dançávamos e ríamos os três abraçados. Fui à cozinha apanhar outra garrafa e me deparei com o incansável tráfego das formigas em suas trilhas sobre a lajota. Insuportável. Não tínhamos mais saída, Alfredo estava certo, era preciso acabar de uma vez com aquele suplício, sou capaz de ouvi-lo pensar (ouço o barulho que não fazem) na ideia de pôr um fim a tudo, sou capaz de vê-lo comprando aspirinas para a sua dor de cabeça e tomando mate com o farmacêutico, o assunto quase casual das pragas domésticas e as particularidades das formigas, a conversa derivando para a solução infalível de um pó fora de mercado e já quase esquecido entre caixas e frascos lá no depósito da farmácia, a facilidade de misturá-lo ao açúcar no armário, no chão, pelos cantos, nas frestas dos azulejos, sou capaz de elaborar a lógica de Alfredo e me descobrir nas suas roupas, nos seus gestos, na sua fala e nos seus desejos, descubro-me na própria existência de Alfredo e também na de Ana, desdobramentos obscuros de uma vida que já se afasta tanto, que aspira cada vez mais a um deserto, à solidão definitiva.

Apanhei outra garrafa de tequila (tenho que acabar logo com isto) no armário da cozinha, busquei copos limpos entre os potes de arroz e farinha e açúcar, o frasco com o gengibre em pó para misturar ao molho, as cerejas, vidrinhos de tempero e condimentos e sabores e efeitos. Quando voltei à sala eles já haviam adormecido no tapete. Não os coloquei na cama como fizera outras vezes, bebi mais dois copos e fui para o quarto. Mas não conseguia dormir. Parece que eu estava esperando aquilo acontecer. Ouvi um barulho sussurrado, retornei à sala e então me deparei com esta cena que ficará encravada na minha memória como uma fotografia do meu fim. O que senti foi humilhação, nada mais nada menos, e quase nada é mais violento do que a humilhação: Alfredo e Ana tinham fingido dormir para que eu me retirasse, e agora se amavam nus sobre o sofá. Fiquei algum tempo só olhando. Fiquei só olhando, era o que eu podia fazer. Então comecei a sentir que minha mão deslizava devagar e viva sobre meu peito, que a minha pele reagia ao toque dos meus dedos como se fosse o toque de outros dedos a circundar-me os mamilos duros e a descer arranhando-me os sulcos entre as costelas, que eu tocava meu corpo como se tocasse um corpo que não era meu, enquanto Ana grunhia umas palavras incompreensíveis e o seu corpo ardia embaixo do corpo de Alfredo se retorcendo vivamente, era ela pronta, ela pedindo, ela cravando as unhas nas nádegas de Alfredo num urro impressionante, enquanto eu banhava as mãos com meus líquidos em três, quatro, cinco jorros doloridos que levaram os últimos traços de vida que havia em mim.

Agora estou morto (estou sozinho, é a mesma coisa), sentado de costas para um sol que se põe definitivamente, sufocado pela demora de Alfredo e Ana. Mas de certa maneira me conforta saber que eles estão felizes, alguma parte de mim também está. Quero abrir a janela mas já não me restam forças. Está muito abafado, a carne vai passar do ponto, os legumes escolhidos, o gengibre em pó. Preciso ver como está o assado, talvez as formigas tenham invadido o prato, talvez até já existam algumas boiando no caldo vermelho das cerejas. Preciso me erguer e não me mostrar tão fraco para Alfredo e Ana. Eu sei que eles vão chegar em seguida (eu sei de tudo), eles já estão a caminho, estão de mãos dadas e atravessam devagar a faixa de areia que separa a casa do mar, aproximam-se radiantes, eu sei, por entre os pequenos canteiros do jardim. Ana está muito alegre e descontraída, sou capaz de vê-la ainda colher uma rosa, cheirar e prendê-la na alça do vestido antes de abrir a porta e agarrar-se ao braço de Alfredo, gritar e esmurrar o peito de Alfredo que está dizendo para ela ter controle e calma, Ana, por favor tenha calma e não complique as coisas, não precisa olhar, Ana, leve estes pratos daqui, junte estes frascos, mas por favor tente se controlar, Ana, veja só quanta formiga no chão, me ajude a deitá-lo no sofá, cuidado Ana, temos que varrer essas malditas formigas, pega a vassoura, Ana, mas para de chorar, por favor para de gritar, Ana, para com isso, para.

Fernando Bonassi

Fernando Bonassi nasceu em 1962, em São Paulo (SP). É roteirista, dramaturgo e cineasta, publicou *Fibra ótica* (poemas, 1987), *O amor em chamas* (contos, 1989), *Um céu de estrelas* (romance, 1991), *Crimes conjugais* (romance, 1994), *Subúrbio* (romance, 1994), *Tá louco!* (novela infanto-juvenil, 1995), *100 histórias colhidas na rua* (contos, 1996), *O amor é uma dor feliz* (romance, 1997), *Uma carta para Deus* (conto infantil, 1997), *Vida da gente* (crônicas infantis, 1999), *O céu e o fundo do mar* (romance, 1999), *100 coisas* (contos, 2000), *Passaporte* (contos, 2001). Participou das antologias *Urban voices*, da University Press of America (1997), *Sete faces da escola* e *Sete faces da paixão*, ambas da Moderna (1997), *Trabalhadores do Brasil*, da Geração Editorial (1998), *Des nouvelles du Brésil*, das Editions Métailié (1999), *Os cem melhores contos brasileiros do século*, da Objetiva (2000), e *13 maneiras de amar*, da Nova Alexandria (2001). Possui contos, crônicas e resenhas publicados em diversos jornais e revistas do país, além de duas colunas semanais na *Folha de S.Paulo*. Dos prêmios que recebeu destaca-se a bolsa do Kunstlerprogramm do Deutscher Akademischer Austauschdienst (1998).

VIOLÊNCIA & PAIXÃO

O BACANA

Nasci na hora certa, no melhor lugar e de pais perfeitos. Fui criado com brinquedos inteligentes, extraí dentes sem dor e paguei por todas as mulheres que, eventualmente, não me queriam. Casei com uma empresa que me faz feliz. Nunca tive filhos. Não tenho preguiça. Tenho de tudo. Em caso de sequestro, serei amigo dos bandidos como sou de delegados. Pagarei o resgate. Depois uma recompensa. Quem ousa tirar de mim um pouco do muito que tenho? Pobres mesmo, vejo no céu. Não sou bom o suficiente, mas serei conhecido até pelo mal que deixei de fazer.

O DESEMPREGADO

Ando sem sorte, trombando de frente com placas vazias de necessidade. Dó desse sapato para as melhores cerimônias, ralado nas calçadas mais distantes. Onde velas derretem sobre pedidos mínimos, o dragão espetado ri da minha cara. Bombeiros gritando não me deixam dormir. Talvez eu não preste. E esses talheres sambando na marmita? Vendendo o café da manhã pelo almoço que não tenho de comer. Um passe puído de esperanças. Uma família arrimada em tudo, todos & ninguém. Abrindo classificados em desespero, como quem estupra a própria mulher.

O APRENDIZ DE ASSASSINO

A diferença básica entre esta minha pessoa e a pessoa de um assassino é que, exceto por uns poucos bichos sem osso e alguns arbustos ressecados, nunca matei algo vivo que fizesse diferença. Nunca uma vida com a qual me identificasse; ainda que possa, eventualmente, invejar algumas baratas e toda a carniça à sua disposição. Mas hoje, como um soluço, me senti capaz de matar por muito pouco. O quase nada que faz a minha vida de todos os dias. Nem chega a ser um motivo. Um detalhe insignificante. O puro assassinato. Aprendi num instante. Agora mesmo.

A PAISAGEM

Sob a luz amarela que o boteco manda, tá lá um corpo estendido no chão. Mal-ajambrado sobre a calçada, dedilha porcarias na valeta. Há muito tempo, um RG amarfanhado identifica uma data de coisas, como pais ausentes e a terra natal onde nunca voltará. Boa coisa não era. Bom motivo não há. Um sangue gosmento que enxurradas vindouras levarão de vez para as bocas-de-lobo. Quase sorrindo, é certo que foi dessa pra melhor. Aos mais vivos (ou preguiçosos), restará não soltar pios que sejam, enquanto fardas varejarem em torno, procurando cápsulas & perfurações.

UM EXERCÍCIO

Estamos procurando lembrar as piores coisas que conhecemos. É como um exercício. Há cadáveres em posições esquisitas, sangue pastoso brilhando nas calçadas e pedaços de miolos grudados em azulejos. Serras, motosserras, fuzis de assalto, metralhadoras. Em pouco tempo estamos trabalhando com quantidades, referindo-nos a chacinas, massacres e genocídios. Bombas inimagináveis, maremotos, terríveis coincidências. Apenas um exercício. As pessoas foram desaparecendo das nossas histórias. Também nosso horror impressionante. Então já era hora de dormir.

O JUIZ

Tenho cargo. Tenho poder. Tenho a lei. Tenho sobrenome. Tenho motorista. Tenho manobrista. Tenho hérnia. Tenho datilógrafas. Tenho descontos. Tenho clientes. Tenho salário. Tenho crédito. Tenho ajuda de custo. Tenho verba de representação. Tenho segurança. Tenho saco para tudo, desde que cifrado nos autos. Minha toga lavo escondido dos outros, entre os meus iguais. Tenho o direito. Tenho presentes (não tenho passado). O futuro, ao Supremo pertence. Se me ofendo, meto um processo para escapar disso tudo. Data vênia: quanto à justiça, favor reclamar com bispo comunista, ou exército golpista.

MADALENA

Bati perna. Arrastei asa. Arranquei roupa. Bebi, fumei, pequei de arreganhar. Me perdi de não me achar mais. Desci direto. Sem-vergonha não era pouca. Motivo passou longe. Se queriam tinham, mas dinheiro antes. Fui até com gosto, que no meu gosto mando eu. Fingi também. Nunca de agrado. Quando convinha. E só assim. Fiz foi de tudo, que tudo é o que cada um faz quando faz... antes do resto... do fim... hoje.

Nem me arrependo! Se é o que vocês querem saber... para mim o inferno é aqui. Delícia. Então? Não vão atirar essas pedras? Vou ter de ficar aqui o dia inteiro?

ADRENALINA

Um pai esquarteja o cão que mordeu sua filha. Uma mãe dá machadadas na cabeça do filho viciado. Um Cristo prega-se na cruz dizendo-se filho de Deus. Um japonês joga seu avião sobre um destróier americano nos arredores de Guam. Argelinos abraçam bombas em nome de Alá. Um gafanhoto deixa a fêmea comer sua cabeça durante a fecundação. Marighella baleado morre de rir. Garrincha entra em campo com injeções de xilocaína no joelho direito. Zeca acende uma pedra. Heras esmigalham muros. Atlas espera envergado. Estou ouvindo os ruídos da sua depilação...

FOME

Como um CD que chega ao fim e se aquieta; como um sorriso através do Blindex; como um travesseiro de onde não se quer levantar; como um canivete que não fecha; como uma boca aberta antes do grito; como lençóis que brigaram; como a Bíblia da família; como uma Alemanha que se divide; como falar sozinho; como gases inflamáveis; como dinossauros de brinquedo; como um gesto que significa outra coisa; como uma ideia que não se anota; como Santos Dumont; como a dor de um perônio fraturado; como a coisa pronta; como um bife com batata.

A FORÇA DAS COISAS

Às vezes você está furioso. Gestos duros. Rápidos. Grita como louco. Tira faísca do assoalho. Fora de qualquer limite. Procura algo para destruir. Um objeto estilhaçante. Espetacular mesmo. À altura do seu estado. Agarra aquela fruteira. Ou uma jarra, por exemplo. Arremessa contra a parede. Com toda força. Só que você não reparou: a droga é de plástico. Simplesmente não quebra. Ou pior. Bate e volta contra você. Acerta-o em qualquer lugar. Você se dobra. Sente o golpe. Pronto. É o que basta para tirar toda a força da coisa. Entende o que eu quero dizer?

FASHION 90

Os anos 70 estão de volta! Costeletas, calças boca de sino, saltos carrapeta, letreiros cor de laranja sobre fundo roxo e crucifixos pendurados em fios duplos, filmes de sexo com roupa, coleções de figurinha e *rock* progressivo embalando viagens de chá mate. A moçada começando a pensar que afinal os militares não eram tão ruins, que pelo menos havia polícia secreta e política externa e mistério e missões e empresários autenticamente nacionais e batizados e crismas e primeiras comunhões e noivados e casamentos e carnês e esperança.

ESTÁ CHOVENDO HOMEM

Homens de calça *jeans* e camiseta fumando cigarros baratos, soprando baforadas baratas por janelas quebradas. Homens dobrando as mangas das camisetas sobre o bíceps, enchendo a mão direita com duas bolas de cartilagem, como modelos baratos de revistas baratas. Homens baratos com leite condensado barato, sem cuecas, sem anéis ou relógios e muito tempo. Homens às dúzias. Está chovendo homem, aleluia! Homens que fazem qualquer serviço completo com tudo incluído barato-barato. Homens baratos como baratíssimos homens baratos.

TUDO COMBINANDO

Lâmina enferrujada, o homem faz a barba olhando-se num caco de espelho. A água não esquenta. O chuveiro fica pingando. A descarga não funciona. Gravador come fita. A lâmpada queimou. Os azulejos eram brancos antes de encardirem para o bege. Alguns que caíram ainda estão por ali, aos pedaços. Eles estalam sobre as cerâmicas soltas do piso, quando o homem se movimenta, descalço, procurando escanhoar perfeitamente o rosto. Apoia-se no lavatório, que cede um pouco. O homem perde o equilíbrio. Corta-se. Não percebe. Não é grave. Vai ficar bem.

111

Haja o que houver a que tempo for será a noite mais preta de todas as noites negras em que os deuses das chances dormem pesadamente e sobrevoam corvos insanos dos piores Demônios do Brasil terra de contrastes e chacinas convocando a face carcomida da morte violenta dentes à mostra quando homens da lei entram para o que der e vier deixando cem gramas de alma no esgoto da covardia contra homens desprezíveis cujas nucas explodem feito ovos e braços inúteis pedem clemência sob camas já tampas de sarcófago. Só mesmo cães assustados salvam-se, mascando genitálias.

JESUS MISERICORDIOSO

Foi cuspido, humilhado. Falaram o diabo dele. Trocado por um canalha. Então posto na cruz. Cada mão pregada numa extremidade. Também os pés. Sabe o que é um prego atravessando tua carne, teus ossos? Coroa de espinho foi antes, aguentando todo aquele peso nas costas e... ainda assim... quieto. Parece que ele falou umas coisas. Não lembro. De qualquer maneira não reclamou de dor nem nada. Isso eu garanto. Jesus é misericordioso. Quem sofreu como ele sofreu resignado com tudo aquilo... Ele há de guiá-lo pelos caminhos. Há de ter pena de você. Eu é que não posso.

O CAMINHO DAS COISAS

A Berettinha vai tinindo para o exército do Duce. Luigi dispara dez vezes nos aliados. Como acha que a Itália acaba, vende a arma a Carlo, fugindo do inferno. No navio, Carlo atira para o ar e vende a Giácomo, mecânico. Giácomo faz oficina em Santos. Em 56, a pistola indeniza Marcos, ajudante, que vai para a Bahia. Marcos progride fazendo mudanças. Em 74 empresta a Silveira, vigia. Silveira diz que roubaram, casa e tem filha. Em 95 ameaça quem mexe com a menina e vende a Dico, assaltante. Dico se dá mal e a coisa agora está no depósito da PM de Sergipe, onde pega ferrugem.

SAGRADA FAMÍLIA

A vasta paisagem batida da cara das pessoas com todas as coisas misturadas e cada uma das coisas ali. Diante do espelho enferrujado, os meninos (quando sobram) crescendo, se dividindo, se espalhando para longe do longe cada vez mais. Avós acabando depressa. Tias trocando os nomes. Primas proibidas. Janelas remendadas a crepe. Vidas sem fotografias, esquecimento. Tosse comprida. Porrada. O mesmo paletó. Cabelos. Preces transbordando nas fronhas. Contrições sussurradas... chorar. Só isso. Chorar transbordando a água salgada do alívio. Chorar a tristeza infinita, a lágrima pura.

TANTO FAZ

Não imagino nada tão ruim. Nem imagino nada tão bom. Poderia ser o agente de alfândega mais canalha. Deixaria minha casa "um brinco" com as belas coisas importadas pelos outros. Cobiçaria a mulher do próximo mais próximo só pelo prazer de me meter no meio. Seria capaz de dar um segundo de alegria por dez anos de desprezo. Escolheria não escolher, de modo a deixar a gordura encabelada das coisas entupir todos os ralos. Tanto faz. Tanto faz mesmo. Tanto--tanto. Tudo. Estou cagando e andando e pisando por cima. Os cachorros mortos que se cuidem...

SOBRETUDO ISSO

Acho que tem um ditado sobre tudo isso aqui... puxa, não consigo me lembrar direito... parece que tem a ver com o fato de Deus escrever torto, ou confuso, ou com péssima caligrafia, ou sem as mínimas vírgulas mesmo, ou por folhas tipo sulfite, de forma que as linhas vão entortando, montando umas nas outras depois da segunda ou terceira página... sei lá... ou talvez seja apenas que Ele use aquele papel quadriculado... sabe aquele... aquele que é bem bom para equação do segundo grau, mas uma merda quando a gente quer ler algum enunciado importante.

OFICIAL DE JUSTIÇA

Distribuindo os piores papéis a soldo do Estado de coisas. Vagando nas sombras negras de um terno barato, cisca pelas esquinas de sangrentos despachos o oficial de justiça. Abutre concursado nos exames, é qualificado para pregar as dolorosas ferroadas dos cartórios. Brinca de pega-pega por uma necessária assinatura que já não vale nada, apenas para pinçar nossos pescoços miseráveis, postos a prêmio nos documentos timbrados de sua prancheta. Ninguém o ama, ninguém o quer... e ainda imagina-se o único a não ter culpa nessas histórias escabrosas.

HOMEM DE DEUS

Era ninguém. Vivia perdido pelas ruas da amargura mais azeda. Nunca soube direito o que fazer. Quando achava que sabia, não encontrava. Minha mulher me largou por outra que tinha quase tudo o que eu tenho, levando as crianças qu'eu também não podia criar. Roubar não roubei, que tinha vergonha... ou medo, sei lá. Fumar não fumo. Cigarro é caro. Beber eu bebi. Mas pouco. Depois mais um pouco. No fim bebi todas. Então encontrei Deus. Foi numa esquina aí. Disse pra ele o que tava entalado na minha garganta seca. Tudo isso não é coisa que se faça comigo!

João Anzanello Carrascoza

João Anzanello Carrascoza nasceu em 1962, em Cravinhos (SP). Redator de propaganda e professor universitário, publicou *As flores do lado de baixo* (novela infantil, 1991), *De papo com a noite* (novela infantil, 1992), *Hotel solidão* (contos, 1994), *A lua do futuro* (romance juvenil, 1995), *Zoomágicos* (contos infantis, 1997), *O vaso azul* (contos, 1998), *A evolução do texto publicitário* (ensaio, 1999) e *O jogo secreto dos alquimistas* (romance juvenil, 2000). Participou das antologias *Dois zero zero zero*, da Komedi (2000), *O Decálogo*, da Nova Alexandria (2000), e *Cuentos Breves Latinoamericanos*, Coedición Latinoamericana (1998). Possui contos publicados em diversos jornais, revistas e suplementos literários do país. Dos prêmios que recebeu destacam-se o do I Concurso Nacional de Histórias Infantis do Paraná (1991), o do XIV Concurso Nacional de Contos do Paraná (1992) e o do Concurso de Contos Guimarães Rosa, patrocinado pela Radio France Internationale (França, 1993).

TRAVESSIA

Escurecia. As montanhas, há pouco iluminadas pelo sol, eram agora sombras suaves, e suas formas pontiagudas semelhavam facas rasgando a membrana do céu. A mulher cortava uma cebola na cozinha, num silêncio ainda maior que o das montanhas lá longe, atrás das quais uma vida a esperava, como a árvore espera os pássaros que nela hão de pousar. Saíam-lhe dos olhos umas lágrimas, e se o menino entrasse naquele instante e a visse chorando, fácil seria lhe dar uma desculpa, embora ele, filho de quem era, soubesse por esses saberes que não se ensinam – já no sangue lhe correm desde o primeiro grito –, que ela estava mentindo. Mas o menino esperava pelo pai, à porta, sentado na soleira. Dali observava o mundo, que ia de sua casa cravada no vale até as montanhas, em cujo topo os policiais da alfândega mantinham guarda dia e noite. Não compreendia por que os pais viviam dizendo que uma hora teriam de ultrapassar a fronteira. Ali, no vale, era feliz. A terra, seca ou regada pela chuva, não dizia para ele senão terra; a árvore, pousasse ou não nela um pássaro, não dizia senão árvore; a folha estremecendo ao sopro do vento dizia apenas folha; as coisas anunciavam o que eram e, no entanto, ele já sabia que além de terra, árvore, folha, elas diziam somos o que somos, exista ou não quem nos mire, e ele, menino, porque não estivesse tão distante ainda de seu nascedouro, úmido do barro em que o haviam cozido, via imensidão naquelas miudezas. Mas, de tudo ao redor, o galo, caminhando de um lado ao outro, indiferente, a catar minhocas na sujeira do solo, era o que mais o encantava. Mais que a algaravia melódica dos pássaros, o colorido das borboletas, a grama verdinha que se aderia aos morros feito uma segunda pele, as estrelas perfurando o azul do céu. Galo. Plumagem irisada. Galo. Esporão e crista. Galo. Moela, onde os grãos do tempo eram triturados até se transformarem em grito, luz, manhã. Quando o pai apontou, sobre o alazão a galope, em meio à fileira de eucaliptos e, tão pequeno à distância, foi crescendo dentro de seus olhos crianças, o menino soube que ele trazia uma ordem agarrada ao seu silêncio, como à noite o grito do galo. Ao contrário de todas as tardes, o homem não tirou a sela do cavalo, nem pediu para o filho levar o animal ao piquete. Apenas apeou e veio vindo, as grandes mãos pendendo, vazias, os cabelos negros e duros de poeira, as botas estralando no cascalho, de costas para a montanha e o sol que declinava em definitivo. *Venha*, disse. O menino o seguiu. A mulher os viu entrarem na casa, o homem à frente, atrás o filho que dele tinha quase tudo em aparência, dela somente o contorno da boca, os olhos inquietos, a capacidade de ver no ar o que já se aproximava sem anúncio algum. Apressou-se para fritar o bife e as cebolas, enquanto o marido lavava as mãos. O menino o imitou e ambos se sentaram, um ao lado do outro. O homem fincou os cotovelos na mesa, apoiou o queixo entre as mãos e permaneceu olhando a paisagem lá fora, alheado. *O pai vai sair de novo?*, perguntou o filho. *Vamos!*, ouviu em resposta. A mulher trouxe o prato dos dois, voltou à cozinha para se servir e depois se juntou a eles. O homem esperou-a e, antes de dar a primeira garfada, mirou o colo e os braços dela e, como uma cobra, enfiou-se lentamente nos olhos que o atraíam. *Tem de ser esta noite*, disse. Ela oscilou um instante, feito a touceira de mato acolhendo a cobra e, então, começou a comer. *Vamos atravessar a fronteira?*, perguntou o menino. *Sim*, respondeu o pai, *Não dá mais pra esperar...* A mulher baixou a cabeça, espetou a carne com o garfo e a levou à boca. Mastigou lentamente, sem convicção, como se tivesse perdido a fome, o que é comum acontecer a quem cozinha: prova-se a toda hora o refogado, o arroz, a verdura, a ver se não há sal demais, tempero de menos, e assim, aos poucos, vai-se saciando sem o notar. Gosto maior era ver os dois comendo, em minutos, a iguaria que ela gastara horas a preparar; e o marido e o menino atiravam-se de fato à comida, os lábios besuntados de satisfação, o pão passando de mão em mão para que cada um pegasse seu naco – e que alegria se só migalhas sobrassem na toalha puída, só umas raspas restassem nas panelas, uns nadas que no entanto agradariam aos porcos, última refeição que lhes dariam. Ergueu os olhos com esforço para o marido, como se fosse mais difícil encará-lo que alcançar o outro lado das montanhas. *Tem de ser mesmo hoje?*, perguntou ela. *Só vão ter dois guardas*, respondeu ele, *é noite de festa do lado de lá.* O filho permaneceu quieto, balançando as pernas debaixo da mesa, sem tocar no chão, flutuante, menino. De repente, a lembrança do animal querido lhe bicou a memória. *Posso levar o galo, pai?* O homem ergueu os olhos para a mulher, a pergunta do filho puxava uma outra, dela, presa a seu mutismo, igual o canto de um galo que arrasta o de outro, para que assim, entre gritos e silêncios, se teça a rede de um novo dia de surpresas, ou se desfie outra meada de rotina. E, respondendo aos dois, um que fazia sua pergunta às claras como a luz da manhã, outra que a urdia no escuro do não dito, mas cujos olhos suplicantes o diziam mais que um grito, o homem respondeu apenas, *Não*. Retornou à comida, ciscou no prato um pedaço de carne, empurrou o arroz com a faca para um lado, cutucou o chumaço de couve, em busca do que levaria à boca, enquanto escolhia as palavras para explicar à mulher como seria a retirada. Sentia que ali só estava o homem que ele fora, o que era naquele momento já estava do lado de lá, à espera apenas de seu corpo. E, para saciar o outro apetite da mulher, se poderiam carregar algo que era também matéria de seus sonhos, uns raros realizados, outros na esperança de ainda o serem, ele acrescentou, *Não dá pra levar nada*. Ela parou de comer. Ergueu os olhos e viu na parede, emoldurada, a foto sépia em que ambos sorriam no dia de suas bodas. Mirou o rosto jovem do marido no papel carcomido pelas traças, quando ainda era um desejo conhecê-lo como o conhecia agora, pleno, sabendo o que cada um de seus gestos tinha além de simples gestos, e, como um pássaro, pousou em seu rosto atual, azulado pela barba que lhe rompia a pele, e nele ficou grudada ao visgo de sua expressão serena, ao movimento rude de seus maxilares que mastigavam vigorosamente a comida, barulhando como um ruminante. Ele a olhou com ternura, como se dissesse, *Não tenha medo, tudo dará certo*, mas ela sabia que em verdade ele dizia, *Não sei o que nos espera, mas temos de ir em frente*. O garoto insistiu, *Deixa eu levar o galo, pai?* O homem enfiou outra garfada de comida na boca. *A subida é dura*, disse, e completou, *Come!* A mulher encontrou argumento melhor para dissuadir o menino. *Vamos cruzar a fronteira de madrugada*, disse ela, *O galo pode cantar e denunciar a gente*. O homem observou o filho de viés. Doía-lhe igualmente renunciar ao que era seu. A comida parou-lhe na garganta, empurrou-a, bebendo numa só talagada a água fresca da moringa. O que perdia, deixando tudo ali? Um homem era o que ele não tinha, o que não o prendia a nada, mas que poderia ter a qualquer instante, o que o tornava livre. À sua direita estava o menino; à frente, a mulher, e também eles não lhe pertenciam. Eram porções suas, como os raios o são do sol, mas a ele não regressam, escolhem seu próprio caminho e os escuros que desejam iluminar. Terminaram a refeição sem trocar mais palavras, enfiados como gavetas em seus silêncios. O homem se levantou, limpou a boca engordurada na manga da camisa, pegou uma corda e o outro cabresto pendurados num prego na parede: ia buscar a égua no piquete, prepará-la para a viagem. O menino o acompanhou. A mulher ficou só. Tardou um instante sentada, como se gerando um filho em pensamento, um sol em seu ventre. Depois, retirou os pratos da mesa e sacudiu a toalha à porta dos fundos. As migalhas de pão caíram na soleira, ia varrê-las, desistiu. Também não adiantaria lavar a louça. Iam para sempre. Era pegar água e alguma comida para atravessar a noite e nada mais. Novamente seus olhos se umedeceram, pesava sob seus ombros a criatura que o tempo lhe moldara e já não era mais ela. *Que Deus nos proteja*, sussurrou, tentando se animar. O marido logo voltou, o menino em seu encalço. Por entre os batentes da porta aberta, ela pôde ver o cavalo e a égua encilhados e, ao fundo, acima das montanhas, a lua minguante fincada no horizonte. Durante alguns minutos os três ficaram olhando os parcos objetos da sala, fingindo naturalidade, simulando vê-los da mesma maneira que os veriam se ali continuassem por mais aquela noite e outras tantas, enquanto de fato se despediam deles, quietos e resignados. O homem dependurou a corda no prego da parede, como se fosse necessitar dela no dia seguinte, e disse, *Daqui a uma hora, a gente sai.* A mulher recolheu o vaso com flores do campo ainda viçosas, mas desnecessárias numa casa desabitada; o menino pegou o estilingue que deixara sobre a cômoda e o enfiou no bolso. Não tinham o que fazer senão aguardar a terra engolir inteiramente o sol, digeri-lo em suas entranhas como eles o faziam com a comida, e a noite se adensar, misturando num só bloco de escuridão o céu que os cobria, as montanhas cutucando os espaços ao longe, a casa onde estavam agora, inertes, contando os minutos para se lançarem às trevas da viagem, à semelhança dos galos que, ciscando os minutos, grãos do tempo, uma hora, saciados, os regurgitam em canto. À espera da hora da travessia, cada um se pôs a pensar em algo a fazer, embora o que almejassem não se deu como o queriam, assim era e sempre seria, o gesto exaustivamente ensaiado na imaginação, ou calculado pelo desejo, ao subir ao palco do momento em verdade é outro, às vezes melhor do que se espera, às vezes pior, nunca idêntico. O homem disse de si para si, *Vou picar meu fumo de corda*, a fim de amansar as dúvidas, víboras que o atacavam por trás da aparente serenidade, mas deu que não encontrou o canivete preso pela bainha ao cinto e permaneceu ali, hirto, como se posasse para um pintor invisível. *Vou coar um café*, pensou

60   Geração 90: manuscritos de computador

a mulher, para manter a todos despertos na caminhada, mas eis que se esquecera de moê-lo pela manhã, e àquela hora já não tinha mais por que fazê-lo. *Vou pegar aquele vaga-lume*, pensou o menino, ao ver lá fora, pela janela, bailando de cá para lá, a irrequieta luz verde, e, tendo à mão uma caixa de fósforo para aprisioná-lo, saiu a correr atrás do inseto fosforescente que se enfiava em meio às folhagens. A mulher foi ao quarto separar uma muda de roupa para cada um. O homem dirigiu-se para o alpendre e contemplou os contornos de sombra que a noite enegrecia, as cercas do piquete, a meia dúzia de porcos, as galinhas empoleiradas nas laranjeiras, os dois bezerros e, se quisesse rever com nitidez a pequena roça de milho que há anos teimava em cultivar, não precisava de mais claridade, ele a tinha por inteiro nas linhas das mãos. O pai no alpendre e a mãe no quarto, presos a seus poréns, não viram, nem um nem outro, que o menino se enfurnou na cozinha, pegou um embornal e saiu pela porta dos fundos, mergulhando no lusco-fusco, diante da égua e do cavalo amarrados e quietos. O homem notou um agito na direção das laranjeiras, onde as galinhas dormiam, mas não lhe passou pela cabeça que algo anormal lá se sucedia; do quarto, onde rezava para Nossa Senhora Aparecida, a mulher também ouviu um tatalar de asas, mas nem lhe ocorreu que o filho aprontava alguma. Só mais tarde, quando o homem, já sobre o cavalo, disse, *Vamos!*, e a mulher fechou a porta da casa, como se um dia a família fosse voltar, e montou na égua, e estendeu a mão para o filho subir e se acomodar à sua garupa, e o pálido luar revelou que o menino carregava um embornal, foi que ela desconfiou. *O que você está levando aí?*, perguntou. *Nada*, respondeu ele. Mas o que ia ali o desmentiu, estremeceu em desespero e escapou-lhe da mão. O pai apeou, abriu o embornal e, às apalpadelas, descobriu o que já sabia lá estar: o galo. Ao contrário do que a mulher e o filho esperavam, puxou o pescoço do animal para fora. *Se não ele sufoca*, disse. E o devolveu ao menino. Como a iguaria que não lhe sabe bem e vai com outra que lhe apetece na mesma garfada, a mulher digeria a um só tempo o gesto inesperado do marido e o temor de que lhes comprometesse a travessia. *Você ficou louco?*, disse ela. *A gente amarra o bico dele quando estiver clareando*, respondeu o homem. Puseram-se enfim a caminho. Não olharam para trás, as sombras nada revelavam senão um passado perdido e, à frente, as montanhas sólidas e imponentes avultavam, lavradas em grossas camadas de escuridão. Enveredaram por uma picada que em linhas sinuosas os levaria à base da cordilheira. O homem, em seu cavalo, ponteava a jornada, se surgissem obstáculos ele os enfrentaria primeiro, não por ser escudo da família, mas por enxergar melhor nas dobras das sombras bichos, penhascos, abismos, habituado a vencer de lua a lua longas distâncias a cavalo, como a cultivar de sol a sol a sua roça. Caminharam horas seguidas e nem se deram conta do quanto haviam avançado. Quilômetros. E a fronteira distante... Na garupa da égua, o menino adormeceu, as mãos enlaçadas ao pescoço da mãe. Por algum tempo, a mulher sentiu a alegria de tê-lo às costas, como se redescobrisse em si as asas de um anjo. Sobre suas cabeças, apenas o traço da lua como um sorriso e as estrelas que pulsavam, frias. A certa altura a estrada se estreitou e uns espinhos lhes arranharam a pele, até que finalmente se acercaram do cume da cordilheira. Uns grilos cantavam. O farol do posto de vigilância girava percorrendo a faixa da fronteira. A família continuou, rasgando o tecido de trevas. Além das montanhas, podiam ver no céu a chuva colorida dos fogos de artifício que espocavam ao longe. Era mesmo noite de festa do outro lado. Dali em diante, tinham de abandonar os animais, escalar um paredão de pedras e seguir a pé, à esquerda das luzes da cidade, onde haviam de entrar pelos fundos. Acordaram o menino. Depois, saltaram, um a um, para o lado de lá. Pareceu-lhes tão fácil que se o soubessem teriam vindo antes, muito antes, quando a vigília ainda não era tão intensa. Meteram-se na direção oeste, devagar, embora as pernas pedissem pressa, o pai na dianteira, o filho ao meio, a mãe atrás. O farol completou um giro, clareando pedaços da paisagem e, quando ia iluminar o terreno por onde passavam, eles se esconderam às pressas atrás de um arbusto. Atentos, os sentinelas focaram ali a luz do farol e notaram a folhagem se agitando. Um dos guardas disse *Deve ser um deles*, ao que o outro respondeu *Atira*. O sentinela mirou o arbusto, disposto a descarregar a arma, mas os galhos continuaram a oscilar, e ele desistiu, *Não, deve ser o vento*. A família continuou em fuga, o coração da mãe martelava no peito; o pai travara os dentes e abria caminho; o menino contemplava as estrelas latejando no horizonte, admirado. De repente, o galo começou a se contorcer dentro do embornal. O homem, apreensivo, sabendo que apesar de noite plena o animal já engendrava a manhã, tomou-o do filho e amarrou-lhe o bico com um barbante que trazia preso ao cinto. Seguiram por uma vereda, afastando-se lentamente da fronteira. Foram em direção ao rio, cujo rumor já ouviam à distância, e continuaram à sua margem. Caminharam mais algum tempo e pararam para descansar. O menino debruçou-se no ventre da mãe e adormeceu. Acordou mais tarde nos ombros do pai que o carregava às costas. Em meio às brumas do sono, ouviu o que lhe pareceu ser o canto de um galo – e logo outro, que lhe respondia, e outro, e outro. Aquela terra devia ter muitos galos para trazer a manhã, embora a noite ainda vigorasse, profunda. Ou eram os fogos de artifícios que explodiam na madrugada festiva da cidade. Ou tiros que vinham de um ponto das montanhas por onde o sol nasceria.

DUAS TARDES

A cozinha do restaurante, silenciosa, recendia a especiarias. Pedro se deteve diante de um dos panelões, destampou-o, esperou a nuvem de vapor se desfazer no ar e observou o guisado lá dentro. De súbito, a porta rangeu e um vulto se esgueirou, sorrateiramente. O cozinheiro fechou o panelão, girou o corpo num voleio brusco e se deparou com o visitante inesperado.

– Toninho! – exclamou, aturdido.

– Eu mesmo, mano – disse o outro.

– Que susto!

– Foi sem querer...

– Não acredito!

Antônio sorriu, os cabelos longos, a barba crescida, os olhos verdes cor de garrafa. Numa das mãos, a maleta de couro, amarrada por uma cinta elástica; na outra, nada.

Pedro surpreendera-se não só porque fora descoberto naqueles confins, mas porque via no irmão seu próprio retrato quando jovem.

– Posso entrar? – perguntou Antônio.

– É claro.

– Desculpe a invasão.

– Deixe de besteira.

Lá fora, a cidade vibrava sob o sol, um redemoinho agitava a terra vermelha; na cozinha, os dois se abraçaram.

– Você não mudou nada! – disse Pedro e se afastou.

– Nem você – disse Antônio e retrocedeu um passo.

– Por onde andou?

– Viajando.

– Como me achou aqui?

– Procurando.

– E esse cabelão?

– O seu era bem maior.

– É, a gente muda.

– Quanto tempo, hein?

– Quanto tempo!

O cozinheiro retirou o avental, ajeitou a gola da camisa, puxou um tamborete ao redor da mesa com tampo de mármore.

– Senta, você parece cansado – disse Pedro.

– O mormaço me deixa mole – disse Antônio.

– Veio de onde?

– De Bom Jesus.

– É aqui pertinho.

– Peguei uma venda por esses lados.

– E, então?

– Coisa pequena.

– Essa região é pobre.

64 Geração 90: manuscritos de computador

– Os coronéis não...
– Eles é que mandam.
– Mas não compram o que eu vendo.
– Ferragens?
– Pois é. Continuo no ramo.

Antônio se sentou no tamborete; Pedro apanhou a maleta do irmão, ajeitou-a num canto da mesa, admirado com seu peso, parecia que havia nela madeiro para mais de uma cruz.

– Dá azar deixar no chão, a mãe dizia.
– Ela era supersticiosa...
– Como anda a vida?
– Vou indo.
– Nada de novo?
– Quase nada.
– Fala.
– Casei.
– Quando?
– Tem cinco anos.
– A moça é de Boa Vista?
– É.
– Eu conheço?
– Acho que não.
– Tem filhos?
– Tivemos dois, mas....
– Mas?
– Agora só o menino.
– O que aconteceu?
– A menina se foi, pobrezinha.
– Como?
– Pneumonia.

De pé, o cozinheiro olhou furtivamente para o irmão. Podia ler em seu silêncio a escrita das perdas. Haviam aprendido juntos a decifrá-la, desde cedo conheciam a sua gramática.

– Que calor! – disfarçou Antônio, enxugando o suor da testa com a manga da camisa.

– Aqui é sempre assim – disse Pedro e se sentou.

Podiam ouvir um a respiração do outro, os braços quase se tocavam, como nas noites chuvosas da infância, quando encostavam as camas e rezavam baixinho para seus anjos da guarda.

– Quer um refresco? – perguntou Pedro.

– Pode ser água mesmo – disse Antônio.

O cozinheiro foi até a geladeira. O irmão abriu a maleta, tirou dela um retrato. Pelo vitrô empoeirado, podia ver o céu ardidamente azul, como naquele *domingo de pescaria*.

– Tem de graviola e de caju – disse Pedro.

– Tanto faz – respondeu Antônio.

– Pena que não tem tamarindo...

– A gente ia roubar no sítio do Manezão.

– Você sempre gostou.

– A mãe adorava. Bebia uma jarra inteira...

– E os passarinhos, lembra?

– Aquele alvoroço danado.

– Você ainda tem algum?

– Dei todos.

– É uma pena.

– Eu ia armar uma arapuca, pegar um canário pro menino – disse Antônio. – Mas desisti.

– É ele? – perguntou o cozinheiro.

– É – respondeu o irmão, entregando-lhe o retrato. – Peguei pra você ver.

– Forte, hein!

– Tinha um ano e meio.

– E agora?

– Três.

Pedro ficou com o retrato entre as mãos. Antônio bebeu um gole do refresco e disse:

– É a cara da mãe.

– Os olhos são seus – disse o outro.

– E você, mano? O que me conta?

– Vou indo.

– Casou?

– Tenho uma companheira.

– É daqui?

– Não, veio do Sul.

– Já tem criança?

– Ainda não.

– Há quanto tempo veio pra cá?

– Cinco anos e pouco.

– Mês passado passei por Bom Jesus – disse Antônio. – Nem sabia que estávamos tão perto.

– O mundo é pequeno demais – disse Pedro.

– A gente pensava que era grande.

– É verdade.

– Você sempre pintava o mapa-múndi pra mim, lembra?

– Lembro.

– Outro dia mesmo, encontrei um.

– Pensei que tinha sumido tudo com a cheia.

– Dei pro menino.

– Fez mal. Não servem pra nada.

– Por que não?

– Muitos países não existem mais – disse Pedro.

– Surgiram outros – disse Antônio. E, de súbito, sentiu uma fisgada no abdômen, curvou-se, as feições contraídas, os olhos semicerrados.

– O que foi? – perguntou Pedro.

– Estômago – respondeu o outro. – Quase tive uma úlcera.

– Você é jovem demais pra essas coisas.

– Fico horas sem comer. Cada dia almoço num horário.

– Está com fome?

– Tomei um lanche no caminho.

– Precisa se alimentar melhor.

– Às vezes não dá.

– Vou fazer um prato.

– Não precisa.

– Precisa sim.

– Deixa pra lá.

– Faço questão.

– Não tem problema?

– Aqui jogamos comida fora todo dia.

Pedro andou até um dos armários, abriu-o, retirou um prato. Depois pegou garfo e faca de uma gaveta.

Antônio foi atrás dele, as varas de marmelo sobre o ombro, a lata de minhocas no alforje. O sol avermelhado pulsava no céu de verão. Tiraram as camisas, penduram-nas num arbusto e desceram a ribanceira. Acomodaram-se nos rochedos, à sombra do bambuzal.

– Ali não é melhor?

– Não. Melhor perto das pedras.

– Por quê?

– Dá pra ver se tem cobra.

O rio fluía, sereno. Em meio às águas, despontavam aqui e ali galhos de árvores, troncos podres, animais mortos, dejetos tão comuns e belos que sem eles um rio não era rio.

– Olha, uma capivara!

– Quieto. Assim você espanta os peixes.

– E a...

– Psiu! A linha tá puxando...

– Vou recolher!

– Calma. Espera fisgar outra vez.

– Tá bom.

– Vai, agora!

– Peguei!

Antônio bebeu mais um gole de refresco, enquanto Pedro fazia seu prato. O silêncio gritava pela cozinha, como se espetado por um arpão.

– O trem sai às cinco.

– Dá tempo.

– A mulher reclama, sempre sozinha com o menino...

– Está bom de arroz?

– É muito.

– O menino gosta de bicho?

– E não? – sorriu Antônio. – Segue trilha de formiga, prende vaga-lume em caixa de fósforo, vive abraçando cachorro.

– Já levou ele no rio?

– Uma vez.

68 Geração 90: manuscritos de computador

– Gostou?

– Ficou lá olhando. Igual a gente, naquele tempo...

– Num minuto estará quente – disse Pedro, colocando o prato no forno de micro-ondas.

– Eu não queria incomodar...

O peixe se contorcia no ar, louco para voltar ao rio, dono do que é seu quando a vida o habita. Antônio tentava segurá-lo, era um dourado pequeno, grande para a primeira pescaria de um menino.

– Vamos, tira do anzol!

– De que jeito?

– Segura firme.

– Assim?

– Mais pra cá.

– Tira pra mim.

– Se eu tirar, você não aprende...

Contorcendo-se, úmido de rio, o dourado caiu ao chão. Aquietou-se um instante e voltou a se debater. O que para Antônio parecia ser a vitalidade do peixe era a vida que lhe saía.

– O anzol rasgou a boca dele.

– É assim mesmo.

Vieram outros peixes, mandis e bagres, tilápias, lambaris, mais douradinhos. E, no renovar de iscas, a tarde foi progredindo, o alforje se enchendo, as nuvens negras cobrindo o sol.

– Quer lavar as mãos? – perguntou Pedro.

– Sim – disse Antônio.

– Ali na pia.

– Outro dia fui lá no sítio.

– E aí?

– Está abandonado. O dono quase não aparece.

– E a roça?

– Acabou. Virou tudo pasto. O homem não planta nada.

Pedro retirou o prato fumegante do forno. Antônio voltou à mesa e se sentou novamente.

Trovões ecoavam ao longe, o vento assobiava, as árvores dançavam, enlouquecidas, curvando-se sobre o rio que corria, indiferente.

– O cheiro está bom – comentou Antônio. – O que é?

– É dourado – respondeu Pedro.

– Senta aqui, mano.

– Acostumei a ficar de pé.

– Agora não precisa...

O cozinheiro se sentou. O irmão se pôs a comer vorazmente, um naco de pão a cada duas garfadas de comida.

– *O que é aquilo no rio?*

– *Uma tora de eucalipto.*

– *E ali?*

– *Parece uma panela da mãe.*

– *E lá?*

– *As roupas do pai!*

Meteram-se pela vereda, assustados, Antônio com as varas, Pedro com os peixes a pulular no alforje. O rio margeando-os, como se eles rio e o rio meninos. Quando chegaram, as águas haviam arrastado quase tudo: as cercas, as tábuas do chiqueiro, as paredes da casa...

O cozinheiro descansou os braços no mármore frio, inclinou-se para frente, aproximou-se do irmão que raspava o prato.

– Está bom?

– Bom demais. Você se superou.

– Que nada!

– Me lembro do primeiro almoço que o mano fez.

– Queimou tudo.

– Nem os porcos quiseram.

Riram, cúmplices.

– Alguém tinha de fazer a comida.

– Quem diria que você ia virar um cozinheiro de mão cheia...

– Quer mais um pouco?

– Não, obrigado – disse Antônio.

– Deixa de cerimônia – disse Pedro.

Levantou-se, renovou o prato do irmão e o levou ao forno. O outro media seus movimentos, os olhos verdes cor de garrafa brilhavam, longe.

– Você devia aparecer em Boa Vista.

– Pra quê?

– O menino ia gostar.

– Ele nem me conhece.

– Sempre falo de você...

– Um dia eu apareço.

Pedro retirou o prato do forno e serviu Antônio outra vez. Depois andou de lá para cá, abrindo e fechando as panelas, emudecido, enquanto o irmão comia de cabeça baixa.

– Mais um pouco?

– Não, estou satisfeito.

– E o estômago?

– Melhorou.

– Era fome!

Antônio limpou a boca, sacudiu as migalhas de pão. Puxou a maleta para si. Ergueu-se, a outra mão sobre o abdômen dolorido. Lá fora o vento levantou uma nuvem grossa de poeira. Pelas frestas da janela, viu o sol no horizonte ensanguentado. Apanhou a maleta, abraçou timidamente Pedro e partiu às pressas, sem que nada mais pudessem dizer um ao outro. O cozinheiro recolheu o prato e o copo e os colocou na pia. Debruçou-se à janela e observou lá fora, os olhos borrados pelo céu em tumulto, o irmão seguindo para a estação ferroviária, como um menino rumo ao rio.

Sérgio Fantini

Sérgio Fantini nasceu em 1961, em Belo Horizonte (MG). Funcionário da Secretaria Municipal de Cultura, publicou *No lar dos inseguros* (poemas, 1979), *E se a gente matasse todas as baratas com um inseticida bem forte?* (poemas, 1980), *Jogo rápido* (poemas, 1980), *Ô minina!* (poemas, 1981), *Bakunin* (poemas, 1983), *Palpites ltda* (poemas, 1984), *Carapuá* (poemas, 1985), *Diz xis* (novela, 1991), *Cada um cada um* (contos, 1992), *79/97* (poemas, 1997) e *Materiaes* (narrativas, 2000). Possui contos, poemas e resenhas publicados em diversos jornais. Foi selecionado para integrar a antologia *Contos Jovens*, da Brasiliense (1986), e a *Novos contistas mineiros*, da Mercado Aberto (1988). Publicou trechos de *Diz xis* no livro *Belo Horizonte: a cidade escrita* (contos, 1996).

SUÍTE BAR

Vejo as pessoas e penso: quantas dessas pessoas não serão muito interessantes? Quantas delas jamais irei conhecer?
(Francisco de Morais Mendes, *Escreva, querida*)

*Esse de paletó branco, que saiu, também pena.
Toda noite sentado – aí – bebendo os tragos dele. Moendo
e remoendo suas mágoas, caçando seus campos de paz.*
(Ariosto de Oliveira, *A pesada memória da noite*)

(1)

Teodolito continua *hippie*. Ficou no seu posto entre 10 e meia e 11 e quinze, marcado no relógio. Hoje vestia colete vermelho, sem camisa; bermuda *jeans* desfiada; sapato preto e meia verde; óculos azuis. O sol estava forte, claro demais, e por isso seu cabelo parecia branco.

Eu cheguei pouco antes dele, e encostei aqui no fundo do balcão. Ele ficou 40 minutos sentado na porta, olhando para um lado e outro, como se esperasse alguém. O ritual de sempre, só que hoje bebia cerveja em vez de vinho. Detalhe que merecia uma observação cuidadosa.

Antes de eu acabar a primeira, o Pata entrou com uns vinis debaixo do braço. Sentou no banquinho do lado, dificultando minha visão. Chegou resmungando alguma coisa sobre um disco arranhado. Pelo que entendi, ele emprestou o "Vela Aberta" para o Dulindo, e o vinil voltou arranhado. Nem sempre é fácil entender o que ele fala, muita gíria, muita variação de tom e volume, além da formação de frases quase dadaísta. Isso tudo com as devidas interrupções para levar o copo à boca. Mas é um cara legal, reclama muito mas é um cara legal.

Tentei manter o assunto na música (queria pegar o Walter Franco de qualquer jeito), mas ele tirou o sábado para difamar Dulindo. Reclamou que o outro é metido a besta, um mauricinho que se acha melhor que todo mundo, que as mulheres são mesmo burras por acharem "aquilo" bonito, no fundo, um canalha aproveitador – e por aí foi, mostrando o quanto gosta dele. Aliás, a gente os conhece há mais tempo e sabe da ausência de ruídos e arranhões em sua amizade.

Não quis falar isso, iria estragar sua manhã. Aquela era a cena, aquele, o seu texto e eu, a plateia. Deixei que ele conduzisse a conversa, concordando com quase tudo (eu queria muito levar o disco).

Isso durou até 11 e dez: nessa hora Teodolito se levantou. Tenso, esperava alguém que subia a rua. É uma figura: tem dois metros de altitude, como diz o Pata, magrelo, e com aquela roupa... Abraçou um homem de terno, mais velho, com uma bolsa de couro a tiracolo. Depois veio até o balcão; em voz baixa pediu a Tomazinho para anotar e avisou que voltaria mais tarde.

Depois que ele saiu com o cara de terno, Pata me perguntou, como se fosse iniciar uma confidência, se eu me lembrava do primeiro disco dos Mutantes com autógrafo do Arnaldo. Claro, o bairro todo conhece esse disco, mas ninguém acredita na autenticidade do autógrafo. Pois é, continuou o Pata, outro dia Teodolito queria porque queria pôr a mão naquela preciosidade, e cê acha que eu deixei? claro que não, no mínimo esse gringo ia trocar por bagulho, e com o rabisco do Arnaldo, já viu, né, aquilo vale uma boa grana e eu, como é que ia ficar? – e por aí foi novamente o meu amigo, anunciando o desejo de se aproximar de Teodolito.

(Se Teodolito usa drogas? Ninguém pode afirmar, e se usa, para nós, que bebemos cerveja, não é importante. Ele trabalha durante a semana, toma vinho aos sábados sentado na porta do bar, às vezes recebe pessoas que não conhecemos e vai cuidar da sua vida. Nunca encheu o saco de ninguém, paga a conta em dia e joga as guimbas no meio da rua. Apesar da aparência e do silêncio, um cara normal, o que já é muito pra um boteco feito este).

(2)

a mulher vulgar gosta de gim e de poetas. Gim, por causa do alto teor alcóolico. De poetas porque sabem fracassar com estilo. Não tenho certeza, ela não confirmou a tese. Apesar de gostar, nunca jurou amor eterno: não é fiel nem mesmo à sua bebida predileta.

ela estava com uma saia que ia até os joelhos e camisa de mangas compridas. A saia era vermelha, e a camisa, branca, leve. Os cabelos, agora pretos, estavam soltos nos ombros. Sandália preta de salto. Poderia se chamar Carmem aquela noite. Dulindo reagiu mal quando um homem grisalho colocou, proprietário, o braço no ombro da mulher vulgar.

Dulindo não é um solitário, vive sozinho, mas nunca está só. Melhor: suas mulheres são tão boas que podem ser ficção. Nunca vimos nenhuma, sua presença é seu texto. Numa segunda, contava-me de certa Maria da noite anterior. De seu andar angelical, da luz de seus olhos, suas pernas longas, dos mamilos rosados ponteando os seios pequenos, os lábios sem batom. Quando a mulher vulgar sentou-se à nossa mesa com um Cuba.

a mulher vulgar foi para a mesa do canto. O homem grisalho ajeitou a cadeira para ela. Ele vestia uma camisa polo e calça de linho. Muito elegante, Dulindo, sarcástico. Tomazinho levou o cardápio. Passando por nós, piscou. Voltou com um uísque e um gim. A garrafa de uísque ficou na mesa. O cara é dos bons, eu provoquei. É, e pelo menos ela não pediu Cuba-libre.

ela usava um vestido estampado com formas orgânicas. Tecido sintético colado ao corpo marcando as coxas. Os peitos explodindo pelo decote; e aquela bunda, um mundo. Ofereceu seu copo ao brinde. Brindamos a ela. Em seguida fui ao banheiro. Na volta, estacionei no balcão. A mulher vulgar queria Dulindo. E a transa de domingo ficou na memória.

o casal no fundo do bar parecia perfeito. Meu companheiro estava incomodado. Um Cuba, Tomazinho, ele comandou. Vai misturar? Ele apenas me olhou, enigmático. Quando a mulher vulgar olhou em sua direção, Dulindo ergueu o copo. De longe, ela sorriu. O homem grisalho olhou também. Parecia não gostar daquilo. Dulindo, ao contrário, se excitava.

algumas doses depois, os dois saíram. Antes, ele pagou a conta e me pediu que o esperasse. Eu não estava mesmo pensando em ir embora. Continuei vigiando a televisão em cima da geladeira. Uma hora e pouco depois ele voltou. Estava calmo, pacificado. Voltamos para nossa mesa e ele me contou. Tinham ido a um hotelzinho antes do Centro. Ela não quis pegar táxi nem ônibus, foram a pé. Ela é demais, há tempos não tinha uma mulher assim, madura. E vocês conversaram? Lógico, ela tem muita classe. E como ela é? Linda, cheia, tem umas cicatrizes nas costas e chupões nos peitos. E o que mais? O melhor de tudo: ela me contou a história de sua vida.

eu voltava do banheiro e vi a mulher vulgar e Tomazinho na porta. Aproximei-me. O homem grisalho e Dulindo no meio da rua, a porrada comendo solta. Tentei apartar, mas Tomazinho me impediu. A mulher vulgar se divertia. Eu não: Dulindo é um bosta, e estava apanhando muito. E ninguém sabia se o homem grisalho vinha de algum lugar escuro do passado daquela mulher.

*a mulher vulgar agora é fiel somente ao seu prazer.
Nem sempre foi assim. Hoje ela usa os homens como e quando quer. Dulindo tinha feito outra marca na coronha. Eu não queria diminuir o valor de sua conquista. Por isso não contei a ele com quem ela passou o sábado nem disse quem tinha criado a história de sua vida.*

(3)

No espelho, no que sobra dele, consigo ver as rugas que enfeitam meu rosto. É um espelho muito velho, descascado, e a luz do banheiro é fraca. Rugas no rosto e na alma que se abriga neste corpo velho, coberto por uma pele macilenta e enrugada.

Lá no bar está um garoto que conheci há uma semana. Quer ser escritor. Aproximou-se com a conversa de sempre. A essa altura, farejo de longe. Deixei que exibisse todas as suas plumas. Ele quer que eu leia originais. Acha que vai conseguir um prefácio, algo assim.

O banheiro é indigno, e a luz fraca ajuda a camuflar isso. Não há cesto de lixo junto ao vaso: os papéis usados amontoam-se no canto. A porta, coberta de trovas e desenhos obscenos, não tranca. Os azulejos devem ter sido brancos um dia. A pintura do teto está trincada de infiltração. O cocho, entupido, é uma piscina onde boia o cadáver de uma barata e gosmas estranhas. A torneira da pia foi arrancada.

Combinamos de sair hoje. Ele queria ficar lá em casa, achou que seria fácil assim. Não sabe, coitado, que nada custa tão barato. Ainda precisa aprender. Tem o corpo bonito, olhos inquisidores, uma conversa agradável. Parece entender o que fala, tem um bom repertório de leitura, é ambicioso. Imaturo, confunde algumas coisas. Talvez eu o oriente. Trouxe um conto seu. Queria que eu lesse ainda hoje.

Guardo meu pinto, o que sobra dele, aboto a calça e continuo observando parte do meu rosto no espelho. Essas rugas não surgiram do nada. Se quisesse, poderia contar a história de cada uma delas. Algumas são muito íntimas:

As mil e uma noites lendo e fazendo anotações; amassando a ponta dos dedos no teclado da velha Studio 44, tentando decifrar para alunos e leitores os segredos dos grandes clássicos e os truques baratos de grandes picaretas.

As aulas, por mais de vinte anos, para estudantes beócios ansiosos por um diploma que nunca lhes daria qualquer vantagem.

Festas, congressos, seminários, vernissages, lançamentos, debates, polêmicas, encontros, festivais, recitais, coquetéis... uma infinidade de eventos sociais em que idiotas desfilavam sua ignorância buscando autopromoção.

As incontáveis horas de solidão, a solidão, a angústia de sentir o tempo implacável derrotando a saúde.

O casamento desfeito em meio a crises terríveis, o sentimento de rejeição mais forte do que nunca, o coração em cacos ferido por palavras de pura crueldade.

Aqueles que foram dispensados ao revelar sua verdadeira face após uma noite de amor.

Dezenas de aventuras, rapazes que mal conheci antes de me deitar com eles, e nunca mais.

O medo eterno de doenças, de assaltos, de chantagens, da dor, da morte, do escândalo, da velhice.

Gosto de conhecer bares. Não é nada literário isso. Não sou mais um caçador, apenas gosto de ser surpreendido. Por exemplo, descobrir um, simpático, numa galeria comercial. Ou, passando por um bairro desconhecido, virar a esquina e ver o luminoso no meio do quarteirão. Ou perceber a plaquinha no fim da rua, escondida, e caminhar até lá sem saber o que me espera.

Assim como não é literário, também não é ideológico. Apenas me sinto mais à vontade em ambientes simples, entre pessoas comuns onde, de certa forma, nossas diferenças nos ferem menos.

Por isso descartei a proposta do garoto de ir a um desses restaurantes onde velhos literatos, velhos professores e críticos velhos se sentam à espera dos jovens candidatos a escritores.

Aqui, me senti bem. Três pessoas no balcão, salão vazio, a televisão ligada sobre a geladeira. Poucos cartazes nas paredes, um São Jorge horroroso, e os banheiros identificados com "ele" e "ela", sem pretensão criativa.

O proprietário nos deu uma mesa no canto, discreta. Eu estou tomando uísque; ele, cerveja. A conversa caminha em direção à sua "carreira". Ele quer justificar a literatura com sua biografia. Quando o deixei, estava com quinze anos, o primeiro baseado e a saudade dos troca-trocas da pré-adolescência.

Não posso passar a noite toda no banheiro. Daqui a pouco preciso voltar, ouvir o texto ralo da história de sua vida e preparar o terreno para satisfazer meu vício, o que sobra disso.

(4)

Tudo, naquela noite, depunha contra minha permanência. A chuva, que justificou a saideira, tinha passado. O céu estava limpo; a temperatura, agradável.

Não tinha fumado nem bebido muito, poderia caminhar para casa, e dormiria bem. Mas tinha fome.

Pensei em comer: a carne na estufa parecia a ilustração de um livro de ciências, em close. Em casa, até o miojo estava vencido.

Dois fregueses, desconhecidos, se alojaram no canto.

Pata e Dulindo também chegaram quando eu já me preparava para ir embora. Um desespero mudo me inquietava. Eles vinham da sinuca trazendo garrafa e copos. Eu estava no observatório do banquinho do fundo. Os dois ficaram em pé ao meu lado, obstruindo o campo visual, mas não reclamei.

Alguma coisa não ia bem, e eu não sabia o que era. Poderia ir embora e deixar que passasse, mas a espera, no bar, tem mais confortos.

Dulindo queria falar sobre incerta mulher que vinha comendo há uns dias. O Pata queria que traduzíssemos juntos as letras de "Nursery Cryme", que ele trazia debaixo do braço. Cada um com sua ansiedade.

Eu queria ser desejado por uma mulher que me desprezava.

Quando começou o jornal das 11 na TV, Tomazinho nos empurrou um pratinho de amendoins. Dulindo aproveitou para pedir uma pinga, e o Pata, após sondar o freguês desconhecido, foi se sentar na mesa do canto levando o encarte do disco. O mais velho deles estava no banheiro.

A noite prometeu animar quando um policial entrou. Usava colete à prova de bala e descansava a mão na arma. A tensão de sempre, as mortes penduradas na cintura, a total ausência de suíngue. Parou na outra ponta do balcão e vasculhou o ambiente. Demorou um pouco o olhar de pedra sobre o Pata e seu amigo louro. Quando voltou a olhar para o meu lado, ergui o copo num brinde. Ele pediu refrigerante e um pedaço daquela carne.

Policiais também devem ter problemas íntimos. Esse bebeu devagar, os olhos no telejornal. Não pagou. Colocou o boné e saiu. Parecia outro homem, cansado, derrotado até. Parecia qualquer um de nós. Os poucos minutos ali dentro injetaram nele alguma humanidade.

Dulindo ficou alerta quando o velho saiu do banheiro. Eu também me preocupei, afinal, o Pata não tem papas na língua. E ele estava de bicão na mesa de gente estranha. Mas não aconteceu nada: o rapaz apresentou os dois, o velho pediu um copo e o Pata lhe passou o encarte. E o velho começou a traduzir as letras do Genesis para esse meu amigo de sorte.

Minha curiosidade sobre o que ainda poderia rolar não era tanta. Dulindo acabou de contar o caso com a nova namorada, incluindo alguns detalhes ginecológicos. Tomazinho, agarrado ao cabo da vassoura, nos deu as costas para assistir a um filme. O Pata e seus novos amigos continuavam conversando como se fossem velhos amigos.

A mulher em minha mente começou a se tornar real, e ela era boa demais para frequentar um copo-sujo feito aquele, àquela hora da noite. Sem que ninguém notasse, agarrei-a pela cintura e caminhamos até o meu barraco sob a chuva que voltava a cair.

(Saideira)

Não sei se Tomazinho vai voltar, mas talvez seja melhor ele saber a verdade hoje mesmo. A culpa é de Dulindo, que começou tudo, mas eu sou o cara confiável para limpar a área. Vou esperar até meia-noite: se ele não aparecer, foda-se, amanhã a gente vê como fica.

Bares vazios são desertos, só o silêncio de uma noite de semana, além do zumbido no meu crânio. Devia ir embora logo, deixar pra lá. Mas e se ele se convencer de que eu estou no meio também? O melhor é resolver tudo de uma vez. Pô, a gente não é amigo-amigo, mas já são quantos anos de boteco? Ele abriu conta pra mim no dia que cheguei ao bairro.

Estou pensando é no que pode acontecer com Fátima. Acho que apanhar de verdade não, mas por outro lado, quem sabe do que é capaz um marido traído? Pior: que não tem certeza se foi corneado. Porque ele vacilou depois que eu tentei livrar a cara dos meninos. Se não fosse isso, acho que ele mandaria pose e pacifismo pra casa do caralho e aí o couro ia comer na casa de sinhá. Mas ele deve ter acalmado depois da bifa na minha orelha.

Bem feito pra mim, por que eu tinha que me meter? Pata e Dulindo que se fodessem, eles fizeram a merda, eles limpassem.

Primeiro foi o gostosão do Dulindo, claro. Um cara decente preserva as mulheres que come. Este, para quem ética fica logo abaixo do clitóris, não só entrega como dá detalhes.

Sem mais nem menos, a dois metros do balcão, contou que uma vez foi à casa de Tomazinho. Falou o que foi fazer, e por que Tomás não estava lá nem no bar, mas isso não importa. O certo é que Fátima ofereceu um cafezinho e, assim que entraram, ela ligou o som e tocou uma pra ele no sofá.

Que grande filho da puta! Isso não é coisa que se divulgue. Se aconteceu mesmo, guardasse no arquivo de inspirações. Mas não, pra ele mulher é só buracos e marcas na coronha.

Vou esperar mais um pouco, se Tomás não voltar em meia hora, me mando e largo isso aqui às moscas. Baixo as portas e foda-se.

Aí o Pata se entusiasmou, e aquele quando bebe fala um Charlie Parker. Menosprezou a aventura do outro dizendo que Fátima foi mais generosa com ele.

Diz que uma noite estava aqui – e nessa hora Tomazinho olhou pra nossa mesa – só com ela no balcão e um bebum cochilando no canto. Então ela teria pedido a ele pra arrumar a válvula da descarga. Ele foi, como se soubesse consertar alguma coisa, e quando chegou lá ela estava sentada no vaso. Foi logo encaixando o microfone no pedestal e cantou uma pra ele.

O Pata acabou de falar isso e uma garrafa veio do balcão feito um míssil. Espatifou na testa, ele caiu com a cara já toda ensanguentada. Dulindo se levantou e Tomazinho encaixou-lhe um belo dum telefone, ele deve estar meio surdo até agora.

Aí eu cometi o erro de pedir calma tentando pôr panos quentes. Foi fatal:

– O senhor também vai conversar fiado da minha mulher, seu bosta?

Sua mão fechada me acertou na orelha antes que eu ouvisse o ponto de interrogação.

Acordei neste deserto. Pata e Dulindo foram cantar de galo noutra freguesia, e Tomás...

Vou esperar só mais uma cerveja. Enquanto isso decido o que fazer, se ele voltar. Posso dizer que os meninos falavam de outra mulher, e ele entendeu mal. Ou tentar convencê-lo que eles estavam bêbados e apostaram pra ver quem inventava a maior idiotice.

Mas se ele não acreditar em nada disso, acabo dizendo que os dois são uns frouxos, e conto como ofereci meu consolo a Fatinha quando ela apareceu chorando pitangas lá no meu barraco.

Ou não: certas verdades, quando mal ditas, podem parecer mentira.

Rubens Figueiredo

Rubens Figueiredo nasceu em 1956, no Rio de Janeiro (RJ). Professor e tradutor, é também um dos editores da revista *Ficções*, da editora 7 Letras. Publicou *O mistério da samambaia bailarina* (romance, 1986), *Essa maldita farinha* (romance, 1987), *A festa do milênio* (romance, 1990), *O livro dos lobos* (contos, 1994), *As palavras secretas* (contos, 1998) e *Barco a seco* (romance, 2001). Possui contos, resenhas e traduções publicados em diversos jornais e revistas do país.

CÉU NEGRO

Na sua idade, a surpresa não deveria ser mais do que um rito, um brinde com o copo vazio. Ele ainda saudava os imprevistos, ainda se detinha um pouco diante de um improviso das circunstâncias. Mas quem olhasse bem o seu rosto só veria ali a mímica de uma emoção enterrada para sempre sob a pele.

Mesmo assim, teve de admitir, ele não esperava aquilo. Através do vão da porta, viu a moça que subia a ladeira. Seus passos batiam num ritmo teimoso no asfalto. Na maior parte do tempo, ela olhava para o chão, para os buracos. Às vezes erguia a cabeça e voltava o rosto para a parte mais alta da rua.

Em casa, Júlio também baixou os olhos. Uma lâmina de sol cortava o ar na diagonal através da porta meio aberta. Ele observou os ciscos de poeira que voavam na luz amarela e, antes mesmo de notar a atadura enrolada na mão da moça, refletiu que não deveria mais vê-la.

Não ia ao ponto de dizer que preferia nunca ter encontrado aquela mulher. Agora que tudo havia terminado mais ou menos bem e ele já estava em casa, Júlio podia esquecer como tinha rogado pragas contra si mesmo, como o arrependimento o havia mordido, naquela noite. Agora, pensando bem, Júlio podia até se parabenizar. Seu orgulho podia erguer nas mãos o medo que ele, de fato, havia sentido e exibi-lo como mais um troféu viril da sua coleção. Bem ou mal, tinha valido a pena. Ele havia escapado ileso e afinal estava vivo, não estava? Júlio repetiu mais uma vez a pergunta para si mesmo, ainda um pouco incrédulo, ainda não inteiramente habituado a essa ideia: estava vivo, não estava?

Seja como for, compreendeu que agora não havia jeito. Teria de vê-la ainda uma vez, quando a moça chegasse ao topo da ladeira e pisasse a calçada de cimento em frente à sua porta. Com um prazer um pouco vingativo, Júlio deteve ali o pensamento, reteve os passos do futuro nesse degrau. O momento, Júlio sabia, não era o mais apropriado. Mesmo assim fez questão de aproveitar a chance e saborear um pouco a sua vaidade. A moça não podia deixar de perceber que aquela casa era a única, de toda a rua, sem barro ou lama na entrada. Em vez disso, a moça pisaria um pavimento de concreto que, tempos atrás, ele mesmo havia misturado e alisado com sua pá de pedreiro, sob o olhar de desprezo dos vizinhos.

Júlio conferiu depressa como estava vestido. O tênis branco não parecia tão sujo e a camisa só tinha as manchas de suor embaixo do braço. Com apenas três passos, atravessou a sala e entrou no banheiro. Seu rosto ocupou de uma só vez todo o espelho, pendurado em um prego entre os azulejos. A luz do sol irradiava com força através de duas telhas de vidro, no teto, e seu bigode grisalho brilhava acima dos lábios negros. Com o dedo, tentou arrumar dois fios que se eriçavam abaixo do nariz. Mas para quê? Que importância tinha o que a moça ainda pudesse pensar?

Alguns dias antes, quando a viu pela primeira vez, ele se importaria, sim. Mais até do que gostaria de admitir. Na verdade, mal acreditou ao perceber os primeiros sinais de que sua estratégia com a mulher estava funcionando. Ficou bem contente ao adivinhar que no fim ele iria conseguir o que desejava. Mas Júlio sabia se conter. Mantinha uma sombra atravessada sobre o rosto e, após tantos anos, havia de tal modo se habituado a usar essa meia-máscara que às vezes chegava a esquecer-se dela, a levava para casa e podia até dormir com aquela hostilidade transparente pousada sobre os olhos, como um lenço.

Mas isso só podia acontecer por alguma distração. Havia uma hora certa para desenrolar aquela penumbra diante do rosto. Júlio não saberia explicar o motivo, mas tinha certeza de que era importante, parecia mesmo algo essencial. Na vida, havia muitas regras. Inscritas no ar, rabiscadas às pressas na poeira do chão, sempre gravadas no repuxar nervoso no rosto dos outros. Júlio sabia que muitos não conseguiam ler as regras, sabia que muitos não tinham sequer noção de sua existência. Por isso ele se considerava um pouco superior.

Júlio era grato às regras. Em troca da sua fidelidade, elas o envolviam em uma redoma, o amparavam em uma rede e assim – pelo menos, é o que Júlio acreditava – ele chegara à sua idade atual, bem disposto, o pescoço ereto, a voz forte. Mas naquela noite, quando conheceu a moça, algum nó se afrouxou e escorregou dentro dele, e Júlio acabou traindo uma das regras. Por sinal, não das mais complicadas.

Como sempre, não havia surpresas. Júlio compreendia ser velho demais para que uma mulher jovem se interessasse por ele sem esperar alguma coisa em troca. Mas Júlio não se importava com isso. Aliás, os pequenos benefícios que oferecia às mulheres revertiam em uma dupla vantagem. De um lado, não tinham um caráter obrigatório, nem eram o suficiente para transformar sua amante eventual em uma profissional comum. De outro lado, seus presentes evocavam na hora certa a noção de um interesse material, um peso tangível nas mãos das mulheres, um lastro capaz de manter os pés delas firmes no chão. Os presentes, ao contrário do que seria de se esperar, serviam justamente para esfriar seus impulsos mais sentimentais que, fingidos ou não, costumavam deixar Júlio contrariado. Sem que as mulheres notassem, os presentes as induziam a tirar o melhor partido do momento e deixar em paz o resto de Júlio.

Com tudo isso, é quase certo que os amendoins e o guaraná que ele pagou para a moça naquela ocasião não seriam o bastante. Sempre com o rosto grave, no máximo esboçando uma ou duas vezes um sorriso para dentro, Júlio elogiou a beleza da sua "dama", como ele gostava de dizer, ao jeito antigo, enquanto entremeava comentários a respeito de si mesmo. Sem chamar atenção para isso, deu a entender que morava em uma casa de alvenaria, com água, luz e vários eletrodomésticos. Fez ver, também, que ele mesmo havia construído sua casa, bem como os três quartos que alugava, todos com banheiro e cozinha.

Aludiu, de passagem, a um outro quarto, ainda em construção, sobre uma laje, onde pretendia morar em breve. Incutiu na moça a sensação de que se tratava de um trabalho demorado e caro. Nesse ponto, Júlio se sentiu contente consigo mesmo. Era bom ter a chance e, mais ainda, ter o direito de dar um pouco de vazão ao seu orgulho secreto – um orgulho que ele sabia ser grande demais para que os outros pudessem entender. Nos últimos tempos, Júlio vivia na convicção de que esse último aposento seria sua obra mais perfeita.

Após insinuar algumas perguntas e permitir que a moça também falasse – mas, na verdade, sem se dar ao trabalho de ouvir tudo o que ela dizia – Júlio deixou no ar a ideia de que poderia ceder um liquidificador e, talvez, um rádio. Tudo pesava na balança, em vista daquilo que estava em jogo. Inclusive o fato de Júlio ter um corpo forte e de aspecto saudável, para um homem que, poucos meses antes, havia completado setenta anos. Mas ele achou que o que decidiu de fato a moça foi aquele outro item: o liquidificador e o rádio.

Júlio não se sentiu diminuído por isso. Para falar com franqueza – repetiu mais de uma vez para si mesmo – seria até estupidez esperar outra coisa e, afinal, ele também dava bastante valor aos aparelhos. Mesmo assim, seu pensamento estremeceu com um impacto, que foi e voltou como um elástico dentro dele: estalou em Júlio a desconfiança de que a moça devia ser ainda mais pobre do que ele havia imaginado.

Também sem surpresa, ouviu que a mulher tinha vinte e cinco anos e uma filha. Júlio não saberia dizer quantas vezes na vida ouvira números semelhantes. Já desistira de se perguntar por que tantas pessoas pareciam repetir a mesma rotina e até render-se a ela com alegria. Aos olhos de Júlio, filhos e anos tinham a mesma natureza destruidora: vinham para desalojar, para substituir à força tudo aquilo que ele, com paciência e severidade, ao longo da vida, havia recolhido e salvado do caos. Dessa sucata do acaso, provinha a matéria-prima com que ele cimentava a sua defesa e com a qual fazia ainda ferver as suas expectativas. Era uma ebulição mansa, um espumar surdo, mas que nunca parava. Júlio ainda se recusava a abrir mão de muita coisa. Ainda agora, Júlio não via por que dividir o que era seu com outras pessoas.

Assim, havia os filhos e havia os anos. Quanto aos anos, ele admitia que muito pouco se podia fazer. Desde moço, Júlio tinha assinado um pacto com o demônio dos hábitos saudáveis, um diabo obviamente inferior, dotado de poderes eficazes, mas bastante limitados. Com relação aos filhos, no entanto, Júlio não se conformava. Não conseguia compreender que as pessoas, especialmente as mulheres, celebrassem como uma façanha aquilo que nascia com as cicatrizes escandalosas de um acidente, de uma imposição. Décadas atrás, ocorrera um acidente desse tipo também com ele. Porém Júlio sempre fez questão de se manter alheio, de não receber notícia nenhuma. Aquela lembrança, hoje, não passava de um borrão, uma infiltração já seca, na parede da memória.

Em compensação, muito tempo antes, Júlio começara a compreender que talvez devesse se sentir grato àqueles filhos de homens desconhecidos. Graças a essas crianças ou jovens, que ele quase nunca via, que em geral eram para ele menos do que sombras, as mulheres pareciam experimentar com maior ansiedade o tempo que passava e a pressão da penúria. Mostravam-se mais atentas às oportunidades e às vantagens que Júlio podia oferecer, por pequenas que fossem. Quase nunca saía com uma mulher sem filhos. Até já se habituara àquelas presenças invisíveis que pairavam à sua volta, seres que ele preferia manter anônimos, sem rosto, e cujo poder obscuro, Júlio sabia, não deveria nunca ser posto à prova.

No mesmo momento em que Júlio, enfim, chamou a moça para ir à sua casa, passou pela sua cabeça a ideia de que talvez ela fosse mais nova, talvez estivesse aumentando a idade para não o assustar. O problema é que a moça preferia o oposto, queria que Júlio fosse à casa dela.

Parecia bobagem. Mas isso contrariava uma das regras de Júlio, que resistiu o quanto pôde. A moça, por sua vez, se mostrou tão resolvida, sua vontade aparecia costurada com tanta força no rosto, que por um minuto Júlio a olhou com certa admiração. Suspeitou que talvez ela também tivesse algumas regras. Seria raro, seria até bonito. Mas uma pontada mais estridente da voz, um puxão no canto dos lábios e algumas meias-palavras rasuradas por gemidos sacudiram as feições da moça. E nisso tudo Júlio reconheceu os traços do mero capricho.

Pensou em desistir. Claro, era bom ter regras. Assim, a pessoa não rodava às cegas, não tateava dúvidas no escuro. Mas Júlio olhou para a moça bem de perto, achou que algo invisível fumegava entre a penugem transparente da sua pele e raciocinou que talvez ele não fosse ter na vida outra chance como essa. Havia vestígios de ira na teimosia da moça, é verdade, e Júlio farejou ali um perigo. Mas fez umas contas de cabeça, avaliou os anos que lhe restavam, mediu com realismo o caminho cada vez mais estreito à sua frente e, no final, o prejuízo provável pareceu menor do que o lucro ainda possível. Em troca, Júlio obteve da moça a promessa de ir depois à casa dele, garantindo assim, pelo menos em tese, dois encontros com ela.

Pegaram o ônibus. Júlio pagou as passagens e foi se sentar ao lado dela. Segurou a mão da mulher sobre a própria coxa, aprumou os ombros e olhou reto para a frente. Depois de um tempo, baixou os olhos e viu o contraste dos dedos intercalados: nos dedos dele, os nós pronunciavam pontas e rugas de casca de árvore, alguns fios brancos escorriam para os lados sobre a pele de um negror enfumaçado; nos dedos da moça, alongados e elásticos, da cor quente de café, cada unha era uma concha rosada, todas com uma meia-lua que se punha por trás da cutícula.

À medida que o ônibus avançava, saltando de um cruzamento para o outro, dobrando esquinas que pareciam se fechar atrás deles, Júlio se dava conta de que penetrava mais e mais em bairros que não conhecia. Pelo vidro da janela, onde via refletidos seu rosto e o da moça, Júlio tentava distinguir no meio da noite lá fora algum ponto de referência, o ombro de algum prédio, a testa de alguma marquise familiar. A intervalos, os faróis de um ou outro carro ricocheteavam sobre retalhos de calçadas, mas logo depois a noite se fechava de novo em uma onda, rápido demais para que Júlio pudesse enxergar alguma coisa lá fora.

Não queria que a moça notasse sua desorientação e vigiava as janelas sem demonstrar a atenção que na verdade mantinha acesa. De repente, um odor grosso de mar e lama entrou por uma janela na frente, resvalou no rosto de Júlio, correu toda a extensão do ônibus e se foi pelas janelas de trás. Júlio ainda recapitulava mentalmente as partes da cidade onde poderia haver um cheiro como aquele, quando a moça ergueu o braço, puxou a cigarra para o motorista parar e disse:

– É aqui.

Os dois saltaram. Mal deram dois passos sobre o barro e a grama queimada, quando o ônibus arrancou às suas costas, com uma guinada para o lado oposto, e sumiu no escuro. Júlio acompanhava a moça com cuidado para não tropeçar. Tomaram uma passagem entre casebres de tijolos, sem pintura nem reboco nas paredes do lado de fora. Quando Júlio voltava a cabeça um pouco para cima, percebia antenas de tevê que mostravam as garras enviesadas contra o céu. Contornaram uma pedra mais alta e então, de um só golpe, o cheiro de lodo e maresia, que pouco antes havia cruzado o ônibus, recolheu os dois em uma lufada morna. A umidade e também uma espécie de fermentação davam àquela aragem uma espessura diferente. Júlio pôde sentir o ar grosso escorrer ao longo dos braços, num contato de reconhecimento.

O cheiro era a marca do território. Quanto mais avançavam, mais aquele odor vinha soprar de raspão na sua pele, deslizar rente às narinas. Logo Júlio e a moça estavam pisando em tábuas frouxas, pranchas mal emendadas umas nas outras, ou apenas encostadas. Júlio pressentiu o vazio sob os pés. Adivinhou o ressoar de um espaço oco sob as tábuas que se entrechocavam e tremiam de uma ponta à outra a cada passo. Aqui e ali, apontavam estacas e traves na horizontal onde os dois podiam se apoiar com cuidado, em sua marcha. Júlio reparou que, ao contrário dele, a moça poucas vezes tinha necessidade de se escorar.

No vão entre as madeiras, ou nos intervalos mais largos que se abriam nas duas margens daquela passarela suspensa, Júlio pôde enxergar – três, quatro metros abaixo – a água negra do mangue, marcada em alguns pontos por trilhas de lixo. A massa líquida lá embaixo atirava, de vez em quando, nos olhos de Júlio, um reflexo cuspido de alguma lâmpada ou de um pedaço da lua que varava as nuvens.

Não havia mais terra. Tijolos e cimento eram partes de um mundo que tinha ficado para trás. Agora, era preciso confiar cada passo e o peso do corpo a um complicado andaime de madeira. Estacas finas iam se fincar no fundo da água negra. O tempo todo, um vão indefinido se alastrava embaixo dos pés de Júlio. Troncos, tábuas ou folhas de compensado, pregadas ou mesmo amarradas umas nas outras, formavam o chão, as paredes, casas inteiras, suspensas alguns metros acima da água lamacenta.

Habituado ao prazer de misturar a areia, a água limpa e o cimento, acostumado à sensação de solidez que provava nos dedos ao fixar os tijolos lado a lado na argamassa compacta, ao derramar a brita com cimento sobre os vergalhões de aço fincados na terra e ver o concreto das lajes endurecer aos poucos até virar um osso capaz de quebrar os dentes do sol – habituado e persuadido por tudo isso, Júlio sentia com mais alarme ainda o risco, a fragilidade, o erro do mundo em que ele avançava, ali. Enquanto seguia o rumo que a moça indicava, Júlio tinha sempre em mente a ideia de que agia contra uma de suas regras.

Os intervalos entre um barraco e outro irrompiam, agora, mais largos. Através deles, Júlio avistava a superfície pastosa do mangue que se fundia ao longe no mar aberto. Do fundo do céu, subiam nuvens ainda mais negras do que a água. Um fio de vento volta e meia ciscava rente aos olhos de

Júlio e depois deixava um sussurro nas ondulações das folhas de zinco, no telhado dos casebres. Era o sinal de que mais tarde ia chover.

Às vezes, vindo de baixo das tábuas, mosquitos saltavam sobre Júlio. Zumbiam uma órbita de fúria junto às suas orelhas e mais de uma vez experimentaram em sua pele a ponta de uma agulha. Durante todo esse tempo, Júlio admirava os passos soltos da moça, alheia ao desequilíbrio e aos mosquitos.

– Minha casa é aquela.

A moça apontou para o que parecia ser o penúltimo barraco antes de a calçada aérea desembocar no vazio do mar. A luz da cidade, radiante atrás deles, batia nas nuvens e refletia de volta sobre o mangue um clarão difuso. Diante de Júlio, a silhueta da moça ganhou um brilho esfumaçado quando, com a chave na mão, ela abriu o cadeado da sua casa. Madeira mordeu madeira, a porta estalou e, ao rodar para trás, desatou no ar um gemido de gato. A primeira coisa em que Júlio reparou foi que não havia janela na frente da casa, só nos fundos. Apenas uma janela, aberta para o mangue e o mar.

A moça acendeu uma lâmpada fraca, suspensa no teto por um fio que entrava no barraco através de um furo, no alto da parede. Duas camas cobertas com colchas coloridas chamaram a atenção de Júlio. Ele já sabia que a filha da moça não estava em casa e concluiu que uma das camas era dela. Sobre o chão de tábuas, as sombras boiavam para um lado e outro, impelidas pela luz da lâmpada que balançava de leve, aumentando em Júlio a sensação de que estava mesmo no mar. A moça se deixou abraçar e Júlio, enquanto apanhava no rosto o cheiro suado do seu pescoço, viu ao fundo um fogão a gás de bujão. Pensou no perigo do fogo em meio a tanta madeira, ao mesmo tempo em que, com voz de comando, disse que agora a moça teria de tirar toda a roupa.

Era mais uma regra. Embora a moça relutasse, Júlio dessa vez não podia ceder. Foi duro, foi sutil, apostou na sedução da autoridade, admitiu até apagar a lâmpada como ela queria. Mas quando, enfim, a moça surgiu nua na penumbra do resto de luar que descia através da janela e das frestas nas paredes, Júlio respirou fundo. Engoliu as sílabas de espanto que não queria, que não podia deixar soar. No entanto, em silêncio, aceitou a ternura reverente, quase austera, que se propagou dentro dele, em face à raridade da beleza que viu se erguer contra a pressão e contra o tremor do enorme céu negro.

Horas depois, já de madrugada, Júlio acordou com batidas na porta. Estava deitado na cama da filha ausente. Calombos no colchão calcavam o resto do seu sono. A chuva rugia no telhado, chiava feroz nas poças do mangue, escorria ruidosa em filetes que vibravam em forma de cortina, um palmo adiante da janela. Sentir, de todos os lados, os golpes daquela água contra a casa e saber que não havia uma camada sólida abaixo do chão bastavam para trazer um sobressalto aos pensamentos de Júlio. Mas as batidas na porta se repetiram, se irritaram, varreram toda sonolência e forçaram a consciência de Júlio a imaginar uma salvação.

A única janela dava para o mangue. Três, quatro metros abaixo, só havia lama negra, charcos inundados pela chuva, na certa patrulhados por caranguejos vermelhos. Ao pular daquela altura, Júlio poderia, quem sabe, se enterrar de uma só vez até o queixo, afogar-se com a lama e o lixo acima da boca, talvez com os joelhos torcidos ou quebrados na queda. De um jeito ou de outro, o homem o mataria ali mesmo, feito um bicho, tentando em vão fugir com as pernas pesadas de lodo, os passos lentos demais para ter qualquer chance de se salvar. Pois Júlio sabia que quem batia do outro lado da porta era um homem. Tinha de ser. Essa era a regra, depois que uma outra regra havia sido quebrada. Foi nesse momento, nesse tumulto, que pela primeira vez, como se acordasse de um sono comprido, Júlio pensou: estou morto.

Tentou acordar a moça, que dormia na cama ao lado.

— Tem alguém batendo na porta — sussurrou, apertando o ombro dela com a mão.

A moça se encolheu na cama. Franziu a cara, resmungou que estava com sono e queria dormir.

— Tem uma pessoa aí fora — insistiu Júlio, e forçou uma voz mais dura.

A moça virou o rosto para ele e piscou. A força do branco dos olhos da mulher quebrou o escuro do quarto. Nesse instante, uma voz grave cochichou o nome dela do lado de fora e bateu mais três vezes na madeira da porta, sem força, mas de algum modo denotando impaciência. Ela se ergueu um pouco, apoiada no cotovelo. Virou o rosto para a porta e, pela sua expressão, Júlio confirmou o que já sabia, o que tinha mesmo de ser.

As feições da moça ganharam solidez. As curvas da testa e das faces assumiram linhas de uma determinação que Júlio não costumava encontrar em suas "damas" e ele lembrou como o cimento às vezes endurece depressa. Nas sombras do quarto, Júlio descobriu que a moça era também inteligente e se admirou um pouco mais com ela.

Descalça, só de camiseta, a mulher chegou até a porta e perguntou quem estava ali.

– Sou eu. Tem alguém aí dentro, não é?

Com gestos da mão, a moça mandou que Júlio ficasse encostado bem rente à parede, ao lado da porta. Júlio colou o corpo à madeira áspera, onde surpreendeu, junto aos olhos, letras queimadas a fogo na superfície das tábuas: a marca de uma indústria ou de uma firma transportadora. Entendeu que as paredes eram remendadas também com pedaços de caixotes. Através de uma fresta, entreviu um vulto lá fora, mal delineado pela luz de alguma lâmpada fraca. De pé, a poucos centímetros dos olhos de Júlio. O homem tinha o corpo encolhido junto à porta, na tentativa inútil de se abrigar da chuva embaixo do beiral estreito do barraco. Ali, tudo o que o homem conseguia era se encharcar mais ainda, sob os cordões de água despejados pelas ondulações do zinco.

A moça verificou se a porta estava segura. O cadeado era tão grande que enchia quase toda a superfície da sua mão. Júlio havia demorado um pouco a entender, mas de repente lhe ocorreu que ela talvez tivesse mandado que ele ficasse ali, encostado à parede, para Júlio ter tempo de agarrar o homem por trás, segurá-lo de surpresa, caso ele conseguisse atravessar a porta. Sentiu-se satisfeito ao ver que a moça o julgava capaz de agir assim, ainda confiava na sua força. Admirou-se com o desembaraço e o atrevimento do raciocínio da mulher. Até se orgulhou de estar ali em sua companhia, convertendo o valor da moça em um mérito seu.

Mas, quase no mesmo instante, Júlio se retraiu por dentro. Algum braço do seu pensamento o puxou com força para trás. De repente, Júlio se sentiu ludibriado pela própria vitória. Afinal, tudo aquilo era uma estratégia que a moça podia ter usado antes muitas vezes, nessa mesma casa, em situações idênticas, com outros homens – e aquele que hoje está dentro de casa, amanhã pode ficar do lado de fora, embaixo da chuva. Além do mais, pensando bem, a inteligência era um mérito perigoso: o que a impediria de pôr o próprio Júlio na mira de seus disparos?

De todo jeito, ele mesmo, no fundo, achava inúteis aqueles cálculos e precauções. O homem lá fora, com toda certeza, estava armado. Era a regra, Júlio sabia. Além do mais, ele já era um velho, refletiu – e Júlio quase suspirou sílaba por sílaba essa ideia. Mas se conteve. Queria controlar uma vergonha que aos poucos ameaçava se tornar uma espécie de vício consolador. Talvez por isso, talvez para fugir, seu pensamento logo depois rodopiou em um tumulto. Misturou em um só fôlego vozes antigas, advertências renegadas e, quando o giro enfim perdeu o impulso e tudo se dissipou no silêncio e num vazio cansado, Júlio ouviu de novo o mesmo pensamento que reverberava fundo em seus ossos: estou morto.

– Tem um homem aí dentro, não é? – disse o homem atrás da porta.

Pss! – protestou a moça, em resposta, falando baixo, com o cadeado na mão. – É minha prima. Ela está dormindo. Não pode ver você aqui.

A moça não hesitou em inventar explicações. Alegou que já era muito tarde, reclamou que o homem havia bebido, jurou que dava até para sentir o bafo da bebida através da porta. Em sua voz sussurrada, ela soube modular pouco a pouco os tons de aflição, desamparo, mágoa e ofensa. Enquanto alternava recuos, investidas e esquivas, a moça manobrava e cansava a fúria e a vergonha do homem lá fora, sob a chuva.

Insistiu em que não tinha homem nenhum na sua casa. Em tom de desafio, proclamou que, se por acaso houvesse, seria assunto só dela. Chegou a chamar de burro o sujeito parado na porta e Júlio acompanhou tudo atento, ao seu lado, cada vez mais admirado com a habilidade, com o sangue-frio e com alguma outra coisa mais vaga que enxergava na moça. Mas de novo veio o pressentimento de que ela poderia muito bem aplicar esse mesmo talento contra ele. Quem sabe até já não teria feito isso?

Enquanto a chuva ora apertava, ora encolhia, a moça e o homem prosseguiram a troca de cochichos através da parede, durante um intervalo que, para Júlio, pareceu durar meia hora. O último sinal da presença do homem foi um soco curto na madeira, logo seguido de um empurrão seco na porta. Antes um carimbo burocrático da sua raiva do que uma tentativa de invasão. O cadeado tilintou e resistiu. Depois disso, pela fresta na parede, Júlio viu o vulto se afastar às pressas no meio da chuva, cruzar uma ilha de luz embaçada e desaparecer no escuro.

Preocupada, mas também com a arrogância que nasce de todo triunfo, a moça disse para Júlio não sair. Insistiu em que ele precisava esperar algum tempo, que o homem ia aguardar escondido ali por perto, e ela se obstinou, repetiu tudo e mandou que ele ficasse. Por isso mesmo, Júlio quis ir logo embora. Chegou a pegar suas roupas e se arrumar, enquanto resmungava pragas a meia voz. Mas então reparou melhor na apreensão da moça. Notou que seu temor parecia verdadeiro, viu na janela a noite hostil que esbravejava lá fora, intuiu que o perigo não só existia de fato como tinha vida própria – não era uma ficção criada por orgulhos feridos. E Júlio achou melhor ficar.

Só então as mãos da moça soltaram a barra da camiseta que ela torcia entre os dedos, enquanto implorava para Júlio não sair. Como se estivesse exausta após um trabalho difícil, mas concluído com êxito, a moça foi deitar de novo e adormeceu em dois minutos.

Sentado na beira da cama, todo vestido, pronto para sair, Júlio se pôs a ouvir a respiração da mulher. Chegava a sentir como o ar roçava de leve os seus lábios. Adivinhava a vibração quase imperceptível nas narinas. Quais seriam afinal as regras dessa mulher, Júlio se perguntou no escuro, já convencido de que teria de ficar acordado o resto da noite. Que regras poderiam ser essas, que permitiam que uma pessoa dormisse simplesmente porque estava cansada?

As gotas da chuva davam bicadas no teto. A madeira do barraco estalava sob a tensão dos próprios veios, que se dilatavam ou se contraíam atiçados pelo toque do vento. Júlio ouvia nos estalidos à sua volta o tique-taque de muitos relógios. Sentado na beira da cama, com os cotovelos fincados nos joelhos e a cabeça pesando nas mãos, Júlio queria deixar o tempo passar sem opor resistência, queria que as horas o atravessassem sem encostar em nada que fosse dele.

Às cinco da manhã, a moça acordou e mandou que Júlio fosse embora. O velho abriu o cadeado com medo até do estalido da chave. Já tinha parado de chover havia pelo menos duas horas. Quase todas as nuvens haviam fugido e uma bainha meio sangrenta latejava rente à linha do mar. Júlio abriu a porta. Olhou para um lado e outro. Nada se movia, as casas vizinhas pareciam mortas. Júlio pôs metade do corpo para fora, sempre olhando para os lados. Depois, o corpo inteiro, e a moça, com um aceno de despedida, tratou de fechar a porta e o cadeado atrás dele.

Júlio tentou andar sem fazer barulho, quis evitar que as tábuas se entrechocassem com o peso dos seus passos. Era impossível. Logo viu um homem sair de trás do barraco ao lado e deslizar em sua direção pela passarela de madeira. Júlio parou de andar. Como não tinha mesmo outro caminho, resolveu apenas esperar que o homem se aproximasse. Viu que ele era novo, tinha a sua altura. Júlio compreendeu que se achava em desvantagem e, com raiva de si mesmo, admitiu que na verdade já sabia disso desde quando pusera os pés naquele aglomerado de casebres pendurados acima do mangue.

Júlio estava convencido de que o homem trazia uma arma. Tentou dobrar o seu medo sob o peso da vontade bruta, pura, livre dos escrúpulos de toda esperança. Empurrou seu temor para o ponto mais fundo e o segurou lá. Mesmo sem olhar em um espelho, Júlio sabia que tinha desenrolado seu rosto mais duro, sabia que suas feições não denunciavam mais um único fio de medo. Viu como o homem se aproximava devagar e então, com uma espécie de alívio vazio, com uma calma feita de nada, Júlio, quem sabe se pela última vez, pensou: estou morto.

Olhou em volta ligeiro. Vislumbrou os barracos, viu de relance o chumbo podre do mangue que espelhava o céu prateado, e pensou ainda: é isto a morte.

Quando o homem chegou bem perto, Júlio deu um inesperado passo à frente, pôs o corpo meio de lado. As tábuas chacoalharam de uma ponta à outra, agitadas com o peso daquele deslocamento súbito de pés. Júlio, de propósito, deixou seu ombro esbarrar de raspão no homem, levou a mão para o outro lado do corpo como se fosse apanhar alguma coisa na cintura, talvez embaixo da camisa e, sem pensar direito no que estava fazendo, disse para ele:

– Essa noite choveu um bocado, hem?

– É... – respondeu o outro. E o velho imaginou ver uma dobra de dúvida na testa dele, supôs notar um hálito de temor em sua voz.

Júlio começou a andar lentamente e o homem o acompanhou. Na certa refletia, calculava, fazia força para adivinhar. Lado a lado, os dois caminharam por alguns minutos sobre as madeiras frouxas, sem dizer nada, sem apressar o passo, miravam apenas para a frente mas vigiavam um ao outro com o canto dos olhos. Duas pessoas saíram de seus barracos para ir trabalhar e passaram por eles sem sequer olhar.

Júlio sabia que a chuva havia perseguido o homem durante boa parte da noite. Sua roupa ainda estava bem molhada, devia gelar na pele. A água podia ter amolecido também um pouco a sua indignação. E, se ele havia mesmo bebido, o efeito estimulante já tinha passado – restaria só a fadiga, o embotamento da raiva que, durante aquela espera, teve de roer a si mesma. Júlio já achava que a juventude poderia representar uma certa desvantagem para o outro. Estava mais ou menos claro que o homem não sabia o que fazer com o próprio medo. Além disso, não podia haver muita dúvida de que o sujeito ao seu lado ignorava qualquer regra. Ele pensava no escuro, esbarrava aos trancos em todas as possibilidades. O sol dele era cego.

Júlio se sentia também um pouco mais confiante à medida que se aproximavam da terra. Quando, enfim, a calçada de tábuas desembocou em um barranco e os dois pisaram sobre um caminho de barro mole, o homem de repente virou para o lado e se afastou.

Júlio nem olhou enquanto o outro desaparecia atrás de uns casebres de tijolos. Na verdade, o velho não parou para ver nada do que se passava. Prosseguiu no mesmo passo, no mesmo ritmo amarrado que, olhando bem, nada tinha de natural. Prosseguiu do mesmo jeito, persuadido de que qualquer mudança poderia quebrar o efeito que o havia salvado. Foi em frente em direção à rua, apanhou o primeiro ônibus que passou, nem reparou para onde ia. No ônibus cheio, cada esbarrão que um passageiro lhe dava era o cumprimento de um amigo. Uma prova de que ele estava mesmo ali.

Pouco depois, Júlio estava no seu trabalho, erguia um muro, punha no prumo uma parede de tijolos, armava o piso de ladrilhos de uma cozinha. Pelo menos uma vez naquele dia Júlio parou o trabalho, olhou duro para as mãos negras respingadas de cimento, que secava em grãos sobre a pele, e se perguntou se ainda estava mesmo vivo. Se era isso a vida.

Agora, a moça chegava ao topo da ladeira onde ele morava. Pôs os pés no degrau de concreto da calçada e, do portão, cumprimentou Júlio com um aceno. A mão da atadura estava abaixada, mas visível. Júlio trouxe a moça para dentro, para a sala, que dava para um quarto, de um lado, e para a cozinha e o banheiro, do outro. A geladeira ficava na sala, e roncava, junto à poltrona velha onde a moça sentou. Júlio fechou a porta e perguntou se ela queria água. Baixou a cortina de pano na janela e fez questão de perguntar se a moça queria que ele ligasse o ventilador.

Naquele dia, a beleza da mulher parecia um pouco cansada. Mas Júlio tinha ainda a impressão de que seu nariz palpitava com a vivacidade dos camundongos. Achou que seu queixo ainda feria o ar com a ponta de um desafio. Júlio a admirava outra vez. Veio de repente uma sensação de fragilidade em torno de tudo o que dizia respeito à moça. Uma espécie de cuidado, de preocupação com ela tirava uma fração do fôlego de Júlio, quebrava sua impaciência, picava de novo a pedra de suas regras. Mesmo assim ele ainda tentava se persuadir de que não queria ver essa moça nunca mais.

Ela explicou a atadura. O homem havia batido na sua mão com a coronha de um revólver. Era um sujeito que gostava de se mostrar violento, comentou ela. Garantiu que não tinha medo dele, deu a entender até que não passava de um imbecil.

Júlio se concentrou no machucado, no ardor vermelho que parecia latejar, que parecia querer crescer por trás da nuvem de gaze. Júlio adivinhou a torrente de vida que a pele mal conseguia conter, e se inquietou. Intuiu que não só os fatos mas também as vontades das pessoas andavam atadas umas às outras. Formavam uma linha que atravessava os anos, percorria os bairros da cidade, varava as paredes das casas e dos quartos, ligaria até mesmo os mortos aos vivos. Tocar numa ponta dessa linha esticada fazia necessariamente vibrar a outra ponta, por mais distante que estivesse. Na verdade, tocar qualquer ponto da linha fazia vibrar toda a sua extensão. O perigo era sempre enorme.

Calado, Júlio se perguntava o que a moça viera fazer ali. Quem sabe ela precisasse da presença dele para se vangloriar da sua superioridade? Havia mesmo certo orgulho na dor da moça e a mão ferida podia muito bem representar a sua medalha de herói de guerra, que ela viera mostrar para ele. Pelo sim, pelo não, Júlio foi para o quarto. Sem ela ver, tirou do armário o liquidificador e o rádio. Pôs o liquidificador em uma sacola de plástico mas hesitou quando foi colocar ali também o rádio. Ele não havia prometido os dois. Não havia prometido nada, na verdade, e a moça talvez nem estivesse ali por esse motivo.

– Gostei da sua casa – a voz da mulher soou da sala. – Você deve ser um pedreiro muito bom. É por isso que você queria tanto que eu viesse aqui, não é?

Júlio olhou para a sacola. Pensou no barraco da moça, na cor do mangue de noite, na cama vazia da filha. Pensou também no corpo nu da moça. Lembrou então que desde o início havia combinado dois encontros com ela. Refletiu que estava sozinho com a mulher em sua casa, como queria desde o primeiro momento, como suas regras determinavam. Em seguida, sem pensar em mais nada, pôs na sacola também o rádio. Sentiu uma tranquilidade que o deixou curioso, pois afinal ele ia perder algo que lhe pertencia. O fato é que seu corpo se revestiu de uma segurança que só podia provir da presença da mulher em sua casa, do olhar que ela deslizava pelas suas paredes. Raciocinou que, no meio do caos, cortando o emaranhado de tantas vontades sem rumo, ela e ele se haviam aproximado ali não tanto para cumprir um acordo, mas para vingar uma regra traída.

Júlio começou a voltar para a sala. Pisava o chão que ele mesmo havia cimentado e ladrilhado. Caminhava sob o teto de laje que ele mesmo havia preparado, medido e vigiado, com os olhos de um pai. Júlio estava em seu território.

Marcelino Freire

Marcelino Freire nasceu em 1967, em Sertânia (PE). Revisor publicitário, publicou *AcRústico* (contos, 1995), *eraOdito* (aforismos, 1998) e *Angu de sangue* (contos, 2000). Também escreve para teatro, com peças encenadas e premiadas em Pernambuco. Em 1991, seu primeiro livro de contos, *eMe* ou *O sol que gera e devora seus filhos*, ganhou menção especial no Concurso Literário do Estado de Pernambuco. Seu livro *eraOdito* foi adaptado para o vídeo, fazendo parte da seleção oficial do Festival Mundial do Minuto de 1998. Possui contos e ensaios publicados no jornal *Correio Braziliense*, na revista *Continente Multicultural* e na *Ideias Fixas,* de Portugal.

PURPURINA CEGA

Ele, o bailarino, esteve em minha casa ontem e mais uma vez não quis dançar. Ai, por quê? Eu insisti, blablá. Tímido, ele ficou com as pernas amarelas e cruzadas, a posição do medo. Medo de que, Nossa Senhora, de quê? Somos todos amigos. O sarau que realizamos prova isso. O povo à vontade, o povo sem maldade, o povo um povo só sensibilidade.

O bailarino ali, cheio de dedos. Que mistério, anda logo. E ele se desculpava, a gripe paralisante, não ensaiou um número. Ora, qualquer passo. Marinalva, por exemplo, já havia dado a sua contribuição com um poema de seis linhas, horroroso, a gente projeta o ânimo no violão de Gustavinho, eu não acho Gustavinho gostoso.

A verdade, muito cá pra nós, é que fui me apaixonando pelo bailarino. Isso mesmo, criatura. Ele, no seu canto, nenhum gole de vinho. Água sem gás, a cor das unhas. O homem ao natural, o homem sem pelo, o homem com cheiro de mulher. Ele parecia um espelho, algo bom que a gente só encontra dentro do espelho. Sei que esse papo tá meio viado, mas eu não tenho preconceito. Comecei a me mexer na cadeira, a ficar nervosa, a me sentir uma assassina de cisne. Tesão por cisne. Meu Pai, eu quero comer um cisne hoje. Cozido.

– Hoje, não.

Ele não queria. Eu querendo ver o bailarino rodopiando, os pés e os braços feito cata-vento. Não tinha jeito que o fizesse mudar de estratégia. Não e não e não. Eu via o bailarino como um cavalo azul. O quê? Ai, feito um cavalo azul. Comentei com Mayara, Mayara comentou que eu precisava era de um homem como Gustavinho, sensível, dedilhando viril as músicas do Brasil. Todo bailarino é boiola, menina. Bailarino uma bailarina. Plumosa. O vento bate na pluma e a pluma pluma.

– Ai, que bunda!

A do bailarino quando se levantou e foi à cozinha. Eu fui atrás como uma cachorrinha. Mayara me beliscou, Mayara não se conformava. Mayara não entende que a vida não é nada macha. A vida é feminina.

– Preciso ver você dançar.

– Aqui não é o lugar.

O lugar é o quarto, pensei. O bailarino nu, nuzinho ao meu lado, toda mulher que eu gostaria de ser. Mulher amada. Mulher deitada como uma flor, a esposa do amor. O toque do cabelo à ponta dos pés. Meu único amor. O lençol girando, sedutor. Meus olhos embriagados, sem saber o que dizer, falei:

– Vi os russos na TV.

– Russos?

Sim, russos. Nunca ouvi falar de bailarinos americanos. Ignorância. Só Fred Astaire. Mas Fred Astaire era feio, baixinho, ninguém chega aos pés do homem dos meus sonhos. Sonhos. Fred Astaire é engano, parecia muito mais um sul-americano. Gustavinho veio à cozinha, comentou: "Como tem homossexual nesse sarau". O quê? Bato na cara desse cachorro. Cara de pau. De que adianta ser cara de pau? Por que tudo tem que ser cara de pau? Meu bailarino sorriu e zarpou, de fininho. Meu coração é um coraçãozinho.

– Vai tomar no olho do seu cu.

Mandei o Gustavinho tomar no olho do cu. Pau-mandado. Nunca vou me apaixonar por você, seu viado.

Você, você. O bailarino me fez lembrar um garoto da minha rua. Eu vestia a roupa dele e ele as minhas. Eu arranjava uma barba, ele fazia uma cabeleira com o lençol, subia nas árvores com a minha calcinha. Tínhamos os dois uns oito, nove anos. Um dia nos beijamos. Ele minha mulher. Eu, o médico, examinando o pau que ele escondia, fazia sumir dentro das perninhas. Que coisa bonitinha. Eu beijava a sua teta. Eu queria virar uma banana. Ele, a Carmen Miranda.

– Nijinski.

– Hã?

– Você já ouviu falar de Nijinski?

Perguntei pra Mayara outro dia. Ela estava lá em casa, como sempre, roubando coisas da minha geladeira, dando uma de conselheira, mexendo a colher na sopa alheia.

Respondi:

– Nijinski nasceu russo, em 1890, e morreu em Londres, aos cinquenta anos. Aos dez, entrou para a escola de balé. Dançou ao lado de Pavlova. Você já ouviu falar de Pavlova?

– Pavlova?

– Anna Pavlova.

Qual mesmo a diferença entre Anna Pavlova e Ana Botafogo?

Pesquisei a vida de Nijinski – e gritei da sala quando descobri. Meu Deus, Mayara ficou pasma com o que eu descobri: Nijinski foi casado.

Foi casado com uma mulher chamada Romola de Pulski. Foi ela quem publicou o diário no qual ele registrou os primeiros sinais da enfermidade mental etc. e tal.

Mayara riu que chorou. Mayara me ama, eu sei. Não é possível que lhe faça bem me ver baqueada, arrasada com comentários do tipo: "Nijinski morreu doida", ou "bichinha complicada".

Mandei Mayara à merda.

Tive uma ideia: inventei que precisava de aulas de respiração, isso, aulas de respiração. Meu abdome anda em contramão, essas coisas loucas. O bailarino topou. Marcou comigo às seis e meia para um primeiro papo e não deu as caras e bocas. Metido, vai ver que percebeu o meu interesse exacerbado, eu já amo de imediato. Mayara morria: eu precisava era de

Geração 90: manuscritos de computador

um garanhão como Gustavinho. Eu tinha que entender mais de música popular, fazer aulas de violão. Engolisse a respiração. Aulas de violão, querida, vi-o-lão.

E o bailarino, a essas alturas, onde andaria? Quebrarei nozes na cabeça desse porra, o que ele está pensando? Marcar comigo e não aparecer. Eu pensando nele, roendo na memória o garoto da minha rua: o nome dele. O garoto da minha rua, qual era mesmo o nome dele? Não tive mais notícias do garoto da minha rua. A minha rua foi pra lua. O garoto deve ter ido para a Itália. Deve ter se prostituído. Deve ter morrido. O meu amor pelo bailarino nem havia nascido. Mayara tem uma razão terrível: todos os homens são iguais. Ou. Todos os bailarinos. Mayara me ama mais que o bailarino. Não, não vou dar meu ouvido a Mayara. Mayara é sapatão, não duvido. Sapatão contra a sapatilha. É isso. Não sei mais o que fazer da minha vida.

Ele não vem.

Dancei.

O balanço do telefone me acordou. Ai, era ele, o bailarino. Ai, era ele, me despenteando. Ai, era ele me levando pela mão, pedindo os sinceros pedidos de perdão, o balé municipal que o prendeu, véspera de temporada, mas que ele marcaria uma nova data, que não poderia dar aulas demoradas, mas prometeu alguns truques para melhor aproveitamento do meu corpo, que já era dele – meu corpo para pisar, saltar, beijar, fazer dos meus peitos e joelhos o que seu improviso pudesse articular.

– Você já ouviu falar em Irina Baronova?

Mayara disse que não.

E Alicia Markova, Galina Ulanova?

Não.

Mayara moscou.

Fui pesquisar: descobri que o garoto da minha rua virou Susan Star. Fui vê-lo dançar na Praça da República – uma boate *gay* da Praça da República. Todos tinham olhos para mim quando entrei: todos queriam saber o que eu fazia ali. Nem eu sabia. Fui rever o garoto da minha rua. Seu pé arqueava, o tornozelo estreito e flexível. Projetava o corpo a uma boa altura. Os homens fumavam. A boate tem uma flor imensa na porta do banheiro. Há girassóis coloridos. O seu nome: Alê. Lembro: Alê. É uma merda – o garoto de minha rua virou mulher sem a minha ajuda. Vi o *show* que ele fez, aplaudi, pensei no balé Bolshoi, broxei, minimizei a minha vida: nunca quis ser uma estrela. Nunca quis ser mais do que fui. Me aproximei: o que dizer para Alê? Dizer de minha alegria. Fui ao camarim. Alê, lembra quando eu me vestia de você? Chorei, abracei-me no espelho. Fomos tomar caipirinha. De vodca. Quanto tempo, quanta coisa que demora a acontecer.

Você, você.

O bailarino voltou, mas não para as aulas de respiração, eu ofegante por ele.

Ele voltou num daqueles nossos encontros, Gustavinho, babaquinho, tocando "Ai que linda namorada você poderia ser", Marinalva recitando uns três poeminhas de seis linhas cada, horrorosos, e eu violentamente apaixonada pelo meu dançarino, o que faço? Todo sarau é um saco. Por que todo sarau tem que ser um saco? Por que tudo tem que ser um saco? Por que não abro escala e me despedaço?

– Encontrei seu bailarino agarrado com outro cara – disse Mayara.

– Invejosa.

– Aos beijos.

– Invejosa.

– Numa boate.

– Invejosa.

Mayara gritou, bêbada: "Hoje o superbailarino vai dançar para nós". Um porre. Mayara era invejosa. Quis criar vexame, não deixar eu curtir em paz a minha paixão fugaz e superlativa. Viva! Ele topou. O bailarino levantou calçado a rigor, a bunda firme. E dançou. Dançou. Um gozo esse nosso entusiasmo, a vida merece o prazer dessas horas. Amar a quem encanta – mais que violão, mais que mosca morta. Mayara igualmente hipnotizada. Pulsávamos todos.

Ai. O meu desejo é leve e vai com ele. O desejo vai ao céu. Faria tudo, me cortaria aos seus pés, me perpetuaria em sua escrava. Faria miséria para ser feliz. Meu homem num brilho azul, festim, num cavalo galopante, amor, amor.

O quanto eu aplaudi, mandei beijos, chorei, chorei, oh! Exaltei a cultura de nosso país, menina, o estado desumano em que a Rússia se encontrava, o cu da Praça da República.

– Lindo, lindo, mas que é bicha, é bicha, Mayara gritou pra todo mundo ouvir.

Não acreditei. Fui aos tapas. Ninguém entendeu a confusão generalizada. Porra, será que meu coração não pode ser enganado? Que meu coração sabe tudo? Por que meu coração não pode se sentir atraído pela Susan Star, caralho? Ou pela Isadora Duncan, por exemplo?

Há quanto tempo. Contei para Susan Star o meu sofrimento. Os homens fumavam os olhos uns dos outros. A boate era mesquinha para o talento de Susan Star. Um deslumbramento. Não sei. Saímos pela praça, de mãos dadas. Preparei um passo, um gesto, uma proximidade infinita. Num voo o conquistaria. Nunca vi seus olhos de tão perto, maquiados, assim, como se fossem feitos para mim. "Eu quero comer você." Eu mais uma vez ia virar o homem do garoto da minha rua.

Meu amor cega como purpurina. Purpurina cega. Purpurina pura.

LINHA DO TIRO

– Boa tarde.
– Boa.
– Desculpe incomodar a senhora.
– Não quero.
– O quê?
– Chocolate. O senhor quer me vender chocolate, não é?
– Não.
– Chiclete?

– Não, não.

– O senhor é Hare Krishna?

– Não, Deus me livre.

– É da Igreja Amanhecer em Cristo, essas coisas?

– Não, não sou.

– É da Associação...

– Minha senhora, por favor, não seja mal-educada. Posso falar?

– Hã, pode, claro, desculpa.

– Isso é um assalto.

– Assalto?

– Sim, vou sentar.

– Mas com tanto lugar no ôni...

– Sentei, pronto.

– Mas...

– Faz parte do meu serviço.

– O senhor...

– Vergonha é ficar desempregado.

– A...

– Vergonha é ficar com fome.

– A...

– Vergonha é não ter o que calçar.

– A...

– Vergonha é...

– Vergonha é o senhor não me deixar falar. Por favor, não seja mal-educado. Posso falar?

– Hã, pode, claro, desculpa.

– O que é que eu tenho a ver com isso?

– A senhora...

– Venho cansada do trabalho, uma encheção de saco, desengolindo sapo.

– Mas...

– O patrão um cavalo, o cliente um cavalo, tudo um cavalo.

– Ma...

– O salário uma merda de salário. O dinheiro...

– O dinheiro, isso mesmo, passa ele pra cá.

– O quê?

– Vale-transporte, tíquete, passe escolar.

– Ah, essa não. Isso é um assalto e o senhor não pode me assaltar.

– Não posso lhe assaltar?

– Não, não pode.

– Como não posso?

– Não viu? Eu estou no mesmo ônibus. Embarquei na mesma merda.

– Epa!

– Mer-dê-a-dá.

– Não precisa chamar palavrão.

– Não, isso não é normal.

– O que, senhora?

– Lição de moral de ladrão.

– Então passa a bolsa pra cá, agora.

– Minha bolsa?

– "Minha" bolsa, faz favor.

– Nunca.

– Estou pedindo com educação.

– Oh!

– Estou pedindo com calma.

– Não diga.

– Estou sendo bom.

– Bom? Olha, nem me jogando pela janela o senhor tira essa bolsa de mim.

– A...

– Nem vomitando em cima do meu cadáver.

– Ah, é? Vou contar até três, até três. Ou a senhora me dá a bolsa ou eu vou...

– Vai o quê? Gritar? Bufar? Espernear?

– Um.

– O que o senhor vai fazer, hein?

– Dois.

– Vai me matar?

– Três.

– Pois bem.

– Opa, o que é isso?

– Um revólver, nunca viu?

– Vira isso pra lá.

– Vira o seu pra lá.

– O seu.

– O seu.

– O seu.

– Vamos chegar num acordo. Somos ou não somos civilizados?

– ...

– Educados?

– ...

– Seres humanos?

– Somos.

– Então se levanta e vamos embora.

– Vamos.

A PONTE O HORIZONTE

O que vocês estão fazendo aqui? O senhor, a senhora? É. Essa porra de bombeiro e essa merda de polícia? O que, hã? Posso saber?

Duvido que tenham vindo fazer o que vim fazer, duvido.

O que vim fazer? Ó, o que vim fazer? O que um homem vem fazer, sozinho, numa ponte, meio-dia? Ensopado, fodido como eu? Pergunto: o quê?

Tenha muita paciência.

Vamos caindo fora daqui, xô. Quero ficar na minha. Livre com a minha consciência. O voo é meu, livre. A queda é minha, livre. A morte eu escolho morrer.

Adeus, bom dia.

Hã, por quê? Quer entender o porquê? Pergunta pra puta da tua mãe. Isso mesmo, é. Isso é pergunta que se deva fazer: por quê?

Sinceramente.

Se danem.

Rua, para as suas casas. Voltem para o trabalho. Corram para os bancos. Depois vão dizer que eu é que estou atrapalhando o trânsito.

Seu guarda, por favor. Seu guarda, aqui. O senhor não vai fazer nada? Que autoridade é essa, a do senhor? Autoridade de bosta? Basta. Vão continuar parando esses carros na calçada?

Não, não.

Palhaçada. Esse fotógrafo com esse *flash* na minha cara. Porra, mete essa luz no cu da tua irmã. Lá tá mais escuro que aqui. Não vê o sol, não vê? Esse sol vagabundo serve pra quê?

Pula?!!

Ah, meu amigo, ninguém vai me mandar. Pulo quando eu quiser pular. A morte é minha.

Conversar? O senhor quer conversar? Me diga: isto é hora de conversar? Por que o cidadão não vem me acompanhar? Tem algum jeito a dar? Vá, argumente. Ó, não diga: amanhã será um novo dia, não sabia. A esperança é a última que se fode, puxa vida!

Vão todos tomar no olho do cu que eu vou embora.

Uh, uh, uh, podem vaiar. A vida só a gente pode aliviar. E tem mais: não vou perder tempo com vocês, coitados. O senhor de bigode, como pode? Essa criança gritando no seu juízo? É seu filho? Que bonito.

Detesto criança.

Não, minha senhora, não tem nenhuma voz no meu ouvido. Repito: nem o diabo me manda. Vou pular porque sou um cara decidido. Sem problema. Caio e pronto. Fim.

Opa, respeito eu gosto. Minha mãe não tem nada a ver com isso. Nunca recebi dela um só incentivo. Eu mesmo quero. Eu mesmo escolhi a ponte, marquei o endereço.

Maldita hora, essa gente. Dementes, todos dementes. Viado é o senhor, seu fresco. Quero saber quem ligou a porra desse helicóptero. Xô, fu, vai levar mantimentos lá pra Pernambucano. Eu tenho mais o que fazer.

É agora.

Se continuarem gritando, eu não pulo. Tô dizendo: não pulo. Por favor, silêncio. Por favor, será possível?

Gente, calma.

Eta, povinho foda! Vocês vão acabar desabando comigo. Essa ponte não aguenta.

Puta que pariu!

Gente, guarda, onde já se viu? Senhor, senhora.

Brasilzinho de merda! Chega, para. Que coisa. Não é hora. Gente, nossa!

Não empurra.

Altair Martins

Altair Martins nasceu em 1975, em Porto Alegre (RS). Professor, publicou *Leituras obrigatórias* (indicações para vestibulandos, em coautoria, 1999), *Como se moesse ferro* (contos, 1999) e *Dentro do olho dentro* (conto acompanhado de um ensaio, 2001). Participou da antologia *O livro dos homens*, da Mercado Aberto (2000). Possui contos publicados em diversos jornais gaúchos. Dos prêmios que recebeu destacam-se os do Concurso de Contos Guimarães Rosa, patrocinado pela Radio France Internationale (França, 1994 e 1999), e o Prêmio Açorianos de Literatura, na categoria conto (2000).

SOL NA CHUVA À NOITE

Cave Canem
(mosaico de Pompeia)

72 anos:
e casado, desde os 26. Marceneiro dos bons, entregue
ao cheiro de serragem até no branco do cabelo. Paciência das
verdes madeiras que precisam ser sangradas de seu estado
árvore e esperar o tempo de, endurecidas de sol, ganharem o
verniz que as tornará um pouco pedras. Paciência desse tipo,
de um coração lixado lixado e lixado. Eram fechados às palavras, o coração e ele, como as portas do armário de mogno
feito há anos e que, então entregue à umidade, esperava os
donos que não vinham buscá-lo. Chorar não chorava, diferente do armário nos dias de chuva — é que ele era das boas
madeiras que há muito já não vertem água.

65 anos:
e casada, desde os 19, com ele. Mas 65 anos em idade
de mulher, quando surgem favos no ouvido para temperar
todo o tipo de palavra azeda que os homens de concha curtem
nas garrafas da velhice. Na idade dos cachorros, que entendem

quase tudo no farejando o ar à volta, já estaria morta. Teria mais de 100, se avaliados os gastos dentes na terrível missão de algemar a língua, embora o que mais desejasse era um dia reclamar da vida. Uma vida dessas de interpretar se haveria temporal pelo lado em que se entortavam suas flores ou se entortavam as gaitas do rosto do marido – era sempre sinal de alguma coisa; fazendo muitas dessas coisas, seria mais fácil acertar o que ele pudesse estar querendo.

46 anos juntos:

de não haver filhos. Talvez pudesse ter havido palavras cruzadas entre eles, mas elas não chegaram a sair da cabeça para que escrevessem filho numa criança sem nome e sem pai e mãe. Ou algumas árvores dão pouca semente ou a terra, se mal cuidada, o mato lhe toma conta. Ela tentou esconder-se com flores que plantava em potes de margarina, mas o sol vinha para rachá-los e fazer por devolver à terra o que era da terra; a ele, a serragem e a escuridão do ofício bastavam-lhe, além de óculos de proteção, que lhe serviam de fechadura, tornando-o um segundo armário. Não ter filhos de si mesmos era fazer do tempo o pátio da casa onde moravam. Cada vez menos saíam porque cada vez o pátio ia ficando do tamanho de passos que não poderiam mais dar porque cada vez ficavam mais doentes porque cada vez mais velhos estavam. Eram passos para filhos vencerem correndo, abrindo portões, fazendo netos. A batalha contra as plantas que pareciam querer cobri-los, sempre aparadas e sempre verdes de novo, era sem trégua de estação – perdê-la era tão certo quanto o tempo. O tempo vai sempre contra os mais velhos. Cuidar de alguma coisa seria para eles a chance de olharem quase da mesma forma na mesma direção. Conformaram-se com a sina de estender as vidas não mais do que ao outro e ao outro, sabendo que um era o fim dos dois: 46 anos juntos.

1 ano:

e um cachorro pode ficar maior que uma criança de um ano. Foi ela quem pensou num bicho para evitar pensar mais num filho. Cachorros não abrem portões nem fazem netos, mas o que ela queria era que o cão trouxesse um mundo novo para dentro do pátio para dentro de casa para dentro da oficina. Falar do animal que cresceria entre eles seria dar vida às palavras que, às nove da manhã, ela trazia na boca fumegante da xícara até a oficina do marido, onde ele, largando os óculos brancos de pó sobre o pó da madeira, engolia todas as palavras quentes dela em sorvos seguidos de sopros e redemoinhos de café. Falando do cachorro, ela deixaria de falar ao marido com medo. Quando esse medo ocorria, e era um pouco menos que sempre, ela falava desviando os olhos para os óculos que o marido pousava sobre a bancada de trabalho e que, depois, quando o que ela tentava dizer ia se esmorecendo, ele voltava a colocar. Ela sentia que era como se ele então pusesse o que ela tentou dizer para dentro da cabeça a fim de, sozinho depois, em silêncio, ir assimilando um pouco a mulher que lhe falava todos os dias. Não: sendo de pouca conversa, o marceneiro deixava os óculos falando por ele. Por agir assim, ele sempre tornava órfãs as frases da mulher, entregando a xícara com meio café no meio do início da conversa que ela, algumas vezes, ainda tentava sem sucesso elevar dos óculos aos olhos do marido. Falaria então do cachorro, mesmo quando o marceneiro entrasse de novo nos óculos e rangesse ferramentas na madeira. Se ele respondesse uma palavra, seria sobre o bicho, único canal comum entre eles.

Por isso tudo que pensou que falariam tendo um animal por palavra comum, pensou ela que seria mesmo bom. Quando estivesse em estado de quieta, olharia o cachorro, que lhe latiria, e então ela poderia aceitá-lo assim latindo como perguntando "o que foi?". Ela diria baixinho, bons ouvidos têm esses animais. Quando o dono estivesse em estado de armário, o cachorro lhe caçaria um olhar, e o marceneiro poderia resmungar qualquer barulho de ferramenta que o bicho entenderia como o dono perguntado "ela falou o quê?". O cachorro faria latir alto o que ela tanto queria dizer e voltaria para a cozinha, que tinha ouvidos para ele – aprendem rápido as ordens dos donos, os cães. Quando chegasse o final do dia, sentariam juntos na varanda, marido e mulher. O cachorro ficaria aos seus pés, recebendo carinho de um lado e de outro. Seria o carinho que há muito mereciam. De homem para mulher para homem. Não haveria mais a angústia de ela tentar dizer alguma coisa e de ele pensar que coisa dizer. Poderiam dar mais as mãos. E olhar, juntos, o sono inocente do bicho.

De tanto tentar falar, ela pôs o assunto do cachorro no café, junto com o açúcar, e decidiu falar nem que fosse aos óculos do marido.

Ela – Cadela da Alzira deu cria.

Ele (esquadro e lápis chato)

Ela – Não seria bom um cachorro pra cuidar o pátio?

Ele (serra circular)

Ela – A cadela é grande, mas a Alzira diz que os filhote pode ser criado comendo de tudo.

Ele (furadeira)

Ela – (engasgada) Deixar um tempo pro bicho é deixar um tempo pra gente.

Ele (lixadeira)

Ela – É melhor criar um macho, cadela junta cachorrada quando fica reinando.

Ele (martelo martelo martelo)

Ela – Busco então um cachorro? A Alzira tem coleira sobrando e diz que me cede.

Ele (parafuso e chave de fenda)

Ela – Então eu busco quando?

Ele (os óculos sobre a mesa e a xícara das mãos dela)

Ela – (para os óculos) Melhor quando o cachorrinho abrir os olhos e largar da mama.

Ele tomava esparsos goles de café, mas não conseguiu fechar no armário os olhos que eram para a mulher, enquanto alinhava os pés de uma mesa de centro de sala. Não ficaria pronta até o final da tarde; diria para os clientes virem buscar na manhã seguinte, bem cedo.

Ela recolheu a xícara da resposta dele: havia bebido todo o café.

1 mês e ½:

e nenhuma raça, assim o filhote veio ao mundo deles. Era um animal pequeno, ele examinou sem os óculos, que ficaram sobre a mesa a examinar a mulher de sorriso e duas mãos muito juntas. As patas grossas, porém, davam bem a ideia do porte do cachorro quando adulto, coisa de um ano. A princípio ela ainda o alimentava de mamadeira pequena, como se fosse para um bebê de sete meses. Mas logo o marido, molhando pequenos nacos de pão em molho de carne, impeliu-o a comer de tudo. E, acendendo-lhe instintos no focinho e na língua, o homem ensinou-lhe as coisas boas de ser cachorro.

E foi o homem quem lhe deu um nome: Sol. O filhote era preto, mas adorava ficar ao sol e parecia ganhar um brilho cada vez mais intenso quanto mais crescia. Quando ele abandonava seu repouso ensolarado, sentiam-lhe no pelo a força que era o sol, porque o cachorro (ele não mais parecia um filhote) queimava de tanta luz absorvida sob a intensidade das duas da tarde. Passaram a gritar "Sol", o cachorro atendia. Ficou sendo Sol mesmo, com essa conotação das coisas soberbas, algo como um cão que de repente se torna leão. Chamando-o aos segredos da cozinha, a mulher o abraçava em felicidade, "vem com a mãe, Sol da minha vida", e sentia no cachorro um pouco ela, um pouco marido, um pouco filho que não tiveram.

Grande, soltando pelos no tapete, o cachorro já não poderia dormir na sala da casa, embora cada vez que ele entrava era um pouco de sol que escorria para dentro. Sol invadia a cozinha, cuidando os passos da mãe e degustando no ar o que ela daria de comer ao pai. Depois, correndo rápido, visitava a oficina e enchia de serragem o nariz úmido, cheirando o que o pai dizia sem olhar para ele, Sol, que direcionava o radar das orelhas a aproveitar bem a conversa silenciosa mas franca que tinham todos os dias.

Um dia, filho e mãe descobriram o que o pai fazia em segredo. Trazia madeiras ao pátio, ferramentas, vagaroso e assobiando ao filho, seguidamente. Sol o acompanhava, parava, olhava para a mãe e de novo seguia o pai, farejando as mãos dele. A coisa foi surgindo, se martelando toda, se serrando aqui, ali. Ganhou telhado e tintas. A mãe já sabia que era a casa do filho. O filho não entendia, ou, entendendo, não queria entrar pois que isso significava não mais dormir no tapete da sala. A placa foi pregada acima da porta redonda: Sol. Uma casa tão bem feita que, mesmo sob sol e chuva, poderia esperar seu morador por mais tempo que o armário já esperara pelos donos na oficina. Era a casa do Sol, mas ele passaria ainda noites e noites riscando a porta da casa dos pais, pedindo para entrar. Era o que a natureza toda sabia: havia chegado a sua hora de filho, quando, açulado pelo dedo do pai, ele seria pássaro empurrado e deveria, sozinho, fazer do seu pátio o seu mundo.

2 anos:

e um cachorro envelhece 14. Não era verão, mas Sol era sol suficiente para parecer um meio-dia de tempo bom. E havia fortes dentes e havia fortes patas e todo o exuberante pelo que lhe vestia de uma aparência ainda mais forte. Tiveram de algemá-lo num trilho, porque matava os gatos ou ameaçava pessoas que vinham visitar os pais. Odiava o carteiro, que era negro, porque ou o sol não suporta a noite ou os cachorros, como dizem, não definem bem o rosto dos negros.

Naquela semana nada o marceneiro notou de estranho. De sua oficina ele saía pouco e, no mais das vezes, para mergulhar dentro de cubos de gelo em copos d'água bebidos com falta de ar. E, embora pudesse haver algo diferente nesse ar que lhe faltava, teria de ser tão estranha essa diferença, que invadisse a oficina e o atacasse. Algo como clientes buscando um velho armário.

Na semana seguinte, porém, ele achou estranho a mulher reclamar de um sonho que ela achou estranho. Quando, às nove, ela levou o café, ficou cravada no meio da oficina. Com as mãos à xícara, foi rápida como mulheres que sabem que o marido não suporta café frio, e contou:

Ela – Sonhei que o Sol estava deitado no pátio e havia muito sol mesmo, mas aí o céu começou a pretear a pretear e eu vi um monte de cachorro preto vindo do céu, começou a chover, e o Sol latiu muito mostrando os dente, mas o dente deles era fio de faca e pegaram o Sol no pescoço e ele gania pra mim e pra ti, mas a gente não podia fazer nada, por causa que eu e tu, a gente tava preso dentro desse armário aqui, que no sonho tava na varanda e a gente via tudo pela fechadura, e o Sol preso no trilho não conseguiu fugir e daí ele parou de gritar e era noite e eu vi que cada cachorro malvado ia se indo embora e levando cada um pedacinho do nosso Sol. Só um cachorro ficou, em cima da casinha, e esse cachorro tinha uma cara que parecia de gente e ele disse assim "meu nome é Tranquilidade e eu levo o teu Sol nesse sonho para que tu possas aproveitar bem o resto do dia antes que o sol da vida se ponha" e depois ele latiu um sono forte em mim e eu dormi mesmo tranquila, sonhando que tinha sonhado isso.

Ele – (óculos sobre a bancada)

Ela – (pros óculos) O que tu acha?

Óculos – acho que sonho é isso: bobagem, mais nada.

Ela – É, mas é que o Sol sofre, preso naquele trilho, entende? Se ele pudesse falar, ele falava isso. Solta ele, solta!

Xícara – Toma aqui então, que vou eu tirar esse trilho. De repente o cachorro vem do teu sonho, entra no meu e me ataca de vingança...

Ela sentiu um sorriso dentro do peito, mas engoliu-o rápido, porque viu: ele não havia bebido um gole sequer de café.

Um dia inteiro:

e uma liberdade para ganhar o mundo. Sol sem trilho fez verão. Correu todas as dimensões do pátio, cheirando seus sinais na terra – era o preso enfim liberto que devorava, no cheiro que o mundo lhe oferecia, os jornais dos dias perdidos. Pouco depois foi até a oficina latir dentro do silêncio meticuloso do marceneiro em seu trabalho, como se escutasse os pensamentos do pai no bom ouvido de cachorro. Mais depois ainda foi sentar-se à porta da cozinha à espera de que a mãe pegasse das facas hipnóticas que, esfregadas uma como chaira da outra, fingindo-se afiarem, mais faziam era atrair os gatos.

Sol os escutava a gritar, todas as noites, em cima das casas, e os odiava. Por isso, finalmente, Sol ficaria num canto virando a renovada surpresa de seus inimigos de telhado. Expulsando gatos, poderiam lhe sobrar alguns ossos ou partes de carne boas para cachorros comerem.

À noite choveu toda a água do mundo, evaporada com a febre alta do dia. Sol escondeu-se molhado em sua casa. Seus pais comeram: o marceneiro foi deitar, mas ela não poderia dormir sonhando cães negros que lhe reclamariam a fome do Sol. Descobriu uma velha capa preta de chuva e saiu e tirou a água do prato do filho e rapou-lhe a comida e depois bateu com a colher na borda do prato e assobiou e ficou a esperar sua fome. Ele veio no brilho dos dentes, Sol na chuva à noite, e, inebriado dos sentidos, atacou aquele vulto preto, buscando o pescoço com dentes que eram fio de faca, e forçou e atacou para derrotar aquele homem sem rosto que vinha quando o cachorro da casa estava preso no trilho e o provocava assobiando e depois deixava cartas na entrada do pátio, muito perto do alcance de seus dentes de cão. Agora não, Sol podia senti-lo respirar sob os dentes, e a presa não mais assobiava, e só a soltou quando não lhe sentia mais nada além de silêncio. O corpo, ele o atirou à lama, e, transformado em cão (depois de matar ele não era mais um cachorro apenas), percebeu que era da mãe, e a mãe era o vulto, e o vulto era uma capa, e então voltou para dentro de casa sem farejar a comida – já era demais para sua cabeça de cão entender.

Alguns tempos são infinitos:

os curtos dias de quando se é pequeno e as longas noites de quando se está sozinho; telefones pedem pressa às ferramentas e à madeira e telefones não podem entender que alguém queira a paciência de um armário à espera da umidade; as poucas palavras que ele falava e as muitas falas que não encontravam palavras a não ser virarem ferramentas – às vezes tudo se remistura quando se perde a nossa mistura. O tempo vira um risco. Vendo tudo tornar-se pastoso, o marceneiro forçou-se a entender tudo antes que perdesse o sentido de tudo mesmo.

Terça-feira, à noite, velório.

Alguém – A vida é assim: une-separa, mas Deus sabe o que faz.

Ele – (pensa) O cão nos colocou um trilho no meio.

Quarta-feira, de manhã, enterro.

Alguém – Coitada, ó: que Deus a tenha, porque ela está com Ele.

Ele – (pensa) O cão mordeu dentro de mim.

Quinta-feira, cozinha.

Bilhete na geladeira – Fui comprar comida pro nosso filho. Beijo.

Ele – (pensa) Sol na chuva à noite.

Sexta-feira foi até a oficina, abriu o armário que aguardava os clientes e pegou o revólver que lá guardava à espera de um dia quando, ou lhe buscariam o móvel, ou enfim teria de usar a pistola. "Sol", assobiou. O cão veio feliz, balançando-se e pulando ao pai. A arma perto da cabeça vazia do bicho, depois apontada para o lado, depois para a cabeça do cão de novo, e para o lado, e para a cabeça do cão, e para o lado, e para a sua própria cabeça, e por fim para dentro do armário. Mesmo duro como as melhores achas, o marceneiro não poderia matar o cão. Aquele não era apenas um cão: ele era eles no pelo bonito porque bem alimentado, na aparência boa dos olhos porque bem limpo o local em que vivia. Os dentes também eram bons, até demais. Eram fio de faca. Sol lhe havia levado a mulher com quem tanto viveu e aprendeu a viver: uma mulher que lhe ensinou o remorso que agora sentia das poucas palavras que havia dado a ela. Uma mulher que reclamava de que lesmas lhe queimavam as flores como se estivessem então se queimando todas as flores do mundo e isso fosse tão importante – "o mundo não tem mais flores! entende?" – que poderia invadir o tempo contado da oficina. "Ponha sal", ele a ensinaria. Punha-se então sal em lesmas, matavam-se as lesmas e tudo continuava, flores seriam salvas afinal. Mas ele não percebeu que ela era boa tradutora do que se quer dizer, idioma dos que nada têm a dizer, e foi como se ele dissesse "ponha morte sobre elas". Assim mesmo: era uma mulher toda sentimento, de uma sensibilidade superior, porque nela queimavam as palavras. Porém as flores, que nunca atacam, foram atacadas. Talvez esse fosse o sentido, e ela atacou também. Mas não era ação dela, porque, vingando-se, pôs sal em uma lesma e sentiu remorso. Ele percebeu que a mulher estava chorando e perguntou o que foi, e ela respondeu que havia posto morte sobre uma lesma, embaixo do sal. Ela não sabia e então não fez como tem de ser feito sempre que se mata: não cobriu a lesma-consciência de branco: ela pusera uma camada fina de sal, e viu melhor não o que morria, mas o que ela matava de vingança. A lesma espumou-se, ela contou. "Cada bolhinha girava nela, me deixando tonta, e depois estourava assim! pedindo socorro". E as antenas, ela disse, "pareciam mãos que as lesmas não têm, pedindo as minhas para se apertar toda". E lesmas também não têm antenas, e então ela chorou mais forte dizendo isso e dizendo que eram os olhos, "os olhos que olhavam e pediam os meus olhos". Mas ela chorava e então não poderia ceder-lhe um olho, porque lesma com olho que chora é cobra que vai para o meio da rua. "Deveria ter esmagado ela, eu daria um grito e fim", concluiu a mulher. E repentinamente ela ensinou a ele, mesmo já velho para aprender, que as coisas que não gritam sofrem mais: é que a lesma gritava perdendo água e carne. Por isso, enquanto os olhos da mulher compensavam a lesma, perdendo-se também, ela contou que pôs água sobre o cloreto da morte por se sentir sendo queimada toda ela no que se torcia. Mas a água, que é vida, é vida, mas não ressurreição. Às vezes o último copo d'água pode chegar tão tarde, que se seca. Era por isso que ele já havia desistido do veneno que faria o cão morrer aos seus pés. Não, ele havia aprendido que veneno era envenenar-se fácil de remorso. Remorso algum lhe traria de volta a mulher.

Pois bem: o que ele faria depois de matar o cão, e houvesse remorso, e a arma quisesse mais? Não era vingar-se, porque estava odiando o cão e a si mesmo e lhe daria o tiro e depois só lhe restaria dar a si mesmo um estampido que o encheria de silêncio. Ele não poderia matar o cão, porque sabia do remorso. Viver com alguém tem limites com os quais se aprende.

Outra mão deveria matar por ele e levar o remorso, se houvesse, enrolado dentro do bolso que iria embora.

3 dias e um anúncio de jornal pode dar resultado:

Precisa-se de homem
para sacrificar cachorro com
arma de fogo. Não é necessá-
rio ter a arma. Paga-se bem.

Poderia parecer estranho e pareceu. Mas o mais estranho foi que três homens, A, B e C, queriam o dinheiro para dar um tiro num cachorro e depois levarem-no embora. Levariam o silêncio do cão, porque também ele, marceneiro, não queria ter com a imagem das lesmas.

"A" vivia de biscates como pedreiro e encanador, se precisasse de algum serviço era só chamar, morava ali perto. Odiava tanto os cachorros, que uma vez matou a pauladas um que lhe comia uma galinha do pátio. Não sabia ler, e foi a mulher quem procurou dinheiro no jornal e comentou que, se ele odiava mesmo cachorro, ali estava um dinheiro que poderia conseguir bem fácil. E o homem ainda avisou que matava um pouco pelo dinheiro, outro pouco porque não gostava de bicho mesmo. Se pudesse ser com um pedaço de pau, faria assim. Não tinha muita prática com arma, mas atirando bem de perto não podia errar.

"B" arrumava televisores, mas o negócio andava mal, porque arrumá-los agora era tão caro, que as pessoas preferiam comprar um aparelho novo. Não tinha nada contra cachorro, até criava um para o divertimento das crianças. Mas um dinheiro a mais pelo serviço, mesmo não sendo muito bom matar os bichos, valia. Ele leu o anúncio, viu que não precisava tocar no animal, que era tudo muito limpo e se resolveu. Ninguém ficaria sabendo mesmo, então ele aceitava. Até porque ele gostava de atirar com arma de fogo, já havia trabalhado levando armas de um país a outro. Sempre tinha vontade de matar alguma coisa com um tiro, mas queria que o cão ficasse solto; dava-lhe agonia atirar em algo preso.

"C" era desempregado e aceitou café que tomou tremido e com bastante açúcar. Precisava muito do dinheiro e foi pedir emprestado para o cunhado e aí recebeu um pedaço de jornal para se virar. Estava desesperado e, mesmo vivendo sozinho, de favores, numa peça nos fundos da casa da irmã, precisava do dinheiro para fazer a barba, cortar o cabelo, tirar fotos e comprar ao menos um sapato para entrar numa firma e pedir um emprego decentemente. Gostava de cachorro, aliás a única coisa que tinha de seu era um vira-lata preto. Não era para achar que ele era gente sem sentimento, porque cachorro era o bicho de que mais gostava, queria até ser veterinário, mas é que precisava mesmo do dinheiro. Sabia bem do acontecido à mulher do marceneiro. Se fosse com ele, achava que não ia mesmo conseguir viver com o cachorro. Mas, no lugar do viúvo, matar o animal também seria difícil. Não gostava de arma, apesar de ter passado nas aulas de tiro de um curso para vigilante que não pôde terminar por falta de dinheiro.

Assim:

avaliar bem era cumprir uma vingança na medida: era esquecer tudo, sem sobra de raiva, porque vingança incompleta era a grama mal aparada do pátio, e então o marceneiro voltaria à necessidade de vingar-se em si mesmo; deveria ser também sem falta de raiva, senão remorso engole vingança e então ele já sabia que seria o pior. Por isso o mais estranho de tudo ainda seria feito, porque ele resolveu avaliar os três candidatos, à procura da vingança mais justa.

Ou seja:

pensou: "A" tinha raiva suficiente para matar o cão, mas, tendo raiva, "A" tinha nisso até prazer. O marceneiro estaria perdido, porque permaneceria com a sua raiva embutida. Era como se de repente o cão pulasse o muro e fosse atropelado – estava vingado? Não, e nunca mais poderia se vingar. A não ser que depois ele mesmo matasse o cão matando o pedreiro-encanador. Não era a vingança que procurava: era como pagar a alguém para morrer pelo cão.

Ou seja:

pensou: "B" poderia ficar com a missão, mas o marceneiro percebeu que o prazer com que "B" atiraria estava no pegar a pistola e matar qualquer coisa que se mexesse. O melhor venceria, era justo, o cão também tinha sua chance. Mas o marceneiro não poderia esquecer que tudo era uma cilada na qual um homem armado conhecia a força dos dentes do cão, enquanto o cão entrava no conflito desconhecendo que aquele vulto poderia matá-lo sem assobio e longe dos dentes. Era como se o dono pusesse veneno contra os ratos na comida do cachorro e depois mentisse a si mesmo que, por tê-la comido, o cão é que se havia envenenado. Uma vingança assim não o convenceria, a não ser que comesse o veneno. Não. A arma, mesmo trancada no armário, permaneceria como o certificado de que realmente o animal havia sido morto por alguém que achou tudo tão fácil. E então o marceneiro sentiria ainda raiva dentro dele – e isso o levaria a balear a raiva. Não era a vingança que procurava: era como pagar a alguém para que, depois de lhe matar o cão, matasse o dono também.

Ou seja:

pensou: "C" deveria dar o tiro porque gostava de cachorros, como o marceneiro. Seria a morte mais difícil e justa por isso, já que "C" sentiria, no momento, um pouco de remorso olhando o cão, mas lembraria da mulher morta e também de que era necessário o dinheiro. Na sua necessidade, "C" estaria levando a raiva de ter de fazer aquilo por dinheiro, mais a raiva do marceneiro de ter de fazer aquilo pela mulher, mais uma outra raiva, de ter de contratar alguém para fazer aquilo. Era a vingança que procurava: raiva e remorso pagos para irem embora, que "C" os levaria.

Depois, precisava o marceneiro dar a "C" a arma que valia algum dinheiro e esquecer-se de que houve o cão, lembrando-se apenas de que houve a mulher. Deixou "C" sozinho com o Sol e foi fazer uma viagem de um dia, até qualquer lugar.

À tardinha:

ele voltou querendo tornar-se de novo somente o marceneiro da casa. Julgava ter se acabado a agonia do Sol. As coisas, ele as via com menos cor. Abriu o portão do pátio se pensando "entro pra garganta do Sol?". Se encontrasse agora o cão, vindo a lamber-lhe as mãos, saberia que estava entrando dentro de algo que o faria aceitar lesmas ao redor de si, embora não houvesse a herdada preocupação com as flores.

Esperou o cão, esperando que ele não viesse. Dos fundos da casa, contudo, algo vivo se mexeu. Sol. Ele vinha, ele não estava preso, e vinha, ele estava vivo, e vinha. Ele era ainda aquele cão que vinha dar um sol de alegria para o dono. Mãos não pensam, e as dele, mãos de pai, alisaram o pelo do sol. Que dava voltas e saltos, que latia, que corria muito veloz pelos cantos, que derrapando voltava ofegante.

Na varanda, "C". Nas mãos de "C", a arma vencida.

O marceneiro sentou ao seu lado e recebeu a arma. Depois deixou cair a cabeça sobre a mão esquerda. A direita segurava o revólver com seu único olho apontado pro chão. A arma era um túnel para dentro de cuja escuridão Sol deveria ter sido preso e não foi. Agora, desse túnel, um mundo de escuros saía todo e se espalhava ao redor de um dia normal de sol.

"C" – Desculpa, achei que conseguiria.

Arma – Também pensei que alguém conseguiria.

"C" – Eu fui fazer, mas olhei no olho do cachorro e parecia olho de gente, entende?

Arma – Entendo. E não te atacou?

"C" – Não. Acho que não ataca mais ninguém.

Arma – Já atacou tudo que havia de bom nessa casa mesmo.

"C" foi saindo com olhos de cachorro. O cão marchava ao seu lado sem saber que acompanhava o assassino a quem ele havia derrubado com olhos de gente. Não fosse assim, o olho da arma teria vencido. Exatamente como havia aprendido com a mãe, Sol acompanhava visitas até o portão de casa. E o marceneiro pôde sentir que viveria muito ainda com aquele cão que, todos os dias, quando invadisse sua oficina, traria junto a mulher no bonito que era o bicho. Ela pusera um filho no pátio para que fosse ela quando ela se fosse.

A pistola, o marceneiro guardou no armário que talvez, com o tempo, se dissolvesse e, com a madeira, a arma e, com a arma se secassem as lembranças daquela chuva ingrata quando o cão havia cavado um buraco na noite e enterrado sua mulher nele. Apesar disso, ele, que amava a mulher e o cão, mesmo não podendo dar um tiro de vingança, sentiu-se vingado ao saber que outra pessoa – que nem amava o cão nem conhecera a mulher – também fora vencida. As flores talvez tivessem salvação. Então seria assim que, viúvo, aceitaria tudo, vingando-se de si mesmo cada dia que olhasse o cão e lembrasse da mulher e pensasse: "não a amei bastante; não o odiei bastante".

2 meses depois:
e um cão atropelado pode ser esquecido e, morto, voltar a ser somente cachorro. Sol, contudo, era muito cão para desaparecer enterrado, tal cachorro doente, no esquecimento de um fundo de pátio. Morreu diferente, como devem morrer os sóis: como num sonho: cães pretos lhe invadiram o mundo: primeiro um, tão sol quanto ele, travou batalha: lutaram dentes e carnes: Sol, preso ao trilho, gania e ia trazendo outros cães pretos que pulavam cercas e muros e vinham e cercavam-no: eram muitos dentes e eram como fio de faca e lhe mataram pedaços.

Morto, sob a poeira, Sol era uma estrela caída. O pai enterrou-o sob as flores da mãe. Juntos os dois e a morte. E lesmas.

1 mês depois:
e clientes podem vir buscar um armário há muito à espera. Levaram-no um pouco desgastado, de portas emperradas, e

úmido. A pistola o marceneiro a pôs sobre a bancada – o túnel aberto para o preto. Encontraria um outro lugar para ela.

Quando saiu à rua para conduzir o armário e despachar os clientes perdidos na escuridão, percebeu-se escuro também. Chovia. "Era assim que o Sol se sentia escuro então?" E sentiu-se um pouco Sol que teve vontade de atacar alguma coisa, mas estava como que preso a um trilho. Sobre a bancada, na oficina, à espera do dono, estavam os óculos empoeirados, olhando para dentro do cano escuro da arma que acabava de perder seu lugar e, por isso, parecia querer entrar dentro de seu próprio túnel. Lá dentro era um mundo escuro, mas havia fogo para fazer a luz de um rápido clarão. Ou até mesmo de um sol que se faria chuva e em seguida noite.

João Batista Melo

João Batista Melo nasceu em 1960, em Belo Horizonte (MG). Profissional de *marketing* e comunicação social, publicou *O inventor de estrelas* (contos, 1994; 2ª edição, 1999), *As baleias do Saguenay* (contos, 1995), *Patagônia* (romance, 1998) e *Um pouco mais de swing* (contos, 1999). Possui contos, crônicas e resenhas publicados nos jornais *Folha de S.Paulo, O Globo, Estado de Minas* e *O Tempo,* entre outros. Dos prêmios que recebeu destacam-se o Guimarães Rosa, da Secretaria Estadual de Cultura de MG (1989), o Prêmio Paraná, da Secretaria Estadual de Cultura do Paraná (1994), o Prêmio Nacional Cidade de Belo Horizonte, da Secretaria Municipal de Cultura de BH (1994), o Prêmio Cruz e Sousa de Romance, da Fundação Catarinense de Cultura (1998), e a Bolsa para Autores Brasileiros com Obras em Fase de Conclusão, da Fundação Biblioteca Nacional (1999).

O COLECIONADOR DE SOMBRAS

Nada era seu, nem seus movimentos,
nem os apelos, nem mesmo a tristeza,
nada era de nada.
(Ian McEwan, *A criança no tempo*)

Os fios de chuva criavam uma cortina no para-brisa, longas lágrimas que o limpador carregava em sua oscilação. Os outros carros trançavam à minha volta como peças num jogo de encaixe. Um motorista piscava os faróis, insistindo para que eu lhe abrisse passagem. Olhei o velocímetro e conferi que eu próprio corria acima da velocidade máxima possível naquela avenida. Continuei na mesma pista, ignorando as buzinas frenéticas da mulher. Era uma mulher, eu podia ver pelo retrovisor. Jovem e loira, talvez bonita apesar dos traços arrogantes.

Ela acabou por convergir à esquerda, enquanto eu continuava prisioneiro da maré de carros. Estava tarde para a abertura do bar, minha pequena fonte de renda num bairro de classe média, bastante afastado do centro da cidade. Olhei para o relógio pensando se algum cliente já se postava diante da porta de aço, antes de desistir e buscar o estabelecimento ao lado. No entanto, resisti à vontade de pisar no acelerador e deixar o carro escorrer como uma outra corrente da chuva que caía com persistência. Ansiosos para fugir da avenida congestionada e novamente lenta, alguns automóveis retornavam em esquinas onde aquela manobra era vetada. Um homem ao meu lado chegou a percorrer um pequeno trecho na contramão antes de alcançar o acesso ao viaduto.

Quando me livrei do tráfego e da chuva, já passavam trinta minutos do horário de abertura do bar. Logicamente, não havia ninguém esperando pela minha chegada. Somente o estranho homem que morava na casa próxima da rodovia estava ali perto, sentado no meio-fio, carregando nas mãos um pé de um chinelo quase novo, protegido da chuva sob a copa de uma árvore. Poucos sabiam de onde viera aquele homem. Os vizinhos desconheciam se tinha um emprego, amigos ou família. Somente trocavam palavras com ele os balconistas da farmácia ou da padaria e, mais raramente, eu mesmo, quando parava no bar para beber uma cerveja. Sempre estranhei que carregasse consigo pares avulsos de sapatos. Em cada dia, um modelo diferente. Sandálias femininas, sapatos colegiais de crianças ainda manchados de barro, tênis sujos e rasgados. Eu o achava um louco, cortês apesar de tudo, mas ainda assim um louco. Morava sozinho, numa casa não muito distante do bar, no meio de uma colina que se curvava sobre uma avenida. Vista de fora, parecia limpa e asseada, e era frequente vê-lo andando em torno do reduzido jardim, regando as plantas e aparando os galhos salientes.

Quando eu levantava a pesada porta corrediça para que o sol da manhã espantasse o cheiro de copos sujos de cachaça e salgados ranhosos, ele estava começando suas voltas diárias. Às vezes, levava uma pasta de couro puída, o que me fez supor ser seu trabalho o de vendedor ou despachante. Tentava-me às vezes a vontade de segui-lo pelas ruas, perscrutar aonde ia e com qual objetivo. Depois com a chegada dos primeiros clientes, eu imaginava minhas divagações mera falta de ocupação.

Na verdade, naquela época eu buscava pensamentos que me extraíssem da minha própria realidade. A população do bairro onde funcionava o bar descia gradativamente os degraus da pirâmide de renda, uma classe média afundando em seu sonho de nuvens. A caixa registradora do bar refletia de forma instantânea essa queda e, por consequência, eu me desiludia com a decisão de largar a empresa estatal onde trabalhara por quase vinte anos. Enredava-me no trabalho, tentando superar a fase crítica, mas principalmente à procura de uma fuga para os problemas que se acumulavam em casa.

Algumas folhas gotejavam no rosto do homem, repicando em novas goteiras que iam cair na camisa de algodão. Suas pernas se elevavam acima da enxurrada como uma improvisada ponte. O olhar atravessava os pingos de chuva, concentrados em algum ponto muito distante. Mesmo assim, ele moveu a cabeça quando passei pela calçada, a caminho do bar, e ergueu numa saudação os dedos que seguravam a sandália. Retribuí o cumprimento e concentrei-me na fechadura cujas engrenagens pareciam se oxidar ainda mais em tempos chuvosos. Quando abri a porta, o homem deixara o seu posto na calçada. A chuva recrudesceu e tive a impressão de ser ele o vulto atravessando a rua mais adiante, em meio à névoa que o aguaceiro espalhava por todos os lados.

Daí a pouco chegaria o rapaz que trabalhava comigo atendendo os fregueses no balcão. Como sempre, ele estava atrasado. Eu desconhecia por que ainda o mantinha no trabalho. Talvez pela minha dificuldade em romper padrões em funcionamento. Prendo-me em casulos, dou as mãos para sempre nos brinquedos de roda, hesito em quebrar os ovos. Eu não romperia a casca para encontrar a vida. Congelaria-me entre o óleo espumoso da clara, indiferente aos pios que me chamassem para fora. Acho que a única vez em que fiz isso na vida foi ao deixar o emprego, talvez por causa da insistência de Bárbara, preocupada com o crescente encolhimento de meus ganhos.

Aquele seria um dia ruim. Dava para ver pela tempestade que se recusava a partir, pelo agouro daquele homem esquisito, aparentemente à minha espera, e até pelos pensamentos negativos que me rodeavam como pequenos satélites.

Não me surpreendeu que a primeira pessoa a entrar no bar não fosse um cliente, e sim um cobrador. Busquei a cópia da fatura na gaveta, tencionando negociar uma protelação do prazo de pagamento, embora me tentasse a desistência, o simples gesto de preencher um cheque desprovido de fundos, apenas para não insistir. Folheando os papéis na escrivaninha, encontrei primeiro as fotografias. Estavam juntas, presas com um clipe, aguardando um porta-retratos decente. A primeira era de Bárbara, a segunda de minha mãe, e a terceira, de minha filha engatinhando na sala do apartamento.

Até mesmo a família, que durante algum tempo convertera-se num refúgio, agora se configurava em um novo fantasma a me apavorar. Bárbara insistia para que enfim eu cumprisse o velho plano de deixarmos Belo Horizonte e nos mudarmos para uma cidade menor. Na verdade, todos os dias eu sonhava com isso. Ao atravessar as ruas insalubres do centro, dirigir no caleidoscópio enlouquecido das avenidas, andar sozinho nas tardes e noites à mercê dos assaltantes. Na capital a violência transpira nas esquinas, preenche os interstícios dos lotes vagos, cai das lâmpadas de mercúrio. Ela nos espreita em cada rua. Seria bem melhor cultivar a vida de nossa filha numa cidade do interior, distante da luz fria dos semáforos, do troar ensandecido das buzinas. No entanto, eu não conseguia deixar a cidade onde nasci. Havia muitas cascas a serem quebradas. Ovos demais a serem partidos.

Mas a depressão com minha imobilidade era apenas uma parte das intempéries domésticas, numa reprodução do temporal estacionado sobre a cidade. O maior problema estava com minha mãe. Decadente, ela andava pela vida sem rumo nem raízes. Empurrada de filho em filho, acabara caindo em minha casa, para desconforto de Bárbara, que se via assim imputada a uma nova e dura responsabilidade. Mamãe não podia ficar um instante sozinha. Tentavam-na os espaços abertos, os objetos de ponta. Sua irresponsável velhice preocupava-nos tanto quanto a inocente fragilidade de nossa filha.

O fornecedor do bar tossiu, impaciente com minha demora. Voltei com a fatura, fiz o cheque sem fundos e o despachei. Com a chegada do funcionário, resolvi sair sem nenhum objetivo específico, aproveitando que a chuva voltara a amainar. Subi uma pequena escadaria que varava o quarteirão entre as casas para emergir na rua seguinte. O som das buzinas substituía agora os trovões. Pipocavam de todos os lados, patos selvagens num voo cego acima da cidade. Tão persistentes que seria possível atribuir-lhes uma existência física. Não duvido que aparecessem nas fotos aéreas, nos retratos dos satélites. Virei-me para trás certo de poder apanhar no ar uma buzina em pleno voo. Concluí que o estresse minava-me a razão. Sorri para mim mesmo, tentando recuperar o domínio das ideias e dos sentimentos. Parei no fim de uma marquise onde caía um fino pingente de água, às vezes contínuo como uma coluna de cristal, às vezes intermitente, uma estalactite que se fraciona por segundos antes de voltar a se recompor. Deixei as gotas aspergirem em meus cabelos, dispersando-se pelos fios até o anteparo dos ombros. A água me despertou novamente os sentidos e voltei a caminhar pela calçada.

No cruzamento, um carro buzinou ao seguir veloz seu trajeto, alheio ao outro que guinchava os freios no limite ignorado da faixa de pedestres. Esperei que não viessem automóveis para atravessar a rua. Eu queria caminhar. Apenas caminhar. Os pés se tornando o centro do corpo. Os sapatos. Os saltos martelando o cimento. As solas palmilhando o mundo. Nada além de passos, do movimento incessante de pernas e pés.

Lembrei-me do homem e de seus sapatos. Eu estava relativamente perto de sua casa. Olhei o relógio, concluindo que não lesava nenhum compromisso ir até onde ele morava. Detive-me no semáforo, os rios de carros somente represados algum tempo depois que a luz verde me abrira a passagem.

Eu o encontrei diante do espremido jardim que margeava a frente da casa, sentado numa saliência do muro. Acenei-lhe, mas detive-me à distância, recostando-me num poste defronte ao túnel. Ficamos ali algum tempo, separados, mas fixando o mesmo ponto onde a avenida era sorvida pelo semicírculo de concreto. Os veículos sumiam e surgiam, apagados pela escuridão, ou expulsos de dentro do frio útero. Num canto, um guarda desviava o tráfego do local onde bateram um caminhão e uma picape. Havia apenas um amassado na lateral do veículo menor, mas o acidente era o bastante para congestionar a via em ambos os sentidos. Os motoristas envolvidos, apesar da presença do guarda, gesticulavam nervosos reconstruindo o choque.

Em certo momento, o homem entrou em sua casa e fechou a porta atrás de si. A cor plúmbea do ar se acentuou, as nuvens adensando-se como uma superfície que se congela devagar. Uma das janelas de madeira da casa batia contra o marco e a porta tornou a se abrir numa lufada mais forte. O vento molhado me envolveu e fui forçado a me levantar. Caminhei de volta para o bar, pensando nas opções que tinha à frente. Eu poderia continuar com o negócio a caminho da falência, descobrindo formas de sobreviver no caos daquela cidade. Embora Bárbara não soubesse, eu guardava o convite de um velho colega do banco para trabalhar no escritório de uma empresa de seguros em São Paulo ou no Rio de Janeiro. Mas as buzinas soaram em meus ouvidos, lembrando-me que isso significaria deixar um ambiente que me perturbava por outros ainda mais entorpecedores. Invejei a aparente ilha de tranquilidade que o homem dos sapatos erigia em torno de sua pequena casa no alto de uma colina. Era como se nem ele nem sua moradia fizessem parte da metrópole. Depois dos muros baixos transpunha-se a passagem para um outro mundo, distante do tumulto e da violência que regurgitavam a cidade.

Restava a hipótese de mudar para um lugar menor, com menos assaltos, menos pessoas estressadas e enlouquecidas andando pelas ruas, menos carros se embaralhando num labirinto mortal. Mas, tão logo cheguei ao bar, meus pensamentos se interromperam. O empregado me esperava com um recado de Bárbara. Minha mãe saíra sozinha para a rua e não fora ainda encontrada. Peguei o carro e rumei para casa. Embora meu peito explodisse de ansiedade, conduzi devagar, apostando no acaso de achá-la vagando nas mesmas ruas que eu percorria. Parei perto de todos os vultos de anciãos que assomavam nas calçadas. Olhei num gesto estúpido para as janelas dos ônibus que passavam. Vasculhei de relance o interior das lojas, esperançoso de que alguém a descobrisse e a albergasse na segurança de um recinto fechado. Se assim fosse, mais cedo ou mais tarde nós a localizaríamos em algum lugar. Lembrei-me de não ter perguntado a Bárbara se a polícia fora acionada. Pelo sim, pelo não, desliguei o carro e parei na primeira vaga que encontrei para ligar do celular para a polícia, comunicando o desaparecimento de mamãe. Levei nessa operação quase uns dez minutos, quer esperando que me atendessem, quer descrevendo em detalhes as suas características.

Senti um certo alívio quando o carro voltou a percorrer as poças de água, o limpador do para-brisa extinguindo as poucas pérolas de água que teimavam em cair sobre o vidro. Parecia-me que enquanto eu próprio assumia o trabalho da procura, tornava-se mais possível um resultado positivo. Os outros, inclusive a polícia, eram apenas uma abstração, aparentemente inepta para recuperar mamãe.

Acabei caindo no coração de um engarrafamento, a avenida estreita escoando apenas duas apertadas filas de veículos. Liguei o rádio pensando na hipótese improvável de que falassem algo sobre mamãe. É incrível como nos instantes de pânico ou ansiedade podemos agir da forma mais irracional. Além do rádio, pensei em parar nos dois hospitais que marginavam a avenida, mas desisti supondo meu gesto precipitado e mais uma vez inconsequente. Se algo tivesse acontecido com mamãe, e nada indicava que houvesse ocorrido alguma coisa, ela poderia ter sido socorrida em qualquer das dezenas de hospitais e clínicas da cidade. Mamãe poderia ter tomado um ônibus ou um táxi, quem sabe até pedido uma carona, e quem se recusaria a transportar uma simpática velhinha de quase oitenta anos?

Meus pensamentos acabaram atraídos pelo rádio. Era uma emissora pirata que, durante a "Hora do Brasil", tocava velhos boleros, alguns dos quais eu já presenciara mamãe ouvir atentamente na velha *pick-up*. Um emaranhado de imagens misturou-se de repente às placas e carrocerias, ao vaivém dos pedestres aproveitando o engavetamento para passar no meio dos carros. Mamãe carregando-me no colo, armando os pratos

144   Geração 90: manuscritos de computador

de comida para todos os seis filhos e, mais tarde, brincando com minha filha na gangorra do quintal. Arrependi-me do abandono em que a largara, quase sempre sozinha em casa, o mundo enclausurado entre portas e paredes, apenas o brilho da televisão abrindo uma brecha de escape.

Eu esperava encontrar uma batida na ponta da rede de automóveis, mas havia somente um fusquinha arriado, pisca-alerta pulsando, e depois dele o tráfego retomou o ritmo normal. Afastei-me para uma rua secundária e liguei para os dois outros irmãos que moravam em Belo Horizonte, esperando o acaso de que mamãe tivesse aportado em suas casas, mas nenhum recebera alguma notícia dela nos últimos dias.

Deixei o carro na garagem de casa e saí andando a pé pelas quadras vizinhas. Ao atravessar a faixa de pedestres da rua paralela à nossa, chamou-me a atenção um objeto vermelho caído no asfalto. Uma sandália de couro tingido e trançado, a flor no alto da planta do pé. Uma única sandália tombada na rua, como um símbolo de algo que eu ainda não compreendia. Porém, a poucos metros dela, havia um outro sinal. Uma mancha preta tarjando o asfalto, o rastro estriado de pneus que lutaram contra si mesmos antes de pararem, talvez tardiamente. As listas negras subiam pela calçada e tornavam a afundar no pavimento da rua. Tão forte a marca dos freios impressa ao chão, que nem a água descendo interminável dos céus conseguira lavar a nódoa das borrachas. Talvez como a elipse de uma outra mancha. Que eu não via. Que eu preferia não ver. Restara somente o vermelho da sandália de mamãe. Mais vermelho ainda sobre o asfalto cinzento, sob a chuva cinzenta, sob meus olhos cinzentos que já enchiam-se de lágrimas sem o controle da razão.

Fui incapaz de abaixar-me para pegar o calçado de mamãe. Muito menos para conversar com os homens que na barbearia do outro lado me olhavam consternados, decerto comentando entre si acerca do acidente que presenciaram. A velha incauta cruzando a rua infestada de carros. O motorista desatento subindo no passeio para colher a mulher junto ao meio-fio. Fiquei ali boquiaberto sob o resto de chuva, à espera de que os minutos seguintes me dissessem o que fazer. E eles disseram pouco depois. Não careci de muito esforço para quebrar a letargia. Precisei somente atender a um convite não expresso. Um convite que, aparte meu desamparo, tornou-se um chamado irresistível.

Eu não apanhei a sandália caída. Mas alguém desceu da calçada e se curvou diante do objeto vermelho. Como quem extraísse uma flor de seu talo, ele ergueu o calçado de minha mãe entre as mãos. Colocou-o delicadamente sobre o braço e se afastou. Demorei poucos segundos para me recobrar. Antes que ele desaparecesse, resolvi segui-lo. A tristeza em meus olhos lutava para afastar o impulso que me fazia seguir adiante. Entretanto, eu precisava acompanhá-lo, não movido pela reles curiosidade de saber o que ele faria com a sandália de mamãe, mas impulsionado por algo maior que eu próprio não conseguia definir. Era como um cortejo, uma cerimônia, uma oferenda. No trajeto, um resto de lucidez no fundo de minha mente procurou o telefone celular no bolso da blusa e liguei para Bárbara, avisando-a do provável acidente. Ela já sabia, a polícia acabara de comunicar que minha mãe fora atropelada e estava morta. Senti uma contração em sua voz no aparelho, talvez arrependendo-se da rejeição com que contemplara a sua chegada em nossa casa. Até onde fui capaz, eu a fortaleci com palavras óbvias, tentando dissipar a névoa de culpa que surgia em seus sentimentos.

A amargura ameaçou reter-me, presos os pés por uma gravidade maior que a da Terra. No entanto, algo me fez prosseguir no encalço do homem e, depois de percorrermos alguns quarteirões, seguimos pela trilha acidentada que se alçava morro acima. Nas margens, pequenos casebres bem cuidados, dispostos de maneira irregular. No final do caminho, a casa dele.

Em nenhum instante do percurso, ele demonstrou notar que eu o acompanhava como uma sombra desgarrada. Quando a porta se abriu, continuei no meio da trilha, pensando nos próximos passos que tomaria. Avancei até a árvore que marcava o início do diminuto terreno. Um pássaro trinava no meio das folhas, quase inaudível entre a batida das goteiras em latas e o chilrar da água que escorria de folha em folha. O vento reconstruía os pingos da chuva, tramando uma névoa inquieta que se espalhava por toda a área. Apertei a blusa de encontro ao corpo, protegendo-me da friagem e cheguei mais perto da porta.

Não ouvi som algum além do eco da própria chuva. Empurrei o trinco, que se destravou facilmente. A penumbra turvava a sala, embora todas as janelas estivessem abertas. Distingui a silhueta de poucos móveis, uma mesa central, um sofá num canto, uma prateleira com objetos indefiníveis sob a pouca luz. Vi o homem sentado numa poltrona mais ao fundo, defronte a uma grande janela. Ao seu lado, um objeto indistinto fora depositado sobre outra poltrona vazia.

Simulei tosse para chamar-lhe a atenção, mas ele não reagiu. Cumprimentei-o mas a palavra se perdeu no silêncio da sala, como se nunca tivesse sido pronunciada. Resolvi me aproximar lentamente. Parei logo após os primeiros passos ao esbarrar num móvel longo de madeira, uma espécie de cômoda comprida que ocupava toda uma parede. Era um móvel simples, desses que se compram em liquidações em bairros de periferia. Mas, na verdade, o que me deteve foram as coisas que se enfileiravam em sua superfície.

Sandálias e botas, chinelos e tênis, armados em couro, náilon e plástico. Pés de calçados avulsos, estranhamente solitários naquela cômoda. Pares incompletos criando uma existência quase palpável, como peças perdidas de um quebra-cabeça. Alguns eram relativamente novos, mas a maioria estava ruída pelo uso. Atordoado, andei ao lado da cômoda contemplando a estranha coleção. Detrás do móvel, uma janela mostrava o nevoeiro das águas trançadas pelo vento. A chuva expelia uma luminosidade cinzenta, que parecia entrar pela janela e pairar sobre a fila de calçados. Voltei ao início e toquei o primeiro sapato. O cordão de amarrar arrebentado na altura do laço, a ponta ainda brilhante de graxa curvando-se no bico.

– Era de um velho – ouvi uma voz vindo do fundo da sala.

– Como? – assustei-me com a fala do homem, como se flagrado em algum ato ilícito ao tocar o sapato.

O dono da casa não se virou enquanto falava. Continuou olhando para a janela aberta à sua frente. Contou-me que o sapato pertencera a um homem de setenta anos que vivia do outro lado da cidade. Todos os dias ele saía de manhã para caminhar até a padaria, de onde voltava com um pacote cheio de pães para os filhos e os netos que ainda dormiam. Num dia, um carro avançou o sinal fechado, carregando em sua pressa o velho até a esquina seguinte. O motorista era apenas alguém ansioso com a chegada da manhã, tentando perseguir a noite que já terminava.

Toquei o sapato seguinte, mas o homem se calou algum tempo. Era um chinelo de criança. Pequeno, caberia num bebê de colo. Olhei para a chuva e escutei um menino chorando num colo. A mãe o embalava enquanto caminhava pelas ruas do centro. Eu a ouvia conversar com o bebê em seus braços, dizendo as coisas que as mães dizem aos filhos pequenos. A chuva engrossou e a imagem sumiu carregada pelo vento. Mas as vozes permaneceram. O dono da casa conversava com alguém, embora estivéssemos sozinhos na sala.

Andei pelo cômodo, sentindo que outras coisas seguiam ao meu lado. Vestígios de rostos, rascunhos de imagens, cenas domésticas, homens saindo de casa para o trabalho, adolescentes voltando da escola. E assim fui me aproximando do homem em sua poltrona. No banco ao lado, a sandália de mamãe, que peguei antes de me assentar. O couro erguia um arco, delineando o formato dos pés, criando a passagem dos dedos. Mamãe caminhando pela casa em seu ritmo premido pela idade. Os pés de mamãe. Ela estava ali. Ela sobrevivia naquele pé de calçado. Como num retrato. Como um animal que se refaz no apêndice extirpado.

O homem tornou a falar comigo. Contou sobre os homens e mulheres que ele mesmo não conhecera. Tinham uma namorada, esperavam o primeiro filho, ou então eram avós que saíram de casa para visitar os netos. Falou de velhos sugados pela esclerose que buscavam as ruas para cumprir compromissos de suas agendas em décadas passadas ou rumavam para lugares que nem mais existiam, antes de os automóveis os terem também apagado da realidade.

Deitei o rosto entre as mãos. Lá fora, por trás do véu da chuva, moviam-se os carros, correndo urgentes pela avenida. Indiferentes aos outros como se percorressem caminhos em faces opostas do mundo. Formigas que vão e vêm sem origem nem destino. Alheias às partidas e chegadas. Importando apenas o instante do movimento. O trânsito entre um ponto e outro. Assim como a vida.

Marcelo Mirisola

Marcelo Mirisola nasceu em 1966, em São Paulo (SP). *Outsider*, publicou *Fátima fez os pés para mostrar na choperia* (contos, 1998) e *O herói devolvido* (contos, 2000). Possui contos publicados em diversos jornais e revistas do país, sendo que a novela *Acaju (a gênese do ferro quente)* apareceu em capítulos na revista *Cult* (2000/2001).

A MULHER DE TRINTA E OITO
(ou a alma em forma de bife)

— Tá sentindo culpa? – acendi um cigarro.

Culpa é uma coisa tesuda. "Do you 'ismóqui'?"

— Qual é seu nome? – Aí mandei calar a boca.

Trinta e oito anos, dois filhos gordinhos. Um marido impotente que "lê livros técnicos". Enfado. Ódio. Tesão.

Quis assassiná-la.

Mas tava beleza, a gente tava fudendo legal. Então, pedi pra ele me chamar de caubói.

— Sou um cara mau, compreende? – e apaguei o cigarro no colchão.

Ocorreu-me – por que diabos? – a figura doutrinadora de Clodovil Hernández, fazendo biquinho. Eu disse pra ela ir rebolando em direção ao parapeito.

Olha lá pra baixo! – eu gritava "olha!, olha!" – e, no deck, enchia a cara de gin.

Uma bundinha Ok. Ela disse que tava "com medo" ou alguma coisa parecida – vestia um roupão felpudo. Quando esvaziei a garrafa de gin e me aproximei sem que a bobalhona percebesse – trazia no bolso do meu roupão (eu e ela de roupão, ridículos) um cutelo afiado e a surpreendi, gritando:

— Um cutelo!

— Ãh, amor?!

152 Geração 90: manuscritos de computador

– Sabe pra que serve isso? Já ouviu falar em desossamento?

A idiota recolheu-se na própria idiotice. O que chamam por aí de "posição fetal".

Uma puta frescura, diga-se de passagem.

– Cê já voou? – perguntei pra ela e ao mesmo tempo joguei o cutelo do décimo segundo andar.

Ela não sabia voar. E nunca ouvira falar em cutelos, machadinhas, desossamento. Mandei ela se desenrolar daquela posição idiota. E...

– Então, me chama de Hemingway, porra!

A mulher não sabia quem era Hemingway. Ela queria me explicar porque traía o marido. Tive vontade de assassiná-la, pela segunda vez. E pedi – delicadamente, segurando minha pica em riste – pra ela mudar de assunto.

Eu não tava lá pra resolver problema de ninguém. O marido ("só leio livros técnicos"), engenheiro da Cosipa, jamais investira na direção do rabo cheio de merda da esposa. Em geral, leitores de "livros técnicos" não sabem distinguir um "enjambement" trivial de uma sofisticada foda aranha.

– Seu marido é um apache.

Sei lá. Essa gente é devedora crônica de IPTU.

Não sabe foder. E falta tesão, sobretudo. De modo que falar em tecnologia é redundância. Quanto mais avançada mais redundante. Em 1977 corcel II GT era um puta carrão... eu lembro disso (levava porrada direto naquela época).

Um cu agridoce é fundamental – sentenciei.

O que, amooooor?

É isso aí. O cu é assim mesmo: uma coisa meio sertaneja e cheia de merda ao mesmo tempo, agridoce.

Azar dos engenheiros. Ou chifres pra eles.

Ela, a adúltera, revelou a "intimidade do cuzinho" depois de eu ter cogitado em substituir manteiga por margarina vegetal ("Cremosi", a mais barata). Aí pedi pra ele me chamar de Brando, Marlon Brando em 1972.

– O quê?! Você não viu *O último tango*?

Uma coisa. Não é toda mulher de engenheiro que merece ter o cu untado de margarina vegetal...

Uma lagartixa velha de 38 anos, daquele tamanho. Eu, num misto de vingança contra a turminha dos "livros técnicos", desprezo por aquela imbecil e pau mole, evidentemente, perguntei:

– Onde é que você aprendeu a chupar assim?

(...) ela, embora tivesse sorvido prazerozamente meu esperma, guardava um pudor reticente de não saber explicar "onde, com sua mãe?" aprendeu a chupar e a engolir daquele jeito...

Em seguida, retomou a chupeta. Eu disse:

– Você devia apresentar o Jornal Nacional – ela mordiscava meus colhões.

Aquilo tudo, enfim, só fez aumentar meu desejo de assassiná-la. Outra coisa. Hemingway, antes de escrever livro pior do que *Paris é uma festa,* acertadamente, a meu ver, suicidou-se. Tava broxa.

– Deixa eu examinar uma coisa aí nos seus peitinhos...

Uhumm... firmes, hein? Uns pelos duros e compridos em volta dos mamilos. Elogiei o descuido:

– Seios bonitos, baby.

Ela não sabia chorar. Mas chupava legal. Quando fui pego no contrapé:

– Nunca ninguém foi tão carinhoso comigo.

Um grude. Tive que usar de austeridade:

– Tá mal, sabia que eu toco punheta pruma cachorra?

Expliquei-lhe que Bela era uma Labrador. Au au. Falei alguma coisa do "sumo" ao qual Hemingway vivia reclamando, que tinha acabado tudo pra ele. O efeito foi diabólico. Ela, resignada (porque não era tesão) e, suponho, imaginando-se no programa da Silvia Poppovic, caiu de boca. Eu fiquei constrangido, tamanha a volúpia dela em querer chupar todas as picas, desde o pai ausente, passando pelo marido broxa e pelos filhos gordinhos, até descambar no Manolo Otero, todas as picas chupadas na minha pica. Até pensei em cobrar pelo serviço. O sonho da classe média sempre teve preço. A materialização da pica invisível ou um ataúde de mogno pra impressionar as amigas, custa, com direito a coroa de flores importada da Holanda, anúncio no jornal, socialites pra desfilar no velório, por baixo, incluindo aí óculos escuros pra viúva chupadeira e um uniforme limpinho pro coveiro, uns quinze mil reais. Eu interrompi:

— Pera aí.

E disse que ela tava ficando velha. Ou um livro de autoajuda. Qualquer merda... pra ela sumir. De modo que enchi a boca para falar em "Espasmos & Surtos Psicóticos". Também falei da minha vocação ("meu dom") natural em chupar cus.

— Uma cachorra! Bela é uma cachorra puta!

Ela não sabia o que isso, "uma cachorra puta", queria dizer. Eu não tive saco para explicar-lhe o caso público de Cony e Mila. Ela enfiou a língua na minha orelha. Eu lhe enfiei um tabefe nas fuças, pra ela me respeitar.

— Toco punhetas pra Bela.

O marido engenheiro.

Quando tive um daqueles espasmos. Usei – pela primeira vez, aliás – o cinzeiro para apagar o cigarro. Fiz o tipo "doido varrido apagando o cigarro", a imbecil nem se deu conta da importância cinematográfica do meu gesto.

— Bogart, me chama de Bogart.

Ela não sabia quem era Bogart. Joguei o secador de cabelos pela janela.

— Eu toco PUNHETAS PRUMA CACHORRA!!!

A mulher de trinta e oito. O marido broxa. Um filho gordinho. Outro filho gordinho. Também tem a porra da carência e os malditos orgasmos do programa da Silvia Poppovic.

Ela não ia embora. Usei minha arma secreta:

O irmão da Sandy é viadinho.

Ela SABIA que o irmão da Sandy era o Júnior!

— Acho que é – entre deslumbrada e perplexa.

Era minha vez:

— Você "acha que é"? É isso o que você tem pra falar? PUTA QUE PARIU, EU ESTOU FALANDO DE ÉTICA, compreende?

Também falei do canino no céu da minha boca.
Também falei da minha nostalgia por mandiopans. Eu levava
porrada direto em 1972...
— Afinal, quem é que comia a bunda do Mário de
Andrade?
Bela, a cachorra, não era só sexo para mim.
— Tem o "lance da troca" foi minha vingança contra a
conversa de "carência, um outro alguém", etc. Então, arrematei:
— Chupa.
A festa do meu casamento foi no Buffet Érica. Sou viúvo,
minha senhora morreu degolada num acidente de trânsito.
— Você é a cara dela chupando minha pica.
Foi uma só pancada. Ela tombou com meu pau na
boca. Usei um cutelo mais afiado, desossei-a e joguei um negó-
cio que parecia ser o útero da infeliz (ou seria a alma em forma
de bife?) pela janela, lá do décimo segundo andar.

TIGELÃO DE AÇAÍ

Os vikings eram um povo do mar
(Evandro Mesquita, em *Menino do Rio*, 1981)

Quer dizer que ele não mata peixe?!
O noivo é mergulhador. Faz mergulho defensivo (?!). Ou
ecológico, sei lá. Eu disse para ela – Claudinha, a noiva – que havia
um bom tempo os chineses (ou teriam sido os vikings?) inventa-
ram um bom negócio chamado aquário. Uma porra de caixinha
de vidro capaz de realizar 100% do modesto e insosso desejo do
seu noivo: olhar peixinhos nadando. Eu também imaginei um
aquário como ornamento na churrascaria de Sula Miranda. Ou
melhor, "um aquário para o cumprimento do meu desiderato".
1º ela não transava "churrascaria";
2º não sabia o que era "desiderato";
e 3º recuou diante dos ornamentos de Sula. Em primeiro

lugar, eu disse para ela esquecer "Sula & os Aquários", depois expliquei que "desiderato" significava minha vontade de comê--la, um objetivo.

Claudinha, a noiva do mergulhador, entendeu que deveria começar chupando minha pica. Eu quis "somatizar". Em seguida, não obstante o fracasso do meia-nove, partimos para o globo coreano (pedi pra ela me chamar de "Juba") e nos arretamos basicamente feito dois chimpanzés, um cigarro que apaguei na bunda dela. Tive ímpetos de assassiná-la, falei alguma merda em inglês e, finalmente, atendendo aos pedidos da noiva, enfiei meu pau "por detrás" – bem devagarinho.

A culpa é do Evandro Mesquita. André de Biasi ficou careca, bem feito. Tem o Sérgio Malandro e o Ricardinho Graça Mello. Eu defendo o circo para os quatro. Eu quero é que esses caras que vôam de asa delta, dependuram-se em montanhas, os tatuados em geral e os granoleiros, se esborrachem, eles que se fodam.

O problema é que o litoral brasileiro é imenso.

Que se fodam os jipeiros e os fãs de Bob Marley. A maldita adrenalina está acabando com a punheta. O cara, ao invés de punhetar, bate frutas – alheio à morbidez original e tesuda da alcova –, cereais e iogurte no liquidificador. Ouve isso, Claudinha:

– O derramamento em si ("estou falando de masturbação, *baby*").

Bilac jamais voaria de asa-delta. O noivo da Claudinha está no terceiro ano da faculdade de educação física. Tem uma parati 98 e o vídeo do Tico & Teco Padaratz, *Ensinando os fundamentos do surf*. Enfim, merece veementemente ser traído. Outra coisa. O cara gosta de levar dedo no cu.

Claudinha vazia. Claudinha tesuda.

O voto deles tem o mesmo valor do meu voto. Ou será que Claudinha é mal preenchida e tesuda? A questão é incensá-la para despertar ainda mais o vazio e o tesão dentro dela. Mas não deixar a coisa ficar ridícula tipo "nova mulher, nova fase-cabeça". O noivo, além de corno, surfista e granoleiro, "transa respiração" e está construindo uma estufa para cultivar alfaces e mandioquinhas hidropônicas. Isso quer dizer "orgânico", "sem agrotóxico", "corno".

Depois dou um pé-na-bunda dela. Mando ela enfiar as mandioquinhas hidropônicas no cu do noivo. Ela que vá para o inferno. Ou que enfie as mandioquinhas no próprio rabo. Sei lá!

– O negócio, *baby*, é desembargar o "foda-se".

Ela se diz "amadurecida" por minha causa! Eu, o velho sábio da tevê, ainda vou comprar uma escopeta e detoná-la. Oh, Deus! Apenas não sei como arrumar saco, talento (e amor?) para tudo isso.

O melhor é exigir os cornos. Ela vai ter de trair o granoleiro para foder comigo. Eia! Sus! Sus!

O expurgo pelo mal. Fui educado pela televisão. Uma vingança contra os especiais da Globo, particularmente contra Regina Duarte e Dênis Carvalho, acho que sim. Sobretudo minha perfídia contra a "Som Livre" dos anos oitenta a grande responsável – é bom que se diga – pela trilha sonora dessa merda toda.

Eu por trás, faturando aquele rabão:

– garota eu vou pra Califórnia...

O cara tem um jipe.

Outra coisa. Os vikings, além de viver no mar, eram chifrudos... e cultivavam alfaces, cenouras e mandioquinhas hidropônicas em estufas (já naquele tempo...). Ou teriam sido os chineses? Mas que merda! Quem é que inventou a porra da hidroponia?

– O meu destino é ser *star* – aí usei o torniquete.

– Revoltado – foi do que ela me acusou.

Merda! Não tava a fim de dar ensejo a alfajores, ervilhas e projetos alternativos, então eu disse para ela:

– Mas o cu você gosta de dar pra mim? Não gosta, Claudinha?

O cara faz trilhas. E agora inventou de fumar maconha no cachimbo. Eu dei o troco:

– Sabe, *baby*. Eu queria ter um amorzinho *hippie* pra mim.

Ela disse que podia deixar crescer os pelos do sovaco. Mas impôs uma condição.

– Viver pra mim, largar o granoleiro.

Eu disse que não, nem fudendo.

MALAMUD

Para Simone Greco

Enrabação. Ela de quatro. Ele por trás, imitando o Zé Wilker em *Dona Flor e seus dois Maridos*. Uma cena pornô trivial. Suíte B do Motel Libidu's. Ele tá a fim de quebrar a solenidade. E fala pr'aquela bunda:

"Objeto do meu desejo" – imediatamente depois de ter dado três estocadas à la carte. Olha pros espelhos e não se reconhece. Então, mostra a língua pra bunda dela, só pra sacanear.

Ela olha pro céu de espelhos do Libidu's. E o corrige, com sotaque de secretária bilíngue:

– Pera aí. Objeto, não! Sujeito, meu bem.

Fode, fode, fode.

A mesma coisa na fila do supermercado. Calor e sexo mal inventados. Quando chegava a vez dele. Ela tinha o ímpeto de querer ser virada do avesso e uma tartaruga no aquário, chamava-se Uga, a tartaruga.

Simone dizia que sim. Que também queria – embora devesse estar "ficando louca em tentar ser honesta"com uma cara daquele tipo. Simone gerenciava uma buceta metida – objetiva e metafisicamente – a dar palpites. O bucetão falava em "tirar máscaras", uma aporrinhação.

Combinaram um encontro. Antes de acertar o lugar trataram do óbito de dois filhos mortos, que não tiveram. Isso aconteceu em janeiro.

Ela disse que não ia esquecer. A vida dos dois era um entrar e sair do banheiro, mudar de assunto porque ou a diarista não veio ou as crianças estavam atrasadas. Os compromissinhos dela e os baseadinhos dele.

Às vezes, perdiam-se nos assuntos, esqueciam o que iam falar em consequência dos vaivéns e da vida doméstica que um havia incorporado do outro.

Uma coisa legal era quando ela comia amendoins ao telefone. E falava pra ele "se cuida, um beijo". Nem mais, nem menos.

Na verdade, os dois eram uns chatos. Ela falava de "ambíguas e fortes reações", mil respostas possíveis. Que a brincadeira havia "ultrapassado todos os limites..." Uma frescura do caralho. Ele se contentava em mostrar a língua pra ela quando a enrabava – e fazia caretas, olhava-se no espelho. Aí ela vinha com a conversa de que a vida lhe escapava... que tudo sempre voltava ao zero e que...

Um sexo meio besta. Antes ele queimava a bunda dela com bitucas de cigarro. "Que brincadeira é essa?"

Simone entrava numas de "relacionamento". Que ela não acreditava em nada do que ele fazia ou falava. Ele, Malamud, também não. Isto é, com excessão das bitucas que queimava na bunda dela e do medo de "perder a vida por delicadeza".

– Tem uns caras que se fodem por causa disso, sabia?

Ela sabia, é claro que sim. E, logo em seguida, fazia uma chupeta pra ele (a contragosto, aparentemente).

Um dia ela foi embora. Que tava cansada das brincadeiras dele.

– O que você quer, Malamud? – Ou: – Quem é você, Malamud?

O apartamento é que tava um pouco bagunçado. A televisão ligada, meias e calcinhas dependuradas atrás da geladeira. Umas camisinhas atucanadas debaixo do colchonete... Mas não tinha brincadeira nenhuma.

A primeira coisa que um homem abandonado faz é examinar seu caralho. Tava tudo bem e Malamud precisava da cueca que servia de antena pra "Telefuncken modelo 79".

Ele usava as cuecas dos dois lados. E sentia-se feliz em ter mandado a megera ir, por exemplo "odiar a canalhice encenada" de outro otário. Simone queria aconchego, repouso, essas "coisas que você despreza". Ele não lembrava ao certo, mas deve ter dito alguma coisa parecida com "vai morar com um viado".

Aí ela disse que não ia à lugar algum. Que não queria que ele nem ninguém a esperasse. Que estava tentando se haver consigo mesma. Isso de "se haver consigo mesma" ele até que achou legal. Ela não ia voltar.

Mas logo em seguida ele desistiu de usar a cueca do lado do avesso que servia de antena para tevê. Saiu sem cueca mesmo. Acendeu um cigarro e fez rodelas de fumaça, pensou: "isso não é pra qualquer um".

Apenas um choro não sabido. Dele. O apartamento virado numa omelete. Ele não quis acreditar... Aí mudou de ideia. Uma neurótica da puta que pariu isso é o que ela era. Que papo é esse de "tirar máscaras"? Exigir "orgasmos"? Isso aí era problema dela, que diabo! Malamud resolveu dar umas voltas. Esqueceu o maço de cigarros vazio dentro da geladeira. Uma porra de geladeira enferrujada, aliás. Que nunca fechava direito.

Odiava a palavra "orgasmo". Malamud também não suportava o Ed Motta.

Entra e sai. Entra e sai.

Aí lembrou do *junk*, do Burroughs. O cara havia cortado uma dependência de morfina na base da maconha, elixir paregórico e Louis Armstrong. Aí ele resolveu amanhecer na fila do banco. Queria ser o primeirão. Às dez e dois foi atendido. Voltou pro final da fila. Malamud tava mal e usava um paletó xadrez pra fazer um tipo.

— Um tipo, porra!

Às dez e meia tava na Augusta quase esquina com a Peixoto Gomide. Quando passou defronte o Consulado do Líbano. Resolveu entrar. Na recepção, disse que se chamava Sthefan Malamud. Queria falar com o cônsul.

— Qual é o assunto, senhor?

– Um querubim desgraçado dentro do meu peito.

A recepcionista disse pra ele esperar.

Simone tinha mania de falar pra ele "se cuidar" – lembrou disso enquanto esperava. O cônsul, um homem distante com olheiras, parecia o camelo da propaganda de cigarros. Sem um pingo de encanto, todavia.

Malamud também parecia um camelo. Às vezes circuncizava dúzias de clitóris em seus pesadelos árabes. Então, dedo em riste, disse para o cônsul:

– Quibe! Esfiha!

O cônsul enfiou uma adaga no próprio peito. De lá, Malamud pegou um ônibus elétrico e foi pro Parque da Aclimação, em princípio... Puxou um baseado do paletó xadrez. Ele era um cara elegante, que injustamente fora abandonado por uma grande mulher. Então acendeu o baseado e deu uma tragada. Outra vez pensou a mesma coisa: "Bem, isso não é pra qualquer um". Sacou o revólver e matou o pipoqueiro. Sei lá, por causa da melancolia do algodão doce. Isso não tem importância. Vale que um homem abandonado vestido com paletó xadrez comia algodão doce no Parque da Aclimação. A cena é essa – e não tinha nada a ver, ele resolveu que não, definitivamente, com aquela mulher que lhe mandava beijos pelo telefone e pedia para ele se cuidar.

Cíntia Moscovich

Cíntia Moscovich nasceu em 1958, em Porto Alegre (RS). Jornalista, professora, revisora e consultora literária, é também mestre em Teoria Literária. Atualmente é diretora do Instituto Estadual do Livro (RS). Publicou *O reino das cebolas* (contos, 1996), *Duas iguais: manual de amores e equívocos assemelhados* (romance, 1998) e *Anotações durante o incêndio* (contos, 2000). Possui contos, crônicas, ensaios e resenhas publicados no jornal *Zero Hora* e nas revistas *Vox*, *Blau*, *Aplauso* e *Porto & Vírgula*. Dos prêmios que recebeu destacam-se o do Concurso de Contos Guimarães Rosa, patrocinado pela Radio France Internationale (França, 1995), a indicação ao Prêmio Jabuti, na categoria conto (1996), e o Prêmio Açorianos de Literatura, promovido pela Secretaria Municipal de Cultura de Porto Alegre (1998).

OS LAÇOS E OS NÓS, OS BRANCOS E OS AZUIS

Desde cedo, bem cedo, antes mesmo que os movimentos da casa iniciassem, Raquel trabalhava. A mesa já posta, três lugares, garrafas térmicas, leite, café, o jornal matutino, e o castanho áspero do pão querendo saciar alguma fome. Embora a varanda estivesse aberta, a frescura se cristalizara lá fora. Uma mosca azul e brilhante voejava em torno do açucareiro.

Pusera a tábua de passar roupas na sala, entretendo-se com as camisas do marido. Caprichava para que os colarinhos e os punhos ficassem lisos e sem mácula, insistindo com o pano úmido nas partes mais amarrotadas, o ferro quente arrancando vapores da fazenda alva. Satisfeita com o perfume avivado do sabão em pó, empilhava as peças sobre uma das cadeiras da sala de jantar.

Natan foi o primeiro a aparecer, saído recém do banho, arrumando a gravata, mais uma vez atrasado para o trabalho. Raquel pôs o ferro de pé sobre a tábua e correu a servir o marido. Alcançou-lhe a xícara, café e leite em iguais medidas, trouxe a manteiga e frios para a mesa. Ele sequer se ajeitara direito no seu lugar, à cabeceira, e, como se a culpa fosse de alguém, já se empertigava, o dedo denunciador: olhe ali, uma mosca voando em torno do açucareiro. Raquel deu uma palmada com a mão frouxa no ar, espantando a intrusa, que saiu numa chispa azul, voo cego pela sala. Livre, enfim, de qualquer ameaça, Natan passou uma fina camada de manteiga num naco de pão e abriu o jornal. Raquel, depois de desligar o ferro da tomada, desmontou a tábua e, com o mesmo cuidado de quem pega um bebê, ergueu entre os braços a pilha de camisas. Ele, interrompendo a leitura, parecia que se lembrava de algo, fez a pergunta: e sua mãe?

Bem nesse instante, dona Anita apareceu na sala. A noite não lhe mitigara uma certa aparência sofrida dos traços, o amargo do sono transparecendo nos olhos ardidos atrás dos óculos. Os cabelos grisalhos estavam presos em distinto coque; vestia saia preta e blusa bege, com gola de renda branca, que lhe dava o ar de moça antiga, como num retrato. O genro, voltando rapidamente a atenção para o jornal, resmungou bom-dia; a sogra devolveu-lhe o resmungo, num estranho protocolo sobre o qual se haviam posto de acordo dias antes.

Raquel, alerta à frágil ordem, largou a pilha de camisas sobre o sofá e correu a puxar a cadeira, oferecendo-a, solícita, para a mãe. Dona Anita acomodou-se e prendeu os olhos num ponto indistinto sobre a mesa; com entonação feroz, na qual os acentos de asco e terror se confundiam, disse olhem lá, uma mosca varejeira em cima do açucareiro. Raquel exclamou, mas se fazia pouquinho expulsara a bandida, como é que ela estava de volta? Dona Anita fez assim com os ombros, já repetira mil vezes que deveriam colocar telas, pelo menos alguma proteção na porta da varanda, um perigo a casa aberta, a mosca podia ter andado por esgotos e nojeiras, decerto pusera ovos até em cima da comida, quem duvidava? E feito o aviso sábio e terrível, armando uma expressão triunfante, enfim desfeito o tom de desafio acusador que se tornara comum nas últimas duas semanas, pegou o queijo com a ponta dos dedos. Natan não desprendeu os olhos do jornal.

Sentindo enjoo de fome, Raquel tomou assento junto ao marido. Serviu as duas xícaras, dela e da mãe, café e leite, partes iguais. Dona Anita empunhou a faca; cortava o queijo num movimento inútil de vigor de todo o corpo. A filha assistia ao embate dentro da resignação; abrandando o impulso, com medo de denunciar a brutal troca de ordem, o mundo de mãe e filha às avessas, deixou que a senhora se servisse, finalmente, de uma robusta fatia. O mesmo alívio percorreu eles todos. Só a mosca, agora inquieta de desespero, zumbia, batendo-se, quando em quando, contra o vidro da porta da varanda. No mais, comiam em silêncio; aliás, um falso silêncio, só a ausência de conversa, porque havia a mosca zumbindo e batendo-se contra a vidraça, o tilintar das xícaras e os sorvos ruidosos de dona Anita ao tomar o café.

Raquel parou de comer um instante, parecendo-se a quem, de inopino, ocorre a lembrança. Viu a mosca, que afinal se evadia, ganhando o espaço da rua num voo desajeitado de azul luxuriante, cega, decerto, pela luminosidade da manhã. Então, pôde olhar a mãe. Olhou-a e levou um susto, porque a via como se fosse uma estranha, como se não fosse sua mãe, como se fosse mãe alheia aquela velha senhora que passara com eles duas semanas; olhou-a como quem olha uma imagem num retrato, a blusa bege com gola de renda branca arrematando a figura de moça antiga. Dona Anita, desatenta ao momento da filha, erguia os nacos de pão a certa altura do rosto e, como se tivesse de apanhá-los em pleno voo, abocanhava tudo, até os farelos nos dedos, num arrebatamento de cabeça. Os dentes postiços mastigavam pesados, a boca aberta, a liga pastosa de pão e queijo em revolução.

Natan, dobrando o jornal em quatro partes, enxugou os lábios com um guardanapo e disse que era hora de ir, as portas da loja precisam estar abertas para os clientes, vocês não acham? Sim, as duas fizeram com a cabeça, bocas cheias, sim, as portas da loja precisam estar abertas. Ele foi, portanto, aprontar-se, enquanto mãe e filha permaneciam sentadas à mesa, dona Anita mais uma vez em combate contra o queijo, Raquel mexendo com a borda de uma colher nos farelos sobre a toalha.

Voltando do quarto, Natan dirigiu-se à sogra, os braços afastados, feito alguém que está prestes a cingir o corpo de um ser muito querido. Dona Anita escorou-se no bordo da mesa e pôs-se de pé, não sem certa dificuldade; beijou-o nas faces e trouxe-o de encontro ao peito. Raquel olhava-os, com alguma comoção divertida. Durante a visita da mãe, eles dois, na verdade, mal se haviam suportado; os bons-dias e as boas-tardes soavam a cada momento com delicadeza muito cautelosa, um fiapo garantindo o equilíbrio. Mas agora não, agora a mãe se transformara e dizia perdoe qualquer coisa. Natan, ainda se curvando para receber o abraço, o queixo roçando a renda branca da gola, respondeu, num tom de voz que beirava a sinceridade, volte quando a senhora quiser, essa casa é sua. Depois, livre do embaraço, afastou-se, suave. Raquel, começou a tirar a louça da mesa, o coração batendo-lhe como um punho. O marido, para bem finalizar os deveres, alisou a gravata, vestiu o paletó, deu um beijo na esposa e fez um gesto cordial para a sogra; finalmente saía. Cuidou ao fechar a porta, evitando batê-la.

A mãe voltou ao quarto, tinha pressa, o avião partia dali a pouco. Raquel distraiu-se lavando a louça: pensava que tinha de guardar as camisas de Natan, abastecer a geladeira, incluiria nas compras verduras, carne, frutas e arroz, mas tudo só depois que levasse a mãe ao aeroporto. As mãos envoltas em espuma, percebeu que as horas voavam, era assim que ela se tornara uma mulher sem tempo, a mãe a vida inteira fora a única a ter tempo para as coisas, mas para ela, a filha, o tempo não rendia, cuidava de casa e marido sozinha, tanto por fazer sempre, e isso reprisava à mãe e às irmãs ao telefone dentro de uma espécie de orgulho, não tenho tempo para nada, nem tenho tempo para cuidar da mãe, mesmo que a mãe sequer precise que se cuide dela, e é por isso que ela tem de morar com as outras filhas, no Rio, uma semana na casa de cada uma.

Foi quando dona Anita veio do quarto, avisando que elas deviam ir. Raquel enxugou as mãos no avental e correu a fechar as janelas e a porta da varanda. Logo, apresentava-se arrumada na sala. Tentou ajudar com as duas grandes malas, mas dona Anita resistiu, preservando-se digna: agora, por obras da toalete, tinha as faces sadias, os lábios com batom rosa muito delicado, as sobrancelhas, em arco, desenhadas a lápis cosmético. Raquel impressionou-se de repente.

Já na rua, esperando um táxi, a mãe contava e recontava os dois volumes. Raquel perguntou se ela havia esquecido alguma coisa, e a mãe respondeu que não sabia, algo ficava para trás, a cabeça não era a mesma, não era mais como quando era moça. Raquel teve outra onda piedosa, outra impressão, um embaraço que vinha de constatar a fragilidade, novamente o revés brutal das coisas, e a mãe, olhando atônita as malas, olhando atônita a filha, vestida com a blusa de gola de renda branca, como num retrato, como se fosse uma moça antiga – aquela que, na verdade, ela fora. Raquel recordou-se que, em pequena, a mãe lhe parecia alta, uma mulher tão bonita, boa esposa, boa dona de casa, ordenando o universo de empregadas, marido, três filhas, Raquel, a mais velha, Ester, a do meio, e Suzana, a caçula. A mãe ensinando o mundo, meninas devem sentar com os joelhos unidos, a mãe doando o conhecimento das coisas, meninas devem mastigar com a boca fechada, como se os papéis jamais fossem se inverter, meninas não devem fazer barulho tomando a sopa, como se fosse impossível ultrapassar aquela classe de sabedoria. E agora isso: a mãe repetia que esquecera algo, numa perplexidade de menina acentuada pela gola de renda, e, de fato, Raquel também pensava que esqueciam alguma coisa, e ambas passaram a se olhar dentro da atonia, porque realmente haviam esquecido, só que agora era tarde, não podiam voltar atrás. Até que a filha deu por findo o assunto, quase ríspida, na última tentativa de proteger a ambas: agora não temos mais tempo, mãe. E as duas se consolaram com um suspiro dado no mesmo instante.

Um táxi surgiu na esquina. Raquel estendeu o braço e fez um gesto, uma palmada com a mão frouxa no ar. O carro parou junto ao meio-fio num tranco do motor. A mãe a contar as malas, novas e ansiosas tentativas. O motorista desceu e ajudou-as na acomodação da bagagem. Entraram as duas, sentando-se no banco de trás.

Assim estavam, dona Anita reclamando da memória fraca, Raquel ouvindo sem muita atenção, constrangida porque a mãe perdera a faculdade das lembranças e porque tudo minguou naqueles anos em que ela fora viver com as irmãs no Rio.

Foi quando, num movimento brusco, o carro freou.

Raquel sentiu a superfície dura e fria, um baque surdo: batera a testa contra o vidro da janela. Sua bolsa, viu de relance, estava no chão. Mãe e filha, com o súbito impulso, tocaram-se. Os corpos ficaram próximos, muito próximos, e, mesmo quando o carro recomeçou a andar, depois dos pesados impropérios do motorista contra um pedestre, as duas não se afastaram. Era uma intimidade de corpos de que elas sequer se lembravam, uma intimidade pretérita, vinda do tempo em que se tem pai e mãe ou do tempo em que os filhos são pequenos. Apesar – e Raquel tentava reaver alguma prova em contrário – de que nunca houvessem realmente se abraçado ou beijado. Nunca, ao menos de verdade. Agora, estavam as duas ali, os cotovelos roçando, sua mãe quieta, e ela com uma leve ardência na testa por causa da batida contra o vidro da janela. A bolsa permanecia no chão do carro.

Dona Anita, no momento, olhava para fora, pensativa e calma. Bonito o dia, declarou, pacífica, assim, como se por acaso. E, talvez porque estava de verdade esquecida das coisas, como já se desacostumara a ter dó, disse, também assim, como se por acaso:

– Eu queria tanto que você tivesse um filho.

Novamente Raquel viu-se no meio de uma tenebrosa arapuca, em outras épocas a mãe a espezinhara tanto com aquilo, com aquela ária de uma ópera sem enredo, como se não soubesse que a filha não podia ter filhos, ela e Natan tantos anos tentando, tantos médicos, tantas pílulas, exames, tabelas e termômetros, até que se declarara estéril para poder existir sem compromisso, sem precisar querer. Mas, naquela hora, Raquel não teve pena de si, tampouco teve raiva da mãe. Compreendia, de súbito, aquela linguagem sinuosa, a maneira arrevesada de expor certas coisas, e veio a vontade, tão grande que ressoava dentro do espaço do peito, de dizer que também a queria muito. No entanto, a sentença se trancara, a garganta impermeável ao sentimento. Juntou a bolsa do chão e, ao retornar, fizera-se branda: seus dedos envolveram o braço da mãe e ela disse, com ardor em cada sílaba, a testa doendo da batida contra o vidro, que não podia ter filhos, a senhora sabe bem, mãe; esperou, tranquila, que dona Anita lhe devolvesse a resposta ensaiada mas vocês podiam adotar, tantas crianças sem família no mundo, você não vai querer que um estranho lhe cuide na velhice, vai? Porém, dona Anita permaneceu bem quieta, o corpo numa espécie de febre, que Raquel media na polpa dos dedos. A mãe ensinava dentro do silêncio que não havia amor como o de uma mãe e uma filha, e a filha sentiu o peso da responsabilidade dentro dela, feito um segundo coração.

Até que chegaram ao aeroporto. Um carregador ajudou-as com as malas, e dona Anita pescou a passagem de dentro da bolsa. Foram até o balcão da companhia e, depois, até a porta de embarque. Sem se olhar, fixas no movimento dos outros passageiros, aguardavam a chamada. Dona Anita, por inocência pura, perguntou se a filha tinha certeza de que não havia esquecido nada. Não, mãe, não posso ter certeza, respondeu Raquel; qualquer coisa, lhe mando depois, emendou. Dona Anita consentiu com a cabeça, qualquer coisa você me manda depois. E, como se ainda não fosse o suficiente, como se ainda houvesse algo a dizer, como se de repente lembrasse, a mãe pousou na filha um olhar no fundo do qual dardejava um ponto de intensa luminosidade:

– Qualquer coisa, você me manda depois, – o ponto de luz cresceu, e os lábios com batom rosa muito delicado escandiram – filha amada da mãe.

E beijando Raquel, trazendo o rosto da filha para junto da gola de renda branca, apertando-a muito no meio dos braços, como quando era pequena, dando-lhe breves tapinhas nas costas, pronto, pronto, o perfume de lavanda úmido e fecundo, o embalo mimoso e redentor, dona Anita repetiu o alento muito doce, qualquer coisa, você me manda depois, filha amada da mãe. Raquel teve a impressão de que refaziam um trato. Desmoronou e permaneceu ali, porque era bom.

Chamaram para o embarque, e dona Anita, sem distrair-se de ser mãe, libertou a filha do abraço. Raquel queria dizer algo, queria ter a palavra de adulta, a senha para sair daquela moleza dos sentidos. Porém, quem falou foi a mãe:

– Não vá esquecer de colocar tela na porta da varanda.

Raquel, numa desproporção, fingindo-se brava, tentando inutilmente se salvar, foi dizendo eu lá preciso que a senhora me recomende esse tipo de coisa? Mas era tarde, porque a mãe ia entrando na sala de embarque, com seus cabelos grisalhos em coque, a blusa bege, a gola de renda, seu caminhar já vigoroso e rejuvenescido. Raquel teve vontade de perguntar se ela fora feliz no casamento. A voz saiu-lhe da boca, entretanto:

– Por favor, dê um beijo por mim em Suzana e Ester.

Dona Anita concordou com a cabeça, sem se virar para trás. Logo depois, desapareceu, tragada pelos vidros foscos.

Raquel saiu à rua transbordante. Rumo ao ponto de táxis, ela pisava nas baganas de cigarro e nas cascas de laranja que sujavam a calçada num zeloso cuidado, como quem pisa matéria remota.

Em casa, depois de fazer as compras, ocorreu-lhe que devia guardar as roupas do marido. Foi até o sofá e, com o mesmo desvelo de quem pega um bebê, ergueu entre os braços a pilha de camisas. Aspirou levemente o perfume do sabão em pó, viu o branco fulguroso de limpeza, os colarinhos, as dobras, aquilo que lhe exigira empenho de mulher e de filha. Percebeu que tinha toda a tarde pela frente, o tempo lhe rendia. Ouviu um zumbido e, logo, uma mosca varejeira batendo-se insuportavelmente azul contra a vidraça.

FANTASIA-IMPROVISO

A tarde daquele sábado se transformara numa bênção: jacarandás e suas sombras a balançar nas calçadas, o zumbido de insetos acrescentando-se ao silêncio da rua vazia. Eu, sem dever de nenhuma espécie, tornei-me também lenta. Lenta e feliz, e a marca da felicidade incrustou-se em mim. Dessa maneira, o jantar de obrigação, dali a pouco, enfadava-me antecipadamente. Sabia que nós, os convidados, esperaríamos a hora da comida bebendo com ressentimento, beliscando castanhas sem a unção da fome, dizendo não é aqui que eu quero estar agora, não agora, quando é noite de sábado, véspera de um dia duro como o domingo.

Toquei a campainha. Atendeu-me a dona da casa.

De fato, para que eu não me envergonhasse do pensamento rancoroso e da avareza de não querer repartir meu sábado com ninguém, ali as pessoas falavam alto, num burburinho monótono. Ela me serviu um cálice de ponche; serena e certa de sua obrigação, apontou-me um lugar no grande sofá. Sentei.

Na poltrona ao meu lado estava esse homem, que se fixava na mesa de centro com o olhar bem límpido e muito aberto. Tinha a mão cheia de castanhas: colocando-as na boca uma a uma, mastigava com método paciente, sem desviar jamais a atenção daquele ponto vago. Não sei se era um homem belo; beleza, não sei. No perfil de linhas retas havia substância de ossos e resistência de músculos; o queixo se revelava um pouco débil para tantos ângulos. Ele virou-se para mim.

Os olhos eram imensos, com um fino veludo branquicento a encobrir as pupilas. Olhava-me e mastigava, sem nada falar. Mastigava. Olhava. Até que me dei conta de que o homem só mastigava, que não podia olhar.

O homem era cego.

Um mal-estar me travou; num instante, ocorreu-me a cortesia piedosa, essa boa vontade que as pessoas têm com os cegos, envolvendo-os com gestos de carinho protetor. Queria dizer ao homem que eu já sabia que ele era cego e que, portanto, estava disponível para qualquer ato eficaz. Mas o homem, abotoando e desabotoando os enormes olhos, piscando uma inútil lágrima, prescindia da eficiência de meu afeto. Foi ele o primeiro a falar:

— Prazer, meu nome é Márcio. E o seu?

A voz tinha um timbre másculo, porém suave. Declinei meu nome bem devagar e bem alto; ouvir-me era patético. Ele sorriu, apenas. Os olhos permaneciam abertos, com sua gelatina móvel, com suas lágrimas orgânicas, mas cintilava neles o vazio de retina seca. Inclinou o corpo para a frente, escorando os cotovelos sobre os joelhos: esperava.

Esperava o quê, aquele homem?

O que se diz quando um cego espera? Os cegos esperam o quê? Eu sempre associara escuridão a silêncio – as vozes seriam luzes – e, portanto, o silêncio era a forma perfeita de um cego, a forma como ele, agora, aguardava. No mutismo, o escuro se reconduzia ao escuro, e eu me abismava de ver um cego mastigando castanhas, apoiando-se em sua própria penumbra muda e perfeita. Fui conivente com sua cegueira e não disse palavra.

Salvou-nos da generosidade mútua a dona da casa, que apareceu na sala batendo palmas: o jantar estava na mesa. Eu repeti, falando bem alto, que o jantar estava na mesa. Ele sorriu, e só. A boca restou entreaberta, as pálpebras comprimidas, os cílios muito espessos feito dois riscos negros. Levantou-se e ficou parado. Parado de uma imobilidade definitiva, sem decidir o próximo passo. Quis ajudá-lo e puxei-o pelo braço. Ele ensinou: melhor que se apoiasse em mim, preferia seguir-me. Devagar, contornando a mesa de centro, nos encaminhamos à outra sala.

A branca toalha de linho fora coberta com abundância, um escândalo de cores. Frutas, arranjadas no centro da mesa, eram muitas: havia desde maçãs, que pareciam prestes a rebentar de tão vermelhas, a mangas de pele lisa e rósea. A melancia tinha a faceirice dos caroços negros resistindo à carne aquosa. Dois pernis descansavam em suas bandejas, flanqueados por tranças de fios de ovos em arreganhos de amarelo. O arroz cintilava com passas, as nozes eram duras e oleosas. Também havia o alvoroço das batatas misturadas a ameixas e damascos; as alfaces, crespas, possuíam um verde líquido, e os talos de aipo alteavam-se de uma copa com gelo. Para mim, que chegara àquela casa ruminando contrariedade, tudo se revertia: vinha-me uma grande fome, como se, finalmente, a avareza se partisse, como se o dia seguinte não fosse domingo. No entanto, para Márcio, presumi, aquilo tudo pouco se lhe dava, inclusive minha intenção de ser boa e justa à mesa.

Envergonhei-me, de repente, e passei a considerar que a dona da casa e eu não tínhamos o mínimo senso do ultraje.

Ajudei-o com a cadeira, dei-lhe o guardanapo – que ele desdobrou e fez descansar ao colo – e disse-lhe o que tínhamos de comida. Escolheu servir-se frugalmente, não costumava comer muito à noite. Eu dispunha em seu prato iguarias em preto e branco, uma coisa ao lado da outra, feito um tabuleiro de xadrez. Comeu com a dureza reverberada de cego, inocente, vagaroso; parecia que descobrir o nome das coisas apenas depois de provar do gosto era seu luxo maior.

Finda a refeição, todos voltaram à sala para o café. Ocupamos os mesmos lugares, agora mais íntimos. A dona da casa novamente bateu palmas, pedindo silêncio: anunciou que era hora de ouvir Márcio, o músico convidado. Surpreendi-me. Ele se pôs de pé. A anfitriã veio até nós e conduziu-o ao piano de armário, na outra extremidade da sala; com a mão pousada sobre a dele, mostrou-lhe o teclado e a banqueta. Ajeitou-se, reconhecendo os pedais e alisando as teclas, muito de leve, como quem pede permissão para tocar um corpo vivo. Susteve o tronco, teso. Alguns convidados acercaram-se.

Márcio movimentou a cabeça em compasso ritmado, até que, com um arranco dos ombros, as mãos armadas, percutiu os primeiros acordes. Era um estudo ligeiro, que, imaginei, demandava do executante mais o sentido de humor do que o virtuosismo. Antes que a peça chegasse ao fim, um grupo viu-se no direito à conversa. Márcio, sem mostrar incômodo, emendou aquele primeiro estudo num segundo, agora com tons mais solenes e bravos. A terceira peça foi precedida por uma pausa, capaz de resgatar o silêncio à sala. Ergueu o rosto para a cena equestre do quadro na parede: uma nota plangente e logo um arpejo. Reconheci: a *Fantasia-Improviso*. Tocava com grave intensidade, como se tivesse uma profecia dentro de si.

Só interrompeu a música quando a dona da casa veio avisar que os licores e bombons estavam servidos; para quem se dispusesse, havia uma cascata de merengues recheados com doce de ovos.

Fui até o piano e dei-lhe os cumprimentos. Chopin, ele esclareceu. Chopin, repeti. Enganchou o braço no meu e pediu que o conduzisse até a cascata de merengues. Não parecia minimamente afrontado.

Perto da meia-noite, os convidados já se iam, e ofereci-me para levá-lo; morava não muito longe de minha casa. Entrou no carro sem dificuldades; orientava-me pelas ruas, refazendo um trajeto conhecido. Com destreza de movimentos, logo tinha as chaves na mão e me dizia onde parar. Antes de bater a porta, falou que esperava minha visita, vivia sozinho e pessoas sempre eram bem-vindas. Agradeci e assegurei que iria aparecer.

Domingo amanheceu amargo. O céu estava encoberto e a sensação asfixiante de calor imperava. Não havia mais as sombras da rua, as cores dos jacarandás eram chapadas contra um fundo cinzento. Tinha o rosto de Márcio vivo na lembrança: recordei-me que, de vez em quando, ele falava de olhos fechados – já que prescindia de olhos. Num movimento talvez solidário, na tentativa de ver a escuridão que os cegos veem, experimentei também fechar os olhos: parecia que girava em torno de mim mesma, numa tontura não de todo desagradável. Quis ir até o quarto assim, cega, as mãos procurando apoio, mas a desconfiança de poder pisar em algo me espantava e, involuntariamente, eu abria os olhos.

Depois do almoço, ocorreu-me a ideia. Decidi ir à casa de Márcio.

Fez com que eu entrasse, cortês. As janelas estavam abertas e a luz vinda de fora esmaecia as cores do tapete. O apartamento, todo ele, era arrumado com minúcia. Sobre a cristaleira da sala, um biscuit – uma alegre camponesa – descansava em cima de um trilho de crochê. Ao lado dela, outros enfeitezinhos, igualmente graciosos. Na parede oposta, um piano de armário refulgia de verniz. A estante abrigava vários, inúmeros, livros; no alto da última prateleira, pude ver o *Anglo-Saxon Reader*, de Sweet. Pensei, de imediato, em cegos ilustres que haviam trocado o querido mundo das aparências por compensações exclusivas à esfera do invisível.

Convidou-me à cozinha, ia passar café. A ideia me pareceu extravagante e estive a ponto de detê-lo. Mas o impositivo da voz fez-me esquecer, inclusive, de perguntar o que eram, pelos céus, aqueles livros na prateleira. Segui-o, e ele caminhava desenvolto, parecendo-se a alguém que escuta o rumor das coisas. Vendo-o no malabarismo de colheres, coadores e bules, era impossível dizer que era cego. Em pouco tempo, toda a casa se enchia dos vapores olorosos e macios. Antes de voltar para a sala, reparei que, na área de serviço, violetas estavam prestes a florir.

Sentamos. Elogiei o café; ele agradeceu, polido e lacônico. Como o silêncio se prolongasse, vi por bem iniciar a conversa, o calor que fazia, vinha chuva na certa, não era mesmo? Márcio teceu o comentário obrigatório – é, vai chover – e largou a xícara sobre a mesa, sem mais uma única palavra. Cruzei as pernas, ajeitei-me melhor no sofá; só me ocorriam banalidades. Ele não dizia quase nada, e eu procurava me salvar do embaraço, respondendo às poucas e eventuais perguntas. Em algum momento, tive vontade de reverter aquele teatro, também queria o direito a perguntas e respostas; principalmente queria o direito a perguntar se ele nascera cego. Logo me dei conta da tolice: Márcio era cego porque era cego – aceitava a ausência de razões em prol da certeza presente. Além do mais, ele não precisava ver para pensar

Quando começou a chover, e uma aragem úmida entrava pela janela, ele foi ao piano, abriu-o e sentou-se na banqueta. Fiquei de pé, a seu lado. Vi que o rosto se armava num ricto, a boca contraída, os dedos sobre as teclas. Ele se submetia a uma espécie de profunda sonolência em guarda, uma meditação quase metafísica sobre a própria música. De repente, calcou o pedal, ergueu os braços, arremetendo contra o teclado. Era a *Fantasia-Improviso*, que ele tocava contrito, olhos para o alto. Foi o único momento em que me pareceu triste.

Várias vezes, durante a semana que se seguiu, voltei à casa de Márcio. Tive outras mostras de que ele era de pouca, pouquíssima, fala, preferindo a intimidade do piano à conversa. Primeiro, considerei que se tratava de um rapaz tímido, pelos motivos óbvios, e que essa timidez era, digamos, importante. Depois, passei a crer que os silêncios e, mais do que tudo, a sua música, constituíam a maneira de existência que ele escolhera. Numa espécie meio torta de livre-arbítrio, já que algo superior à sua vontade determinara por primeiro a cegueira, ele escolhia ora o afastamento das palavras, ora o extraordinário mundo de melodias e dissonâncias. Com o passar do tempo, o jeito lacônico já nem me incomodava tanto; havia ocasiões, porém, em que me considerava excluída daquele universo trevoso, feito só de sons. Depois, percebi que esse modo de não entender era, em si, o primeiro passo para o mistério. Ainda não era possível saber se eu tinha coragem de me juntar àquele enigma, mas vontade, essa não me faltava.

No sábado seguinte, novamente vinha-me o desejo de ser feliz: jacarandás e suas sombras a balançar nas calçadas, o zumbido de insetos acrescentando-se ao silêncio da rua vazia, e eu sem dever de espécie alguma. Fui à casa de Márcio. Justamente porque não tinha obrigação.

Ele me recebeu com suas boas-vindas, e era como se me esperasse havia tempo: o café, pronto, e doces cobertos de glacê festejavam minha chegada. Olhei por cima de seu ombro; vi o *Anglo-Saxon Reader* no topo da última prateleira.

Aconcheguei-me naquele que se tornara meu lugar no sofá. Sem mais aviso do que me oferecer a travessa de doces, perguntou:

– Você é bonita?

Fiquei assim como estava, boca aberta, salivando, a mão com o docinho parada no ar. Que diferença podia fazer o fato de eu ser feia ou bonita? Engoli o doce, numa justificativa para meu silêncio.

Os olhos de Márcio me fitavam numa abstração intensa, que me punha em íntimo contato com meus pudores de mulher. Ergueu a mão e aproximou-a de meu rosto. Encantada pela inédita maciez e pela doçura, deixei que me tocasse primeiro a testa e os olhos, os dedos descendo pelo nariz, pela boca, delineando-me o queixo. Temi decepcioná-lo, como se pelo tato ele voltasse à esfera das aparências.

– Você é bonita – disse-me então, seguro, os dedos brincando com minha gargantilha de ouro.

Para uma mulher que reflita um só momento antes de se entusiasmar, as lisonjas seguidamente parecem tolices. Mas, no caso, não fora juízo emitido por um homem qualquer, cujos olhos ordenam o desejo; fora juízo emitido por um homem cujos dedos, de alguma forma, construíam minha fisionomia para que à voz correspondesse um rosto – talvez nem um rosto completo, mas uma testa, um par de olhos, um nariz e uma boca, unidos apenas pela profunda avidez que a mente tem por coerência. Um delírio, e assediou-me o receio de que a figura que ele havia formado de mim fosse nada mais do que uma miragem. E existia ainda o desejo, que brotava de uma ilusão de ótica. Olhando o rosto anguloso, parecia que a cobiça lhe transbordava das órbitas. Tornei-me tão delicada, tão frágil, uma suavidade que, sem os dedos de Márcio, seria gratuita. Um susto: eu era uma pessoa amada.

Márcio me pegou pela mão. Caminhamos até o quarto, cujas janelas também permaneciam abertas. De pé ainda, me beijou. Pela delícia e pelo ardor, soube que eu não era a primeira mulher que ele beijava e que não seria a última. Mas então, esvaziando-me de tudo, vinha essa alegria afiada que nos assalta no meio da vida. Dentro do egoísmo de felicidade, tirei com prazer o vestido. Márcio tinha uma aura de fascínio e de paciência, esperar fazia parte do desejo, e me aguardava sem pressa. Lenta, aprendendo dele a contar com o amadurecimento do tempo, ajudei-o também a se despir: a construção da nudez, coisa leve, não podia brutalizar qualquer gesto. Outros beijos se seguiram, e cada beijo era um passo dado para a frente, às cegas, como é o avanço de duas pessoas no querer.

Os sentimentos adensaram o ar, a respiração dificultosa, e, no capricho da demora, a carne se denunciava hirta, tormenta de dentes sulcando a pele, borbotões estancados por músculos cheios de sangue. A claridade de meus olhos vergava-se à escuridão, e percebi que estava posta à prova: teria de querer inclusive o mistério. Para ser igual a ele, porque as pessoas são iguais no amor, e para me juntar àquele

180 Geração 90: manuscritos de computador

enigma, entreguei-me à última ardência de olhos enfim fechados.

Depois, quando nos amansamos, senti o peso total de Márcio sobre meu corpo. O cheiro adocicado de suor, a textura de pelos, a placidez do silêncio morno. Eu apenas via a luz do crepúsculo integrando-se à calma profundidade do mistério, porque um homem descansava, membros lassos, sobre mim. Acabava de saber, como se escolhesse, que o queria. A escuridão se fez plena de vento pela janela, trevas que encontram outras trevas, e o cansaço me derrubou com alguma misericórdia no sono.

Despertei com os acordes do piano. Mozart, em suas gráceis piruetas, um tecido de notas tão denso que se podia tocar. Ou ver. O quarto era uma fina penumbra, mas a luz da sala estava acesa. Fui até ele, coloquei-me a seu lado. Sorriu. Compreendi que, na cegueira, primeiro o homem possui a solidão de um mundo escuro e largo, depois, com o tempo, adquire o sorriso beato de quem, sem culpa ou dolo, levou uma bofetada e oferece a bater a outra face. Cabia a mim protegê-lo a todo custo. Antes, no entanto, esquecendo a certeza presente, senti-me no direito a perguntar como ele se tornara cego. Respondeu, interrompendo-se ao piano:

— Mas não sou triste sendo cego. — E retomando a música do ponto onde tinha parado, disse a bem de finalizar o assunto: — Escute, é Mozart.

Eu estava, assim, livre do dever moral da ternura. Fui terna apenas como uma mulher é terna com um homem, e pousei a mão sobre seu ombro.

Depois do viço de Mozart, os acordes permaneceram ecoando, dentro do jeito surpreendente de entusiasmo. Pedi, desconheço por que motivo, a *Fantasia-Improviso*. Ele fez um gesto com a cabeça e apertou muito as pálpebras. Notei que os pés procuravam os pedais: tocou a primeira nota com redobrada plangência, e o arpejo saiu-lhe como uma bordadura impetuosa. A dor tão reconhecível se amplificava em mim, mas para suportar a dor fomos feitos, até que, num momento de mágica, ela desaparece.

Fui até a prateleira de livros; na ponta dos pés, peguei o volume do *Anglo-Saxon Reader* e estendi-me no sofá. Feliz, lenta – era justo ali que eu queria estar naquela noite de sábado, véspera de um dia duro como o domingo –, apertei o livro contra os seios. Adormeci quando a música ia pela metade.

Jorge Pieiro

Jorge Pieiro nasceu em 1961, em Limoeiro do Norte (CE). Professor de Literatura e sócio-diretor da Letra & Música Comunicação Ltda., publicou *Ofícios de desdita* (novela, 1987), *Fragmentos de Panaplo* (contos, 1989), *O tange/dor* (poemas, 1991), *Neverness* (poemas, 1996), *Galeria de murmúrios* (ensaio, 1995) e *Caos portátil* (contos, 1999). Possui contos, crônicas, ensaios e resenhas publicados no jornal *O Povo*, de Fortaleza, entre outros. Dos prêmios que recebeu destacam-se o 5º Prêmio Literário Cidade de Fortaleza, promovido pela Fundação Cultural de Fortaleza, na categoria poesia (1995), e o do Concurso de Poesia promovido pela Casa de Cultura Germânica (1990).

JANELA

Os cotovelos escorados na janela. Há tempos que não saía dali. Eu vi isso todos os dias da minha vida. As refeições, o asseio com uma luva, a necessidade do organismo, o sexo solitário, as noites e os dias. Fora a vingança da cidade ou seu destino. Tinha de permanecer ali, de guarda.

Ela me disse:

— *Você nunca vai compreender. Este lugar é diferente. Estou diante da alma do mundo. Todas as pessoas dependem de mim, da minha vigília, do meu sacrifício, do meu drama. Amanhã completará muitos anos que não arredo os pés deste lugar. Amanhã completarei anos também. Não sei quantos, perdi as contas, e todos já esqueceram o meu passado. Sou apenas a pessoa da janela. Sem sexo, sem nome, sem alegria. As paredes estão prestes a ruir. Faz tempo desistiram de reconstruir o casarão. Seria dispendioso demais. Resolveram apenas conservar a janela. Esta, dentre tantas outras. Porque esta dá de frente para o abismo. E como eles são supersticiosos, temem que se eu não permanecer aqui algo de muito ruim poderá acontecer. Prefiro assim, deixar que todos me conservem. Esqueçam, como já o fizeram, o meu passado.*

Quando chovia, gostava, ficava impassível deixando os pingos penetrarem na pele, na alma. Mas, vez ou outra, tinha um jeito Carolina. Olhava o abismo com receio. Era quando pensava um pouco para dentro. Mesmo assim, nunca desistia. Passava pela cabeça saltar pela janela, encarar o outro lado; entretanto, o outro lado era no fim de um precipício e havia o receio de não saber se podia voar.

E ela me disse:

— *Entrou nesta casa uma única vez a pessoa que me fez compreender o silêncio verdadeiro. Eu, muito jovem. Muitos ficaram contrariados pela ousadia da intrusão. Era alguém. Estava perdido. Não falamos nada. Olhamo-nos e a janela bateu, pela primeira vez. Foi um caos. O vento soprou mais forte. Algumas tochas tentaram se aproximar, desistiram. Havia um sussurro trazido pelo vento. Voltei ao meu posto. Reabri a janela. E tudo se paralisou — normalmente. Quando me virei, até pensei que tudo não passara de uma ilusão. E como seria uma ilusão, se nunca sofri uma, se é que sei o que é uma ilusão!?*

Dizem que Leonardo fotografou a janela em tempos idos. Criou o enigma. Ele veio pelo abismo, voando numa geringonça, parece até que Leonardo nunca foi deste mundo, veio e venceu, sacrilégio, e espalhou a imagem pelos outros lugares da terra. Até hoje, os habitantes do lugar ficam ressentidos. Nada puderam fazer. Ninguém sabe o que ela pretendia dizer com aquele olhar.

E ela me disse:

— *Sabem o que sinto agora? Não sei bem o quê. Receio que seja solidão, embora não caiba solidão diante de tantas pessoas passando ao longe, lá embaixo, talvez acenando para mim, talvez pensando que sou estátua, pensando que faço parte de uma arquitetura de sonhos, um desejo incontido dos antigos, uma fortaleza de desejos, uma forma de desvincular a prece de tudo o que é profano. Estou aqui, só. Eles são viajantes de um passado recente. Recebem os eflúvios da divindade ou da natureza ou da viagem que transgridem com os seus ópios ou chás. Me veem, decerto, e se não veem, continuo aqui, perplexidade ante a eternidade. Alguns algarismos à frente do futuro.*

Estava lá. A última voz do silêncio. A esteira do sacrifício vazia. Como poderia continuar ali?, eu me perguntava cada vez que passava por aqueles recantos. A coisa mais bela que outrora já vira fora a luta de gigantes num antigo desenho animado da televisão em preto-e-branco. Depois disso, nada mais fora ou é interessante. As penalidades se tornaram máximas mesmo sem culpa. O incentivo à morte é sensação, liquidação de *shoppings*, consumo fácil para inexperientes. A figura, porém, diante da janela, ao mesmo tempo que nos premiava de regozijo, empanturrava-nos de angústia ao longo das eras. Era impassível. Um descaso para com a arte dinâmica. E ela não era uma fotografia, uma imagem congelada do precipício, um corte dentro de um conto, a permanência de um relâmpago.

E ela me disse:

— *Antes do amanhecer, juro que abandonarei o meu posto. Tenho a honra de morrer. É chegada a hora. Vocês não sabem que todos morrem um dia? Por que nunca procuraram uma outra vítima para a solidão da janela? Resta-me esperar. Sei que a dor que virá será a destreza da arte diante do artista indefeso. Acompanharei o remorso, pois ao artista cabe somente a verdade. E este é o lance de maior densidade. É o que interessa. Amanhã, antes do amanhecer, serei poema, flauta, a sonoridade de um oboé, o Syntagma, aju bete jepê amô mbaê...*

Agora, entregue ao momento, premiado pela angústia, sei que eu mesmo nunca passarei de uma fantasia impossível. Ela, talvez. As miragens se desatrelam. Nada do que penso se transforma em luz. Vocês não acreditam no que vejo, no que sei, no que dissemos. Mas a janela continua olhando para nós com o seu olhar de avestruz. Quem poderá sobreviver depois dessa nebulosa? Enfim, não espero que acreditem no que digo. Há mais reações no mundo intestinal. Não sou profeta ou louco. Talvez um crente, talvez um delirante. Peço, no entanto, para acreditarem em mim. A janela existe. A pessoa na janela existe. A música existe, deu-se agora. Escutem. Se não quiserem acreditar no que digo, crucifiquem-me. Ninguém poderá dizer depois que não avisei...

Por fim, ela me disse:

— *Mas, se eu sair daqui, os cavaleiros passarão e tudo estará terminado. Será o início de uma outra era. Nós não queremos isso para o povo. Queremos?*

Depois disso, não vi mais nada.

O MÁGICO

Foi só uma vez. Mesmo assim chegou e abusou do desencanto da plateia. Abriu as mãos, engoliu com elas todas as ilusões e instigou os espectadores ao desvario. Ágil, preciso, Mr. Kaletzip contornou o atrito das palavras e consumiu os selos da audição. Todos se prepararam para ouvi-lo, sem pensar, e o que era desconhecido para eles era a maior certeza na vida do prestidigitador. Já não eram tolos por ficarem atentos. Assim, perdidamente incoerentes em sua vontade de participar da grande mentira, os espectadores despiram-se e sonharam.

João tinha os dedos nos seios de Marília. José invadira o soluço de Jandira. E Gabriel anunciara com clareza o seu desejo nos abismos de Clarinha. Berta acudira-se na boca de Felizardo. Soninha mordia o peito de Alaor. Vera com a língua era uma víbora no ouvido de Natanael.

Eu vi. Vi com estes olhos amarelados pelo tempo a ternura nos gestos daquela gente. O bicho que era dentro de mim um estranho me reconheceu. Mas ali eu já não podia sorrir ou lamentar. A vida de verdade era lá embaixo.

Mr. Kaletzip deixou-se e envolveu-se na multidão. Deixou-se para ser mais um mais que comum. Beijou os lábios de Dorinha. Ela se retorceu e gemeu. Abraçou Gardênia e sentiu o viço desfolhado. Torceu por encontrar Cecília. Até que se deu ao acaso de se encontrarem novamente.

Os dragões se amavam como nunca. No meio daquele fogaréu, o cearense beijou a cruz feita nos dedos e choveu-se sobre o campo apenado de Augusta. Deu-se o verde como o diabo ao pecado.

NÃO DEVERIA MANCHAR DE SANGUE
ESTA PÁGINA

Pensei na primavera sem ódio. Feito ela, eu não andava em zoológicos. Clarice que gostava dessas instrospecções. Onde já se viu mulher ir ao zoológico para sentir ódio e apaixonar-se por um búfalo? Considero-me mesmo sem muita psicologia. Sou apenas um palhaço. Normal, estereotipado. Alegre diante do público, triste de cara limpa. Apaixonado pela mulher do equilibrista. Ah! quantas vezes não imaginei a queda do sujeito. Programei ameaças veladas e sabotagens. Mas não tinha espírito suficientemente criminoso. E ele nunca pedia desculpas, caía, de uma vez, pela primeira e última, aquele Fausto.

Fugi, então, do circo. Sim, fugi. Não por causa de Dandara. Devia dinheiro ao dono. Sempre solitário, arranjava mulheres que me depenavam. Jogava baralho, perdia. Por conta das dívidas, fui ameaçado, fugi. Paradeiro desconhecido. Só você sabe onde estou agora. Aqui. Nesta página.

Ontem, acordei aliviado. Pensei em Dandara. Não gostava mais dela. Fiz, em reclusão e silêncio, as pazes com o Fausto. Perdoei o dono do circo, como ele jamais me perdoou. Afinal, a dívida não passava de 480 reais. Então, abri a janela da página. Lá embaixo, homens carregando ferro no caminhão, o boteco, a buzina e a poeira. À minha frente, a pauta dos fios sem nenhuma melodia. Não. Não pensem que iria cometer suicídio, imagine. Isto não passa de uma descrição aliviada. Olhei para o tempo, pensei em primavera, mas aqui não existe primavera. Ou chove ou estia. Como eu, que deixei de chover, vivendo minha estiagem, mas aliviado. Continuei olhando o mundo lá embaixo. Tão comum, eu em mim.

Hoje, tenho vontade de voltar ao circo. Encarar o dono. Não tenho dinheiro, nem coragem de me suicidar. Não amo mais Dandara, nem consigo afastá-la daquele Fausto. E agora? Vontade de gritar essas coisas. No picadeiro, fora do espetáculo onde prometo alegria ao público. Outro espetáculo, como na vida real. Mas não tenho coragem. Sou normal. Triste e medroso de cara limpa.

Sem opção, típico de um covarde, não devo manchar de sangue esta página, onde moro, onde só você sabe do meu segredo.

NOITE MANCHADA COM NANQUIM

Um pingo de luz se esvaindo em luminosidade foi o que ele conseguiu imprimir em sua máquina de pensar virtualmente. Havia um calor de elefantes dentro da sala. Não era bem o que procurava, mas na ausência de uma centelha, valia a pena experimentar a sensação do brilho se incrustando no coração das pupilas. Ele entendeu que a espécie humana é uma metáfora arroxeada e com defeitos de fabricação. "Quanta crueldade com o nosso Criador!", diria o pentecostal. Mas o que fazer diante deste homem agnóstico, duvidoso erguido à enésima potência?

O homem estava absorto. Como meditar é lua nova! Ele era capaz de oferecer meia dúzia de estrelas por uma falsa realidade...

O dia amanhecia. O calor combinava-se com os ruídos. Metamorfose cotidiana de qualquer metrópole. Um ou outro indivíduo cabia nas listras do asfalto, sem medo da velocidade das horas. A cidade amanhecia com vontade de comemorar seus esgotos. Mais tarde choveria. Um grito, ou vários, borrifaria sangue. A putinha de luxo escorreria desacetinada além do casco no inevitável parceiro. As caras deformadas de todo mundo rondariam pelas goelas da cidade. Os liquidificadores ressuscitariam e as torradas rasgariam os esôfagos ulcerados dos velozes equilibristas do grande circo. Seria hora de acordar, de rogar, de rosnar, de exaurir-se de tonteira e solidão, de exigir-se o mais-que-perfeito de hipocrisia, de estafar-se por um níquel de nada, por uma hora qualquer gelada num bar, por uma morte acidental ou pela ilustração de uma transa apocalíptica...

Ele rendeu-se. Ligou o rádio. Perdeu o medo da noite. Cuspiu a saliva fermentada. Jogou-se no espelho e consumiu-se. Não chegara a conclusão alguma depois da noite revirada de guinchos de freios, zunidos, ruídos de bala, dores de doido adorando a lua. Passara a noite mirando a cruz vermelha desenhada na parede da sala. Garantia o desejo de crucificar-se sem perdão. Aquela poderia ter sido a sua última noite. Mas não. O vício de espantar-se fora mais forte. Mais trágico que a própria morte. Ele, por fim, desdenhou de sua covardia.

TIARA DE ALGODÃO

Era uma vez de sonhar, outra de cobrar esperanças. Ramira voltou para casa com os olhos roxos da noite. A putinha da noite anterior. Nenhum cavaleiro noturno desembainhou a sua espada e raptou-a do dragão. Ali feriu-se de nostalgia. Ramira chorou por mais um tempo, borrou a pintura, os hematomas da alma se exilaram ao redor dos olhos, então, ela adormeceu. Sonhou com o macho desconhecido. Depois sorriu e chorou em seguida. Depois dormiu e pediu perdão. E o dia também amanheceu naquele outro lado do lugar.

Numas dessas leituras Ramira encontrará o homem que desafia seu próprio espanto. Será uma possível solução para ambos. O circo derreterá a lona. Ramira vai amar esse homem com um pecado tão medonho que o futuro será ainda maior dentro de sua incógnita. Ele não vai desistir de acender todos os desejos de Ramira. À cata de espantos. E lá dentro dela, encontrará o pássaro, o céu, a cachoeira, o lago adormecido, o cheiro do silêncio, a crueldade da paz e o instante de morrer como um homem fragmentado, mas mesmo assim, feliz por ser um caco da sublime condição.

Por enquanto, o dia invade a casa. Dia alto, mais para proparoxítono, sem apatia nem chuvas, como poderia imaginar o romance de Lucas, escrito anos atrás por um Eduardo Luz. Ramira nem desconfia que todo acordar é permissão para que a morte se aproxime.

192 Geração 90: manuscritos de computador

Quando chegar a hora, direi, ele acercar-se-á do seu dia. E constatará que aquela casa é muito real.

O almoço é de fumaça. Ramira parece uma alma desprevenida que não percebeu o trem rasgando as costas. Mal sabe ela que começa a fazer parte de um elenco frouxo de uma novela com recheios bem batidos de clara de ovo. Se não insípidos, desgraçadamente inodoros ao nariz de um narrador inconsistente. Ela tem fome apenas. E tudo isso não passa de uma certeza.

Livra-se do rosto de ontem. Vê-se ao espelho. Ainda é bela. Tem uns olhos de lua cheia. Sobrancelhas finas, naturalmente. Um nariz perfeito para o roçar amoroso dos esquimós. E uma cicatriz, doce, como se uma cicatriz fosse uma guloseima, mas que naquele rosto ovalado, aquela marca de lâmina é a linha que delimita a ternura de uma bela mulher, de Ramira, frágil, consumida, não é um anjo, aquela que embevece o narrador. É Ramira, apenas. Reflexo desprovido, ela lava o rosto, o dia ainda será longo, e acentuando a curva ruiva dos cabelos, pensa na menina de ontem com a tiara de algodão.

– Mamãe, olha como estou linda!

E a mãe roubava seus dias com a doença do desespero. Ela seria ainda uma rainha, ou a própria desgraçada. A profecia fora fatal.

– Mamãe, quando eu crescer vou ser *miss*...

LUTO ANÔNIMO

1.

O homem desprega a lei do seu rosto. A face desfigurada surge, alma aflita por trás dela. O copo de chá vazio sobre a escrivaninha, o computador desligado, um incenso prestes ao pó e o grande silêncio.

Vê-se ao chão, estendido, totalmente inexpressivo, molusco ainda por ser.

2.

A luz desalinha os cabelos encaracolados Dela, cheia de seios, alvorecendo. Estende a mão ao longe do passado, ninguém. Sobressalta-se. Agora sente o calafrio, ali despida, duplamente, no avesso do coito interrompido.

3.

A rua devolve a catástrofe. Por que não é pálida como o olhar Dele? Ruídos de uma renga.

4.

Deus escondeu-se para voltar. Quem o reconhecerá? Dele, divino cão postado na hora da sua morte, desconhece Dela. Fecha os olhos com potência, destila bolhas de escuro, tange a dor para a última derrota.

5.

Dele? E Dela sem resposta. É a lei. Dela, arrependida, deita-se sobre o morto, cavalga-o sem ansiedade. Ali será para sempre Dele.

BORBOLETA

A grande borboleta dependurada na parede. Alusão, lembrança ou apenas a coincidência com outro texto, de um maior, a grande mosca no copo de leite... Os olhos dela, indecisos, pairavam sobre ela, a borboleta. Por quanto tempo mais esperaria o homem que a abandonara pela madrugada? Na hora dos pesadelos?

Escutava todas as noites a música do grupo norueguês sentada no sofá recém-comprado numa pechincha. O som da água batendo no cais, o delírio, a água, o pingo da torneira incomodavam. Como era mesmo o nome do grupo? Para a torneira, bastava trocar, ouvira, a carrapeta, mas quem faria isso? A fumaça do cigarro proibido penetrava na pele oleosa. Teria que passar numa esteticista, oh o tempo! As luzes apagadas mais escureciam o vinho no cálice. Insuportável, aquela mania de beber vinho, todas as portas fechadas, nenhuma fresta de janela, o canto da sala, aquele calor. O som dos fiordes...

Lembrava-se da última noite. Ele bem que poderia ter evitado o choro convulsivo, sorvido a lágrima como sempre fazia; ter experimentado o pavor infantil, o não-sei-o-quê, sei lá! Ao contrário, ficou esperando o silêncio. Ela adormeceu de olhos inchados. Um sono convulso. Sentiu o corpo forte enlaçando-a, ainda, mas no pesadelo sentia os braços de um temível monstro, a bocarra tentando devorar os seios, os dedos enormes vasculhando pérolas onde não havia. A natural rejeição do pesadelo. E, quem sabe?, ele sentiu-se diante da definitiva rejeição.

A borboleta mudava de cor. As asas, um pó untado de vermelho e arredores verdes circundavam uma vida marrom. Em seguida, dividia-se em duas, como em cópula, uma parte azul, outra lilás, amalgamada pela parte central amarela. E as longas antenas inertes. Como as dela, buscando resgatar o ruído do automóvel naqueles ermos. Sim, qualquer barulho de automóvel por ali seria o jeito indeciso de encontrá-la mais simples que a suposta lassidão no cansaço do dia. A rosa pendia também na parede. Duas ilusões.

A fumaça no ar poluía a possibilidade do encanto. O vinho estava no fim. O silêncio acostumou-se à sala. Nenhuma vontade de trocar o disco. No escuro, o espelho reflete mais severamente; naquele escuro, olhar para dentro seria descobrir novamente o casulo.

SEM TÍTULO

Nunca desci daquela árvore. Os pássaros me chamam de estátua. Preciso de um banho. Mas nunca desci daquela árvore. Embaixo, uns correm, outros exploram vícios, alguns morrem.

Poucos me chamam. Não consigo mais entendê-los. A árvore cresceu ou a língua se perdeu no emaranhado das folhas?

Nunca desci daquela árvore no centro do piquenique. Havia uma mulher que acenava constantemente. Chorava. Vi-a várias vezes, como se visse alguém conhecido. Desistiu, por fim.

E eu deixei de sonhar. Desde aquele tempo, continuo aqui. Agora é tarde, não sei mais descer daquela árvore.

GÊISER

Episódio único: Boite Steinbeck, noite.

Arremessam-se contra as bolinhas do colar. A dançarina as envolve. Rolam sobre a madeira do palco. Mais afoito, ele agarra o pescoço de Nihila. Aperta-o de juventude. O outro tenta, mente arrependida, livrá-la de insano sacrifício.

– Solte-a, maldito!

Com jeito de não, um punhal dá-se a jato de entranhas e batiza alma e porcos.

ENCANTO

No ávido labirinto da ternura. Na febril veemência do encanto. Acontecerá. Antes de transportar o corpo ao abismo de mistérios, antes do espetáculo de silêncios. Muito antes de renascer ou sagrar-se de infinito, veste-se o homem de amar. Tempera a língua com o vinagre das vaginas.

Mauro Pinheiro

Mauro Pinheiro nasceu em 1957, no Rio de Janeiro (RJ). Tradutor profissional, é autor de *Cemitério de navios* (romance, 1993), *Aquidauana* (contos, 1997) e *Concerto para corda e pescoço* (romance, 2000). Publicou contos nas revistas *Tange Rede* e *Ficções* (RJ), entre outras.

A PRIMEIRA SEMANA DEPOIS DO FIM

No primeiro dia, ninguém lhe telefonou. As únicas vezes que o telefone tocou foram por engano, não teria valido a pena estar vivo para atender. Chovia torrencialmente sobre Copacabana. Se por ali ainda andasse, não teria saído mesmo. O Flamengo ganhara o campeonato estadual na véspera. Algumas bombas explodiram na Irlanda, outras no Pavão-Pavãozinho. Fora isso, um dia sem maiores surpresas.

No segundo dia, enfiaram uma conta que ele nunca pagaria por baixo da porta. Do outro lado da cidade, uma mulher amarga de nome Dulce pensou, durante uma aula de semiótica, que deveria visitá-lo. Telefonar pelo menos. Ela olhou pela janela o mangue raso do Fundão e lembrou da última vez em que se viram, quando ele tentou beijá-la. Suas pálpebras estremeceram num breve asco. Ela não telefonou, não visitou, pode-se dizer mesmo que nunca mais pensou nele, até ler a notícia no jornal alguns dias depois.

No terceiro dia, seu corpo permanecia imóvel. Não ocorrera nem um espasmo *post-mortem* que pudesse tê-lo movido daquela posição incômoda que muitos desafetos considerariam emblemática. Uma baba parecia ter-se cristalizado no seu percurso do canto da boca à superfície do tapete, uma espécie de estalactite gástrica. No fim da tarde, o telefone tocou. Tocou várias vezes, como se não houvesse ninguém em casa. Era uma jornalista que tentava colher sua opinião sobre um acadêmico que também fora comer capim pela raiz. Apesar do frio, um sol irônico zombava de Copacabana. Num país da África, tinham descoberto a múmia mais antiga do mundo. Mas que importância podem ter as múmias para os cadáveres?

No quarto dia, ele faltou a um compromisso. Seu editor, depois de vários adiamentos, o aguardava às duas da tarde no seu escritório climatizado num edifício do centro da cidade. Bem longe de Copacabana. Deveriam discutir o relançamento de seus antigos livros e, é claro, conversar sobre o livro que deveria estar escrevendo para ser publicado até o fim do ano. Mas não havia livro nenhum pronto. Sequer um esboço mental. Nada. E às duas horas da tarde, o editor olhou para a cadeira vazia à sua frente e disse "esse cara, só matando".

No quinto dia, telefonou-lhe seu médico, que tinha passado um mês viajando pela Europa e se esquecera de avisá-lo que seu caso era grave. Grave, não: alarmante (não a ponto de fazer com que se lhe adiassem as férias, é claro). Mas a culpa era do paciente, neste caso. Tivesse este sido prevenido sobre seu trágico destino, isso nada mudaria. Seu coração amava as narrativas curtas, os fins súbitos.

No sexto dia, o porteiro bateu à sua porta, como convém aos porteiros. A vizinha reclamara de um fedor de gás no corredor. Em outro apartamento do bairro, um outro escritor, pensou duas vezes antes de ligar e chamá-lo para participar de uma mesa redonda numa faculdade na Gávea. Pesou bem as consequências e lembrou-se que, na última vez em que o convidara para jantar em sua casa, o surpreendera passando a mão na bunda da sua esposa na cozinha. O debate seria sobre contistas brasileiros contemporâneos. Ele era um dos melhores, tinha que admitir. Mas sua mulher, que nada dissera sobre o incidente da cozinha, estaria presente. Com sua bunda. Não. Ele nunca exporia a bunda de sua mulher à mão daquele que considerava o grande contista urbano do Brasil. E o que era um conto comparado a uma bunda?

No sétimo dia, um sol metálico refletiu sobre Copacabana a luz irreal dos seus olhos cegos. Os sobreviventes continuaram tecendo sua delicada rotina ao longo do abismo. O escritor continuava deitado ali no chão. Talvez nos últimos dias, mais uns dez bons leitores o tivessem descoberto e melhorado suas vidas. Ah, sim... algo de novo acontecera: uma mancha escura surgira entre as pernas de sua calça de ginástica. Seus órgãos exalavam um hálito sublime e devastador. Invisíveis à sua volta, seus personagens se benzeram e voltaram para suas respectivas páginas, dando lugar para que mais moscas pudessem velá-lo. A maca do rabecão não coube no elevador. Tiveram que descer João pela escada.

P.S.: Este conto, se conto for, é em memória do escritor João Antônio.

O CAMINHANTE

Eu já caminhava há mais de duas horas. Meus pés deixavam marcas na terra ao longo da estrada que, por sua vez, deixava marcas ao longo dos meus pés. Mas tinha sido pior no início. Quando o sol estava plantado no meio do céu fuzilando minha cabeça com seus raios ultravioletas. Depois, digo, depois de saber que estava absurdamente longe da estrada onde deveria me encontrar, até que não foi tão desagradável. Andar tornara-se tão vital quanto respirar.

Aquela distração foi passageira. Logo a fome se manifestou no meu ventre e se expandiu até a cabeça. Fome e medo de nunca mais ter o que comer. Durante três passadas eu me sentia execravelmente fodido, mais adiante tentava resgatar algum brio da merda em que me encontrava achando alguma vã dignidade em morrer andando naquela estrada deserta. Morrer no meio de uma frase. O sol declinara e algumas volumosas nuvens surgiram junto ao horizonte. Sequer havia árvores ao longe para distrair o olhar. Apenas mato baixo vicejando pelas terras incultas. E a pista escura que avançava cegamente na direção do resto do mundo.

Alcancei o alto de um declive que me deixava ver um bom pedaço da pista à minha frente. Mais adiante, após aquela breve depressão, a estrada subia novamente. No ponto mais longínquo que minha vista foi capaz de enxergar, surgiu um vulto flutuando na reverberação. Ele parecia vir na minha direção. Parecia meu reflexo num espelho sem fim. Aquilo me deu certo ânimo para continuar andando. Eu estava quase decidido a parar um pouco, minhas pernas também tinham fome, mas fiz um esforço maior, extraído do delírio provavelmente, e comecei a descer a ladeira. Levou um tempo incalculável para nos aproximarmos um do outro.

Não era eu. Era outra pessoa, outro homem seguindo pela estrada na direção oposta à minha. Sua expressão me pareceu pacífica. Eu fiquei feliz de ver alguém vivo novamente e sorri. Pelo que eu me lembrava do meu próprio rosto, ele parecia um pouco comigo, só que bem mais velho. Ou mais cansado.

Seus trajes pareciam ter se fundido numa mesma cor. Apesar do calor, ele vestia um casaco de camurça coberto de poeira. Trazia consigo uma sacola pequena e mais nada. Ele estava mastigando alguma coisa. Devia ser chiclete, já que não engolia. Aquilo aumentou minha fome, minha vontade de preencher o vazio da minha boca. O cara retirou um maço de cigarros amassados do bolso de trás da calça. Depois de desentortar um deles, ele me ofereceu e acendeu um também. Minhas mãos tremiam ligeiramente. Ouvimos o estrondo de um trovão e olhamos para o céu. Surgiram algumas nuvens no horizonte à nossa frente. Fiz um esforço para articular uma pergunta que estava me atormentando há muito tempo.

— Por que não passa carro por esta estrada?

Ele franziu o cenho marcado pelo sol mas não respondeu. Apenas fez um gesto com a cabeça indicando o acostamento onde uma sombra rasa protegia parte da vala. Quando sentamos, ele tirou um longo trago do seu cigarro, cuspiu um líquido que me pareceu esverdeado e falou:

– Esta estrada ainda não foi inaugurada. Ninguém pode passar por aqui. Ninguém quer. Além disso ela não leva a lugar algum.

– Claro que leva. Alguém deve ter vindo aqui e a construído. E depois foi embora... por outro caminho... outra estrada...

As palavras que conseguia emitir pareciam me conduzir a um plano ainda mais insólito do que aquele em que me encontrava. O cigarro caíra da minha mão, mas meus dedos continuavam estendidos na mesma posição.

– O que você está comendo?

– Mato.

– O quê?

– Grama. Olha, tem um bocado aqui em volta. Prova.

Aquilo não me pareceu mais despropositado do que o resto. A seiva doce que me descia pela garganta deu-me algum conforto.

– Você está vindo de onde? – perguntei.

– Não tem mais importância. Já faz muito tempo. De certo modo estou vindo de todos os lugares em que já estive.

– E está indo para onde?

– Não sei ao certo. Mas com certeza estou voltando para algum lugar de onde saí há tempos. Quando chegar lá vou me lembrar.

– E fora isso, o que mais você faz da sua vida?

– Não acha que é o bastante?

– Depende. Se no final você conseguir voltar, quero dizer, lembrar de onde você veio, talvez tenha valido a pena.

– O pior é saber que este lugar já não existe mais, não como antes, como foi certa vez.

– Então o que adianta você voltar?

– É a única maneira de parar em algum lugar.

Eu não via nenhum indício de sofrimento na sua expressão. Algumas pesadas gotas de chuva começaram a cair sobre nós. Eu ia perguntar se ele tinha família, amigos, essas coisas, mas ele se levantou de repente e deu uns passos até o meio da estrada. Tentou colher alguns bagos de chuva com suas mãos abertas, depois sorriu pela primeira vez e disse:

— Está na hora de ir andando. Adeus.

Eu ainda fiquei sentado um bom tempo, vendo sua figura esguia evaporar-se na distância. Minhas pernas pareciam mais repousadas e, ao mesmo tempo, ansiosas, como se tivessem ficado viciadas em andar. A chuva ficou um pouco mais intensa e eu então me levantei para retomar meu rumo.

Lá no alto de onde eu viera, surgiu um ponto vermelho com reflexo metálico. O som veio em seguida, o doce ronco de uma motor acelerado tomando aos poucos a paisagem. Quando foi chegando mais perto deu para ver que era um carro novinho, capota abaixada e o motorista sozinho lá dentro. O carro passou tão rápido por mim que não tive tempo de estender o polegar. Depois que ele sumiu no horizonte, recomecei a andar e pensei que deviam ter acabado de inaugurar aquela estrada.

CARLA

O sol mergulhava no horizonte, como um lerdo suicida pulando pela janela de mais um dia. Acendi um cigarro e fiquei olhando para a rua, vendo as pessoas fugirem dos carros enfurecidos. Pura covardia, os veículos arrancam cada vez mais rápido e essa gente já mal consegue andar. No outro lado da sala, o computador está aceso e abandonado, sua tela branca como a minha mente, porém muito mais brilhante. Não é mais preciso digitar nada. Está tudo ali. Não disse? Foi só eu me distrair e outro atropelamento acontece lá em baixo. Um ônibus desta vez. Curiosos solidários acercam-se do corpo inerte. No bloco que deixo preso ao batente da janela, escrevo o número 54 e a data.

Do centro da sala, vem a voz de Carla.

— É estranho. Não sei como alguém pode sentir atração por alguma coisa deformada... incompleta.

Ela está sentada à contraluz, os cachos de seus cabelos louros atravessados pelos raios da luminária atrás do sofá. Sua solitária perna direita repousada sobre a mesa do telefone. O crepúsculo começava a se insinuar dentro do apartamento.

— Pelo menos, você acabou de vez com minha esperança de ser amada inteiramente. Você... ninguém nunca poderá me amar inteiramente. Às vezes, eu acho que não é de mim que você gosta. O que te atrai é o que está faltando, que foi arrancado de mim.

Depois de dois anos sem quase poder se levantar, Carla além de engordar também aprimorara seu discurso. Quando a conheci no hospital, mesmo após o trauma, seu domínio da língua era rudimentar. Agora, adquirira vocabulário e o utilizava fartamente. O conteúdo do que dizia não importava muito. Era sempre o mesmo, aquela fúria inesgotável contra sua própria sorte. Ela precisava se maltratar de vez em quando. E que não tentassem impedi-la. Era como uma expansão do seu ser mutilado, que quer correr e dançar, mas só tem palavras para se equilibrar. E eu estava ali também para isso: aturar suas recaídas de anjo soturno a quem eu prometera o sol.

Certa vez, após longa reflexão, Carla me disse que se pudesse escolher, preferiria perder a voz do que uma perna. Nossas conversas eram muito estranhas, ainda que nos parecessem naturais. Eu não disse nada, sempre me refugiando no silêncio, apenas pensei que concordava com ela. Sua voz voltou a voar pela sala.

— É macabro saber que a nossa imperfeição é o que mais encanta alguém. Acho que você é mais doente do que eu, sabe? Tem algo de sádico nisso.

— Você não está doente, Carla. Sua saúde está ótima...

— Mas você está doente, não está? Será que já não é hora de você usar essa fartura de pernas e fazer alguma coisa da sua vida? Ou continuar com o que foi interrompido. Escreve seu segundo livro, vai. Está difícil de sair, né? Mal nasceu e você já é um escritor extinto.

— Não sou mais um escritor. Acho que vou lutar boxe. Pelo menos poderei usar mais as minhas pernas.

— Coitado de você. Na sua idade, já não dá mais para aprender. Vai ganhar muita porrada.

Carla faz um esforço para colocar a perna sobre o sofá. Seu olhar já brilha novamente. Por um nada, ela é tomada pela emoção e as lágrimas começam a jorrar, os vasos lacrimais parecem romper-se por trás de seus olhos claros. Expliquem-me a química da dor.

— Se é para ganhar porrada também, vou pensar em outra coisa.

— Chega mais perto, meu pugilista. Vamos conversar. Talvez a gente ache alguma ideia juntos.

Pronto, ela já está meiga outra vez. Ao me aproximar dela, minha perna direita acerta em cheio a mesinha do telefone. Aquilo a faz rir e relaxar. Ajoelhando ao pé do sofá, encosto minha cabeça sobre sua barriga e tento não pensar em coisa alguma.

O que mais me apraz ao fazer amor com Carla, além de lhe proporcionar léguas de emoção que sua perna, mesmo acompanhada de outra, nunca conseguiria transpor, é possuí-la transversalmente, com ampla visão do seu corpo. Seus olhos fechados, seu pé se retorcendo, seu fêmur amputado, sua pele remendada roçando sobre meu ventre. Como se eu a fizesse levitar, perpendicular ao meu corpo.

— Carla, você não acha que nossos diálogos soam como os de personagens de um livro?

— Um livro? *Quelle drôle d'idée, un livre!* Nunca pensei nisso. Você deve saber melhor do que eu. O que você ouve andando por aí?

— Ouço uma língua enlouquecida, selvagem, que os especialistas com sua mania de tudo especificar chamam de híbrida. Mas não importa o que digam, a ignorância me parece mais criativa do que o saber...

— Você chama de criatividade esta algaravia?

— Talvez, mas a confusão é mais saudável do que a lógica.

— Mas não chega a lugar algum.

— Chegar a algum lugar não tem a menor importância

para a confusão. Ainda por cima, que mania de querer sempre chegar a algum lugar...

Carla põe o dedo sobre minha boca para eu parar de falar. De repente, ela parece muito cansada. Virando-se sobre o sofá, ela fica de costas para mim e diz,

– Vem, vem por trás de mim. Gosto de sentar sobre suas pernas. Como se fossem minhas.

A noite se esparrama pela sala deixando-nos ilhados sob um pálido foco de luz. Posso sentir os pulmões de Carla arfando contra meu peito. Lá fora, outra freada seguida de um baque seco e o alvoroço inútil dos passantes. Número 55, pensei.

Carlos Ribeiro

Carlos Ribeiro nasceu em 1958, em Salvador (BA). Jornalista, é mestre em Teoria da Literatura pela UFB. Publicou *Já vai longe o tempo das baleias* (contos, 1981), *O homem e o labirinto* (contos, 1995), *O chamado da noite* (romance, 1997), *O visitante noturno* (contos, 2000) e *Caçador de ventos e melancolias: um estudo da lírica nas crônicas de Rubem Braga* (ensaio, 2001). Possui contos e artigos publicados no jornal *A Tarde Cultural*, na *Revista Geográfica Universal*, na *BBC Wildlife* (Inglaterra) e no *Geomundo* (EUA). Venceu, em 1988, o concurso de contos promovido pela Academia de Letras da Bahia.

IMAGENS URBANAS

Como as personagens de *Noite vazia*, de Khouri, esvazio meu ser com essas imagens urbanas que sempre farão parte de mim, porque, veja bem, o que há de tão fascinante nesta janela que abro, no 15º andar de um prédio, na Graça ou na Barra Avenida, para o espaço imenso das avenidas que lá embaixo se enchem de pontos luminosos que vêm e que vão, e esse emaranhado de viadutos e pontes e tantos ângulos, ocultos, obscuros escondendo sabe-se lá que tipo de sonhos e medos e taras e intenções? Penso que posso ser todas aquelas pessoas lá embaixo. Vejam, por exemplo, aquele homem, metido num casaco surrado, com cabelos crespos e barba por fazer, retorna para casa após um dia de trabalho, e ele também percebe que não é mais jovem, que todos os seus sonhos se dispersaram ao longo dos anos, que sua pele já não tem mais nenhuma vivacidade, nenhum frescor, que sua barriga cresceu, que seus músculos estão flácidos, que já não é mais capaz de enfrentar um homem com seus punhos, que já não é mais capaz de garantir sua integridade com suas mãos, que seus amigos se dispersaram também como farinha na praia, quando o vento bate forte e firme e ela voluteia e se desfaz, e que já não pode sequer contar com um amigo que o ajude a enfrentar esse mundo cão, que é capaz de apanhar feito um cão imundo, sem poder fazer porra nenhuma, está me entendendo? Pensa assim o homem desiludido, fodido, cansado de tudo e de si próprio, e que por isso, e que por não valer quase nada mesmo, carrega consigo no bolso do casaco surrado, uma arma, esta arma que tem prazer de ter entre os dedos enquanto olha em volta e vê os passantes, e pensa: venham, filhos da puta, venham se meter comigo, filhos de uma cachorra pra ver se não lhes meto uma bala nas fuças, escrotos fodidos, e pensa que já é tarde, que o ônibus está mais uma vez atrasado, e pensa que é inútil contar quantas horas da sua vida, quantas horas da sua vida, está entendendo?, quantas horas de sua vida perdeu parado assim no ponto do ônibus, esperando, esperando enquanto os merdas passam pra cá e pra lá com seus carrões luxuosos, com suas mulheres embonecadas, que não sabem que ele existe, e que nunca saberão até que aponte a porra da arma pra suas cabecinhas... E quem sabe até dê um passeiozinho por aí pela periferia com essas granfas, e ele sorri saboreando a ideia de deitar uma delas no carro e, com suas próprias mãos, rasgar-lhe a blusa e levantar-lhe a saia, e arrancar-lhe a calcinha fora, e tirar pra fora sua pica e fodê-la, e mamar nas suas tetas, e chupar-lhe a boceta, e dizer-lhe assim baixinho no ouvido: és minha agora e sempre, tá ouvindo? E ela será todas as meninas que o trataram como um moleque, como se ele tivesse sido feito por Deus para servi-las, e agora, sim, irá servi-las, a todas elas servirá com sua estrovenga que derramará este jato de leite quente nas suas entranhas, enquanto ela gritará por socorro, socorro, socorro, veja só que ela nem sabe onde está metida, essa égua nojenta, então você não quer receber minha maromba, heim?, dirá puxando-a pelos cabelos, beijando-lhe o pescoço, roçando-lhe os peitos com a lâmina do seu canivete, oh, sim, ele fica excitado sempre que pensa naquelas coisas e pensa mesmo se seria capaz de fazer uma coisa daquela ou se, simplesmente, matá-la-ia com um tiro na testa, pois não seria rebaixar-se muito misturar-se com essas peruas, não seria melhor dizer que iria despachá-la logo pras profundas, meu irmãozinho, sim, meu irmãozinho, porque o inferno é pouco, tá me entendendo, pra essa gente que sempre se acostumou a humilhá-lo, e aos seus irmãos, e aos seus pais, e aos seus avós, e a toda a interminável multidão de homens e mulheres que, diante deles, só abre a boca para dizer: Sim? O que o Sr. deseja? O que a Sra. quer?, e o que é que a senhora quer agora, dona-puta-de-merda? Pensa com força, pensa com raiva sentindo seus dedos apertarem com força o cabo do revólver, e com que vontade não cuspiria fogo em volta, queimando todos esses filhos da puta que ficam andando pra lá e pra cá com essa pressa, pra quê? E o homem range os dentes, e seus ossos rangem, e tudo nele range como se fosse os dentes de um cachorro louco, mas ele se controla, mais uma vez, e uma mulher, ao seu lado, pergunta-lhe as horas.

– Que horas, por favor?

E ele:

– O quê?

E ela:

– As horas...

E ele:

– Sim, claro, desculpe.

E solta o cabo do revólver, e olha o relógio, e diz as horas com educação, e a mulher agradece-lhe, e o ônibus chega finalmente, e ele o pega, e desaparece para sempre desta história, e a mulher que fica no ponto pensa: coitado, tão simpático, mas tão miseravelmente destruído, oh, e se eu não me cuidar também ficarei assim, mas já não estou assim meio caída, pensa olhando os seios que já não se mantêm suspensos, e ela nem lembra quando eles começaram a cair, e pensar que um dia ela acreditou que eles jamais cairiam, e só então percebeu como já ia longe, meu Deus, aquelas noites em que seu namorado a encostava no muro, encostando o corpo magro e musculoso nela, e ela sentia o volume dele pressionando suas partes, e ela o empurrava, e ele insistia, e ela lutava com todas as suas forças até que sentia que ele a largaria, e sem querer frouxava os bra- ços e sentia um súbito alívio ao saber que ele não se deixara intimidar, e nunca lutou tanto quanto naquele dia em que, na beira da praia, ele lhe arrancou fora a calcinha, e ela ten- tou fugir, inutilmente, e sentiu pela primeira vez o gosto de ser penetrada, e aquele medo de engravidar, e só então viu a força que tinha, e ficou confusa sim quando sentiu o líquido grosso, quente e pegajoso derramar-lhe nas coxas, e sentiu nojo, e quis limpar, e ele ficou lá parado como se tivesse morto, e ela pegou a calcinha jogada na areia e limpou-se com ela e atirou-a longe, e saiu dali feito uma maluca, e chorou muito naquela noite, em silêncio, engolindo seus soluços, mas muitas outras vezes voltaria com ele à praia, e tudo terminaria ficando natural, até que um dia engravidou de verdade, e quis abortar, chegou a tomar remédios, mas a barriga continuou crescendo, e de repente não pôde mais esconder que, sim, teria um filho, mas seu pai não compreendia, desgraça de filha, criada com tanto gosto pra quê? Pra emprenhar assim feito uma vagabunda? Oh, meu pai, como doeu aquela surra, e as recriminações, e a rejeição cada dia pior, até que casamos e saí de casa, e tive outros filhos e outros e acho que foi aí que meus peitos começaram a cansar de dar leite e foram despencando, os meninos enchendo a casa com tanto barulho, e meu marido com tantas exigências, mas pra que estou pensando nisto agora, meu Deus do céu? – matuta a mulher, a mulher que espera o ônibus, a mulher que passara anos de sua vida esperando o ônibus, ela que já não tinha mais nem tanta pressa assim de chegar a casa, porque sua casa era fria como as ruas da cidade, fria e vazia como essas calçadas e avenidas, e pensa mesmo se não teria sido melhor se tivesse feito como sua prima Marlene, lembra-se dela? Claro, mas faz tantos anos, não é? Quando Marlene fugiu de casa pra viver com Roberto, que vivia dizendo que a amava, que queria casar com ela, e ele com aquela lábia que o diabo lhe deu conseguiu finalmente levá-la para um daqueles hoteizinhos baratos de beira de estrada, onde tudo parecia sempre muito velho e sujo, banheiros com portas despencadas que rangiam, e as teias de aranha nos ângulos da parede, e baratas que passavam pra lá e pra cá em meio ao lixo, e aquela cama velha com o colchão duro e as cobertas encardidas, meu Deus, então ela se submetia àquilo pra ter o gosto de dizer pra si que se entregara ao seu homem? E ele a fodia naquela espelunca, e que vergonha não tinha quando sentia sobre si os olhos do dono que a media de cima para baixo como se fosse uma puta, com olhos maldosos e com desprezo, até que engravidou e chegou mesmo a ficar alegre com isto, como se um filho fosse lhe garantir o lar, uma casa sua e um quarto seu, seu e dele, que seria um bom pai, viu? E lembra que ela mesma lhe disse isto: sim, Roberto será um bom pai, e ela queria ter pelo menos uns cinco filhos, dois meninos e três meninas, ou melhor, um menino e três meninas, porque menino dá mais trabalho, é mais solto e difícil de controlar, entende? Sim, Marlene, eu entendo, mas veja, Roberto não queria filhos, porque, como ele mesmo lhe disse, crianças não faziam parte dos seus planos, e quem poderia garantir que os filhos eram mesmo dele? E ele disse isto, Marlene, como se você o tivesse ofendido, veja só, como se você mesma fosse culpada, e mais culpada ainda por não entender que ele era um homem livre, dono do seu nariz, mas que não se preocupasse com isto, porque ele não a deixaria na mão numa hora dessa, que ele não era nenhum mau-caráter, e veja, Marlene, que ele se predispôs a levá-la a uma fazedora de anjos que havia ali na Liberdade, que não se preocupasse, porque ele já a conhecia, conhecia muito bem, de forma que só precisava arranjar o dinheiro, porque nisso ele não podia fazer nada, porque, você sabe, a situação em que ele se encontrava, há tantas semanas desempregado, mas ele lhe garantiu, viu?, que estaria lá, e você tão bestinha Marlene, tão bestinha que só fez mesmo baixar os olhos e chorar, sentindo vergonha de si mesma, como se a culpa de tudo fosse só sua, minha querida, venha, sente-se aqui comigo no banco desta praça, e me diga por que você não me procurou, Marlene? E por que inventou de tomar aquele remédio, porque não tinha dinheiro? Mas, querida, que dinheiro custa a sua vida? E, lembro-me como hoje da correria, sua mãe desesperada, você passando mal, e ninguém sabia o que era que você estava sentindo, Marlene, e levaram-lhe ao Hospital Geral onde você ficou quase duas horas sem ser atendida, que precisou seu irmão Valtinho ameaçar quebrar tudo pra que aparecesse um médico mal-encarado, que violou sua intimidade com aquelas mãos bruscas e descuidadas, e que depois fez aquele comentário maldoso na frente da sua mãe, que você quis matar seu filho, que Deus tava dando o troco e que se você morresse a culpa seria sua, que ele lavava as mãos, que as mulheres hoje em dia estavam todas mesmo perdidas, que você não poderia ficar ali, porque não tinha leitos vagos nem pra mulheres honestas, e que ele, enfim, ia pra casa, porque já não estava aguentando mesmo toda aquela sujeira, que a merda do salário que recebia não justificava ficar ali perdendo tempo com mulheres de má vida, e, Marlene, você saiu do hospital naquele dia querendo morrer, e não é que quase conseguiu realizar seu desejo? Porque seu pai não podia entender que a filha dele tivesse dado assim pra coisa ruim, e foi a muito custo que o impediram de lhe surrar naquela mesma noite, mas ninguém pôde impedi-lo de descarregar sobre você aquelas palavras pesadas que até hoje carregas contigo, minha querida prima, mas onde? E olhando esta cidade, nesta noite calma e quieta, eu pergunto: onde foi que você se meteu, meu anjo? Por que não suportou mais viver sob o peso da vergonha? Porque sabia que já não pertencia mais a nenhuma família, porque era suja, porque era uma assassina, uma puta? E foi embora sem nenhum aviso, e fico pensando sem compreender a razão de nunca ter-me procurado, se sempre fomos como irmãs, desde pequenas, correndo pelas ruas, pelas areias, brincando e sonhando e construindo nossas casas que hoje parecem desfeitas para sempre – e és tu, mulher, que olhas para a cidade noturna com este olhar noturno e este coração de sombra e treva, pensando que talvez também um dia precises partir, mas como, se nem idade para isto tens mais, minha velha? E, com todos os teus filhos que já estão por aí se esbarrando com o mundo, sem garantia de coisa alguma, e sentes teu coração pesar quando pensas que nada lhes pode garantir esta velha mãe, que nem mesmo pode estar perto deles, pois que suas horas enterra no trabalho monótono e cinzento que lhe pesa nos ombros como uma maldição, oh velha inútil, tu também foste jovem e sonhaste com um futuro radioso, porque sabias que não serias jamais igual a todas as mulheres infelizes que conhecias – e aqui estás, parada no ponto do ônibus, igual ou pior que elas, que pelo menos já devem estar mortas.

E pensavas nisto quando o ônibus apontou na esquina e parou a custo no ponto, porque quase te jogaste na frente dele, e parou com má vontade, o desgraçado, acelerando, acelerando e quase te derrubando no chão, e tiveste que te agarrar com força na porta e quase deste um jeito nas costas, e isto te fez muito mal, te fez sentir mais miserável e triste, e não te sentiste ainda mais triste porque aquele homem te amparou e te segurou, e te disse palavras gentis, e nem sequer agradeceste, e muito mal viste que era um jovem rapaz nos seus 25 anos de idade: alto, moreno, até um pouco simpático com seu nariz fino e olhos castanhos. Carrega nas mãos uma pasta de couro, uma pasta que segura com cuidado, talvez porque seja uma boa parte do pouco que tem aquele rapaz, mas veja que ele parece feliz olhando a paisagem lá fora que passa veloz pela janela, e logo vaga um lugar no banco e o rapaz senta e fica olhando os postes e as nuvens que passam com uma estranha claridade no céu. E que céu é aquele? É o céu da sua infância? O céu que pensou ter perdido para sempre? Sim, pode lembrar aqueles anos em que a lua onipresente o seguia por toda parte, e ele, ainda criança, pensava no mistério daquela luz e tudo era como um grande encantamento: a lua, o mar, as nuvens e uma canção praieira que penetrava todos os seus sonhos, embalando-o suavemente, como num barco que oscila lentamente em alto-mar. O rapaz se sente por um momento passageiro do barco até que seus olhos recuperam o interior sujo e triste do ônibus que sacoleja na pista cheia de buracos e vê que passara mais uma vez do ponto e mais uma vez lamenta a sua distração. Toca o sinal, corre para a porta e desce com um leve constrangimento. Anda pela rua deserta pensando que aquela rua é de fato tudo o que ele tem, mas isto, pensa ele balançando a cabeça levemente com um sorriso, isto é também um exagero, porque, veja, a casa que vê agora diante de si é também sua, e dentro dela há uma mesa velha de madeira, alguns bancos e cadeiras também velhos e a estante com seus livros. Ele gosta de ficar parado diante dos seus livros, como um monarca diante de seu reinado. E os seus livros são tudo o que ele tem de verdade? E neles não pode encontrar tudo o que um homem precisa? Veja aqui, pensa ele, e fechando os olhos pega um volume qualquer ao acaso, abre-o também ao acaso, lê as primeiras palavras que se apresentam diante dos seus olhos: *Calmo é o fundo do meu mar; quem adivinharia que esconde monstros brincalhões!* E segue os olhos pelas prateleiras, como sombra de um condor deslizando sobre as montanhas nevadas de Torres del Paine. Pensa no primeiro livro que comprou, há muitos anos: um volume de contos de Tchekov. Lembra que estranhou aquelas histórias quando as leu pela primeira vez. Elas terminavam de repente deixando-lhe vagos pensamentos e sensações que em vez de se dissiparem instalavam-se no espírito como algo que sempre fora seu.

O jovem rapaz está imóvel, diante da estante muda e silenciosa. Acha triste pensar que os seus melhores amigos são aqueles livros. Por isso resolve sair àquela hora da noite pelos bares, encontrando velhos conhecidos, mas sem nunca se fixar em alguma mesa, pois ele anda ali como um fantasma. Ouça esta canção: o cavaquinho e o violão e essa imensa tristeza e me diga, amor, que esperança pode haver para um homem que não sabe sequer cantá-la? E é este jovem rapaz, silencioso e triste, que desaparece agora por entre as mesas e as cadeiras e as ruas e ladeiras do bairro. Ele se perde dos olhos de uma jovem mulher que, sentada a uma mesa, o vê distanciar-se com um sentimento de aguda impotência. Ela acreditou ter visto nele algo que não estava presente ali, entre seus ruidosos companheiros. Lamentou não o ter seguido, porque pressentiu que ele a tomaria pela mão e a levaria para ver o mar noturno, e sentariam no passeio, e falariam de coisas realmente sérias e importantes, como as estrelas e o mar, e as estrelas-do-mar, e os cavalos-marinhos que habitam as profundezas escuras do oceano – e coisas assim. E agradeceria por tê-la tirado da sua ausência, porque olhar o mar era ver o que havia de mais verdadeiro e misterioso nela mesma. Por isso baixaria os olhos e, sorrindo, derramaria suas lágrimas – estas mesmas que nublam seus olhos enquanto olha a rua sobre as garrafas de cerveja. Poderia dizer pra si: deixe de ser besta, você não está mais com idade para essas coisas – e acreditaria um dia nas suas palavras e tornar-se-ia cada dia mais uma dessas mulheres descrentes, que, por serem descrentes, tornam-se vulgares; e encobriria sua tristeza e perdas com risos vazios, e tudo isso se poderia adivinhar olhando seus olhos anuviados. Mas, nessa noite, deixaria, porém, seus pensamentos vagarem sem rumo até o rapaz que viu no bar, e pensou que poderia ter saído com ele. Pensou que sairiam andando, de mãos dadas, que ele a levaria até as dunas do Abaeté para ver a lagoa à noite, e ela iria sim sabendo que venceria sua timidez, que tocariam suas mãos, que ele passaria suas mãos sobre os seus cabelos lisos, que beijaria levemente seus lábios, que encostariam seus corpos com o prazer vivo e palpitante, que tiraria a sua blusa e levantaria o vestido e deitar-se-ia sobre as suas próprias roupas estendidas na areia, que beijaria seus seios e diria palavras carinhosas, feliz consigo mesmo, e ela se deixaria penetrar olhando o céu, sentindo aquela estranha e inesquecível sensação de liberdade. Ficariam mais alguns minutos até que, passado o clímax, refletiriam que o lugar já não era tão seguro, que deveriam sair dali rápido e correriam pelas ruas, rindo, sujos de areia, mato e amor – mas o rapaz a chamava, e ela nem sequer lhe tinha dito o seu nome! Olhou para o jovem na cadeira ao lado e viu um outro rapaz bem vestido e pensou que poderiam ir a um motel, que seria mais seguro, mais confortável, e ele segurava sua mão agora com força. Faltava-lhe delicadeza, pensou, e bom humor. Como admirava essa qualidade nos homens, sentiu e pensou que o homem de seus sonhos poderia comprá-la apenas com essa moeda: um doce e melancólico bom humor. Ele não precisaria ter coragem e ambição maiores que esta: a de conquistá-la com alegria, com esse misto de alegria e tristeza que tornam uma pessoa humana. Meu rapaz, pensou, poderemos fazer muitas coisas, como correr sob a chuva numa noite de tempestade anunciando o fim do mundo, percorrer as ilhas da Baía de Todos os Santos com uma velha mochila nas costas, atravessando os mangues com lama aos joelhos, beber em todos os bares e dar uma esticada na zona onde me mostraria por que eu jamais deveria ir lá, dançar quadrilha numa noite de São João e amanhecer o dia amando-nos numa rede, enfrentar a polícia nas ruas, numa passeata em defesa dos direitos humanos, correr na areia da praia, nadar, surfar, jogar pingue-pongue, assistir a filmes--catástrofe e policiais *noir* e filmes de arte em cinematecas, rir de todos os que nos achariam irresponsáveis, pensar no futuro: num filho, numa casa no campo, num violão que você tocará cantando uma guarânia na fronteira com o Paraguai, percorrer as estradas deste país sobre caminhões, cortar o sertão num trem velho e sacolejante: café-com-pão-bolacha-não, café-com--pão-bolacha-não, veja esse luar, que como ele não há, refletin-do sua luz leitosa sobre as barrancas, as caatingas e as falésias daquela praia no Ceará. Lembra-se? Esta lembrança do que nunca viveu é como uma casinha na beira do mar: as ondas quebram longe, muito longe nesta noite, e as lamparinas nos trazem um cheiro doce de óleo de baleia e o mundo é um grande mistério. Você me estende a sua mão de poeta e chama--me para andar ao léu nesta avenida e conta-me histórias da sua infância, quando pensava se um dia teria a felicidade de amar uma jovem assim como eu, e achei graça quando disse que lhe dava especial prazer pensar que um dia teria uma mulher nua ao seu lado e que poderia tocá-la com suas mãos, e que, num fim de tarde, sentiu, debaixo da chuva (de uma chuva forte), no alto da goiabeira, um sentimento que nunca havia experimentado antes, até que me encontrou. Mas você nunca me encontrou, pensou ela voltando-se para o rapaz ao lado que se inclinou e a beijou nos lábios, e ela deixou – e permitiu que a levasse para casa, que lhe tirasse a roupa e a penetrasse ali mesmo no automóvel, onde sentiu um prazer sujo e entrou em casa, depois, e dormiu. E sonhou. E pensou: O meu sono me faz lembrar Alice no País das Maravilhas, por-que, nos meus sonhos, eu também sou como aquela menina curiosa, que se deixa arrastar pela incapacidade de suportar não saber o que há além de cada esquina, de cada árvore na floresta, de cada nuvem – e como Alice eu também não supor-taria deixar de seguir um coelho de casaca e cartola com um relógio na algibeira e uns pequenos óculos de metal; e é esta

disponibilidade de seguir que me faz ser, que me faz, que me...
oh! E aqui me encontro neste quarto espaçoso chorando, porque sei que hoje dei o meu passo definitivo para longe de você e de mim. Posso fingir que estou bem quando meu pai abre a porta do quarto e diz: Minha filha, que bom que você chegou. Já estava preocupado – e me dá um beijo no rosto, pensando que sou a mesma filha de ontem. Poderia falar-lhe das suas inquietações e ele diria: Mas que bobagem, querida. Ele passaria as mãos nos seus cabelos e no seu rosto e sairia fechando a porta com cuidado. Sairia para a sala e abriria a janela do apartamento e pensaria: Eu a criei com tantos cuidados, meu anjo, e agora você me deixa assim inquieto. Ele sabe que seria capaz de morrer por ela, que seria capaz de morrer para que não sofresse nunca, mas isto de nada adiantaria, porque ela não é mais sua. Ou melhor: só agora tem a consciência de que ela nunca fora realmente sua. O homem anda pelas ruas desertas do seu apartamento, porque já não pode mais andar pelas ruas desertas e ele sente ao mesmo tempo uma saudade indefinida de um tempo em que podia andar pelas ruas desertas sem medo de morrer. O homem se sente vazio. O homem abre a janela, no 15º andar de um prédio, na Graça ou na Barra Avenida, para o espaço amplo das avenidas que lá embaixo se enchem de pontos luminosos que vêm e que vão, e esse emaranhado de viadutos e pontes e tantos ângulos, ocultos, obscuros escondendo sabe-se lá que tipo de sonhos, medos, taras e intenções... A cidade pesa no seu espírito. É hora, caro leitor, de ajudar este homem a segurar o seu fardo – e deixe-me dizer-te que sinto que és capaz de fazer isto, porque pareces mesmo ter amadurecido, e esta noite mesma está madura – vês – como uma grande goiaba amarela. E nós a comeremos silenciosamente nesta varanda com vista para o mar.

Luiz Ruffato

Luiz Ruffato nasceu em 1961, em Cataguases (MG). Jornalista, publicou *Cotidiano do medo* (poemas, 1984), *Histórias de remorsos e rancores* (contos, 1998) e *(os sobreviventes)* (contos, 2000). Participou da antologia *Novos contistas mineiros*, da Mercado Aberto (1986). Em 2001 recebeu menção especial no Prêmio Casa de las Américas, pelo melhor livro publicado em língua portuguesa no ano anterior.

O ATAQUE

Para Sebastião e Geni

Naquele verão, meus pais tiveram a oportunidade de apertar a mão da felicidade. Em janeiro, enquanto nuvens negras, lá para os lados de Barbacena, assustavam os ribeirinhos do Beco do Zé Pinto, tementes das águas aleivosas do Rio Pomba, entulhávamos um caminhão-de-mudança com nossos trens. Finalmente, nossa casinha quatro-cômodos, no Paraíso, ficara pronta. Dois anos naquele bafafá, da compra do terreno à ligação da força; dois anos de garrafas térmicas de café para o pedreiro, para o servente, para o poceiro, para o ajudante, para o eletricista, culminando com os sacos de pão-com-molho-de-tomate-e-cebola e os litros de quissuco no domingo da bateção da laje. Meu pai, que vigiara, passo a passo, a edificação, desde a concretagem das bases até o assentamento da privada, desde a amarração das folhas de amianto da varanda até a chumbagem dos pés do tanque-de-lavar-roupa, estava fora de si. Abraçava a todos, conhecidos ou gentes nunca dantes vistas; falava alto, o que não era do seu feitio; ria por bobiças, por lereias...

Minha mãe, mulher sensível – "Claro que estou feliz, imagine!, estou chorando é de boba, tontice mesmo, tontice" – ponderava: ali viveram vinte anos – "O Reginaldo era de-colo ainda, uma coisiquinha assim" –; verdade, as enchentes que estragavam com tudo – "Perdi a conta dos colchões jogados fora" – ficariam para trás, mas, até disso, tinha certeza, sentiria saudade, até disso; e mesmo esse negócio de morar tudo amontoado, parede-e-meia, espirro-saúde!, faria falta, no Paraíso, as casas salteadas, envergonhadas umas das outras; faria falta a camaradagem, ah!, faria!, até as brigas, as confusões, os disse--me-disses, a mexericagem, formavam uma família, a cara e a coroa; e, o mais importante, iam se libertar do aluguel, um suor suado à toa, para matar a sede do senhorio, sim, isso que era importante, repetia, ajeitando o ronrom, aprisionado num saco de estopa espichado no chão da boleia do caminhão-de-mudança, que adernava, resfolegante, pela morraria do Paraíso.

Em fevereiro, meu pai, com a ajuda do Reginaldo e da Mirtes, meus irmãos, comprou a prestações uma televisão Telefunken vinte-e-três-polegadas para minha mãe poder acompanhar as novelas, "Um descanso pra cabeça, vocês não fazem conta", e para suas pernas encipoadas de varizes. Mas, tudo esvaziava de sentido, comparado ao sonho que estava cumprindo, datado de menina, nos cafundós-do-judas, gostava nem de lembrar: viver debaixo de um teto decente, seu, com um bonito amarelão no cimento liso. Esse, seu único pedido. Econômica, ajuntou nota a nota, separadas da paga pela lavagem das trouxas de roupa, e apreçou loja por loja de material de construção o pó da cor da sua exigência.

Depois da mudança, toda manhã de sábado, aproveitando-se da ausência do Reginaldo e da Mirtes, na fábrica labutando, e da do meu pai, encerrado na quitanda, minha mãe se punha a arrumar a casa. Cedinho, me despachava de bicicleta a um posto na Vila Teresa para comprar um litro de gasolina. Enfiada num vestido de chitão surrado, lenço amarrado na cabeça, ela sobraçava os cômodos: com os restos de uma camisa de malha velha tirava a poeira dos móveis e lustrava-os com óleo-de-peroba; arrastava-os de um lado para outro para barrer os cantos; embebia de gasolina a cera cristal amarela e espalhava-a pelo chão. "Eu sempre quis assim... uma casa só pra mim... Onde eu pregar um prego, ele fica... ali... pra sempre... ninguém mais tira... ninguém..."

Nessa época, meu pai andava contaminado pela ideia de mudar de ramo, passar o comerciozinho de uma-porta-só e abrir um armarinho de miudezas num ponto mais para os lados da Rua do Comércio, sentia-se insatisfeito com o que tinha, achava pouco, no fim das contas mal arranjava para o aluguel, e, acima de tudo, angariara um nome, um conhecimento, um respeito, seria assim, um pulo-do-gato... No entretanto, colecionava dias ocultos em ovos caipiras, limões--galegos, laranjas-campistas, batatas-inglesas, toletes de fumo, trabesseirinhos de palha, fluidos, pedras-de-isqueiro. Ao meio-dia, entre verduras desmaiadas, sintonizava a Rádio Aparecida para ouvir o padre Victor, "Os ponteiros apontam para o infinito". Às três da tarde, entre agônicas verduras rejeitadas, sintonizava a Rádio Aparecida para ouvir o padre Victor, "Consagração a Nossa Senhora".

A Mirtes completara dezessete anos e caçava um rapaz que pudesse soerguê-la da condição de operária para a de grã--fina. Na sala de pano da Industrial, longe do barulho, do calor, do abafamento, do ar viciado da fiação e da tecelagem, todas as recentes conquistas da família contavam pouco para ela. Queria conhecer logo um que morasse no centro e fosse proprietário de uma ótica ou uma loja de eletrodomésticos. Pois namorar povo da fábrica?, que nem ela mesma?, de jeito maneira! E nada também de dono de botequim, coisa de português, dá camisa a ninguém. Enquanto isso, ajeitava-se no sofá-cama da sala para dormir e namorava escondido um zé--mané qualquer nos escuros da Praça Santa Rita...

Eu tinha onze anos incompletos e estudava no Colégio Cataguases, de manhã. À tarde, me enturmando, jogava pelada no campinho do Paraíso, de depois-do-almoço até a hora-do--ângelus. À noite, descia para o Beira-Rio, peixe-fora-d'água, e perambulava, desconfiado, fazendo nada, observando os bandos que sanfonavam para cima e para baixo, despropositadamente, uma partida de jogo-de-botão, uma briga de catadores de marra, o carro novo da rua, um programa engraçado na televisão, um bêbado recalcitrante, uma revista de mulher pelada, uma luta arranjada, um salve, um desarranjo intestinal, uma pedrada numa vidraça, uma bola-de-meia, um caco de vidro no pé, uma bicicleta enfeitada... Os mais velhos pavoneavam-se em frente à casa de possíveis futuras namoradas, um violão, inúmeras vozes desafinadas, e as meninas suspiravam, mangavam, sonhavam, ridicularizavam, desfaleciam, debruçadas na janela.

O Reginaldo era grande, passado dos vinte, e por volta do Natal havia anunciado, para grande alegria dos meus pais, que ele e a Rejane tinham brigado, que não estava mais gostando da filha da Sá-Ana – "Bem que a senhora avisou...", ele reconheceu; "Meu filho, coração de mãe nunca erra...", minha mãe falou; "Deus ouviu as minhas preces", meu pai completou. O que os incomodava deveras, alegavam, nem tanto era a Sá-Ana ser preta-preta, retinta – até porque a Rejane era mais puxada para mulata, meio chocolate, observavam – mas por causa do terreiro-de-macumba que mantinha nos fundos da casa, vizinha ao Beco do Zé Pinto. Não é questão de cor, minha mãe frisava, é que esse povo mexe com o que não deve, com feitiçaria, com o tinhoso, Deus-que-me-livre-e-guarde!, alçava os olhos aos céus, benzendo-se e beijando o breve, que trazia sempre pendente do pescoço. No Paraíso, Reginaldo, assim que despido do macacão fedendo a graxa, enfronhava-se nas lides da casa, parecia que apaixonado: barria o terreiro com uma bassoura-de-mato, que minha mãe cortava toda tardinha nos altos do pasto; corria os morros, uma bomba de veneno nas costas, atrás dos panelões de formiga; abraçava as mudas recém-plantadas com pequenos círculos recortados em câmaras de ar de bicicleta; velava a bomba Marumby, que arrancava água do poço de dezesseis metros de fundura e jogava na caixa-d'água, em cima da laje, sempre atento para ver se a válvula não engasgava. Aí, tomava banho, engolia um pão--com-manteiga com um copo de Toddy, escovava os dentes, deitava-se, ligava o rádio-a-pilha Semp vermelho, e girava e regirava o *dial* à cata de alguma estação de ondas-curtas, que estivesse transmitindo em português àquela hora, e, no caminho, esbarrava em línguas impronunciáveis, estranhos ruídos, músicas exóticas, barulhos escalafobéticos...

Dormíamos no mesmo quarto, as camas separadas por uma mesinha labirintada de cupins, em cuja gaveta, passada à chave, ele guardava o cortador-de-unha, um pote de brilhantina, o pincel de barba, o aparelho de barbear, uma caixa de gilete, um tubo de creme de barbear, um vidro de aquavelva, algumas ampolas de príncipe-da-noite, um canivete suíço, uma chave-de-grifo, um paquímetro, uma lupa, uma carteira-de-dinheiro com folhas de plástico para proteger os documentos. Na parede contrária, dividíamos um cariado bufê, que usávamos para, dobradas, alojar as nossas roupas limpas.

Numa madrugada friíssima de maio, despertei aterrado, o alarido das criações assustadas no galinheiro, o coração aos murros, um arrupio na espinha, uma bambeza nas pernas, um zunido zunindo em-dentro da cabeça, meu corpo hirto assentado no gélido chão de cimento, envolto num breu tão espesso que poderia esmigalhar entre os dedos, a treva, o cheiro do coisa-ruim, meus olhos esbugalhados, o horror, a treva, então ouvi a voz fugidia, as pilhas gastas, sussurrar, em meio a um oceano de interferências.. "Aqui, Rádio BBC, trans(..........) de Londres(..........)ssão em português(..........)ovas instruções (..........)de Cataguases. O ata(..........)undo agentes da ci(..........) devem ocorr(..........)leste, a esquadrilh(..........)". E, num bote traiçoeiro, o silêncio apresou o mundo, e tudo transformou-se num líquido pegajoso, malcheiroso, visguento, que, entornando-se, afogou a si próprio.

De manhãzinha, o despertador. Minha mãe levantou, pegou uma vasilha dentro do armário, escancarou a porta da cozinha, abriu a torneira do tanque-de-lavar-roupa, encheu a leiteira de água, depositou-a na trempe, pousou açúcar no fundo, acendeu uma boca do fogão-a-gás, entrou no quarto, murmurou, "Reginaldo, ô Reginaldo, cinco horas!", passou à sala, murmurou, "Mirtes, ô Mirtes, cinco horas", voltou à cozinha, encheu uma lata de milho, dirigiu-se ao terreiro, convocou as galinhas, pruuuu-ti-ti-ti, pruuuu-ti-ti-ti, meu pai tossiu...

depois.... o cheiro de café... Mirtes resmunga qualquer coisa... meu irmão abre a gaveta da mesinha... o cheiro de pão-na-frigideira... "friagem"... "este ano"... "pra pagar no dia"... barulho dos limpa-raios coloridos no aro da bicicleta do Reginaldo... o tamanco da Mirtes... "Bença, mãe... Bença, pai..." Minha pele queimava a roupa, o suor molhava o capim do colchão. É a morte, pensei. Fogo. Água. A morte. Tomei Melhoral e tomei Novalgina, tomei Coristina e tomei Conmel, tomei chá-de-folha-de-laranjeira e chá-de-assa-peixe, a febre cedeu, os músculos, entretanto, todos moídos.

Após o almoço, minha mãe, "Vou dar um pulinho na rua, fazer armazém, já-já eu volto", adormeci, um prato de mingau-de-maisena forrando o estômago. O vento traquinou pelo quintal: derrubou a tábua-de-carne que secava junto ao poço d'água, derrubou mudas de roupa do varal, levantou poeira no agreste do pasto, espalhou cisco, espantou as galinhas, quanto tempo, esse ziguezague? A cabeça no colo da minha mãe, "Ele está variando, Tião, vou fazer um chá-de-melão pra ele, coitadinho". Agarrei o braço do meu pai, "Pai... vão atacar...", "Quem?, meu filho, quem?", "Eles, pai... vão atacar... de avião...", "Quem falou isso, meu filho?", "A rádio, pai... o homem... a rádio..." Meu pai passou a mão na minha testa, "Você está variando, meu filho... Calma, está tudo bem... Calma...", e gritou por minha mãe, "Geni, vem logo... o menino... A febre..."

Passado o susto, mergulhamos na placidez azul de junho e nas mansas férias de julho.

Na segunda semana de volta às aulas, agosto entrado, especulava num finzinho de tarde, no cocoruto do morro, um caminhozinho de formigas, organizadíssima estrada preta mão-e-contramão, onde seria o olho-do-formigueiro, aquele fio errático que se perde no fundo profundo da terra, para, conhecendo, melhor combatê-las, quando, sem mais, o céu, as raras nuvens branco-róseas que preguiçosamente se esticavam para o sul, me lembrou os aviões, o grunhido dos motores... uma madrugada... o rádio ligado... Sim, não era sonho, não era pesadelo, eu tinha ouvido, não estava variando... Cataguases ia ser...

mesmo... bombardeada! Desci a encosta a galope e, ao entrar em casa esbaforido, esbarrei no Reginaldo. "Só anda correndo, esse moleque..." "Reginaldo..." "Quê que foi?" "É.. que... Nada... Nada não..."

– O quê que anda, meu filho, te machucando por dentro? – minha mãe perguntou, enquanto estendia a roupa--branca no quarador.

– Nada não, mãe.

– Filho, não mente pra sua mãe... Você tem andado tão... borocoxô... tão... caidinho... Não está gostando da casa nova? É isso?

– Não, mãe...

– Então... Está... apaixonado? É? Hein?

– Para, mãe! Não é nada disso... É sério, mãe... Muito sério... Não é brincadeira não...

Minha mãe jogou a água-com-sabão que restava no fundo da bacia sobre o capim-angola alto, enxugou as mãos no avental encharcado, e postou-se à minha frente.

– Filho, aconteceu alguma coisa?

Tentei evitá-la, mas ela agarrou meus braços, enlaçou meus olhos.

– Responde!, filho-de-deus: aconteceu alguma coisa?

Sentada em volta da mesa, a família, meu pai pediu para que repetisse, para participar o que sabia.

– Já falei, pai...

– Fala de novo... O Reginaldo e a Mirtes não ouviram ainda...

Cabisbaixo, envergonhado, acuado, *Vão rir de mim... vão rir...*, engrolei "Eu... ouvi... na rádio... que vão jogar bomba... em Cataguases... que é pra todo mundo... ficar..."

O Reginaldo deu um murro na mesa, falou:

– Que rádio, sô! Esse menino é um fantasista, pai, vive inventando moda...

– Pra mim, ele é é doente-da-cabeça – disse a Mirtes.

Saí alado em direção ao campinho terraplenado no alto do Paraíso, vontade de nunca mais pôr os pés naquela casa, raiva do Reginaldo e da Mirtes, de quem, aliás, nem devia ser irmão-de-verdade, desconfiava; irmão-de-criação, isso sim, como deixara a entender certa vez a tia Neuma, que eu tinha sido pego na enchente, que minha mãe, água na altura do peito, tinha me achado numa cestinha, a alça engastalhada nos galhos de uma laranjeira. "Você não nasceu em março? Março não tem enchente-das-goiabas? Pois!" Ganhei a estradinha que enviesava morraria acima, de-chão, ressulcada pela enxurrada, calhaus magoando a banda dos pés enchinelados, uma pirambeira, casinhas adoentadas agarradas à terra amarela esfarelenta, laje na altura do arruamento, fedor de porcos no cercadinho, uma plantaçãozinha de mandioca, um alastro de verdurinhas magras, um gato espreguiçado na janela, outro encaracolado na porta da sala, sobre um tapete imundo, dois filhotes rolam na poeira do terreiro, e cachorros e cachorros e cachorros, todos na viralatice, continuei caminhando, os tetos espaçando, um barraco aqui, um puxado ali, lá em baixo o Beira-Rio enrodilhado no Rio Pomba, uma parte do Paraíso; entrei na mata, uma vez acompanhei minha mãe na panha de lenha, numa parte onde as grimpas entrelaçavam as folhas e o sol, a custo, chovia seus raios no mato rasteiro, *"Mãe, tem lobo aqui?"*, *"Lobo? Tem não, meu filho"*, subi numa pitangueira, me lambuzei de fruta, madornei esticado no silêncio, os olhos enfeitiçados pelas serpentinas luminosas que boiavam no ar, nem percebi a noite invadir a tarde. Passei duas vezes em frente à minha casa, cadê coragem?, mas o cheiro do alho torrado para fazer mingau-de-fubá mais a promessa de tomar banho, trocar de roupa, me enfiar debaixo de uma coberta quentinha, me convenceram. Cheio de poréns, penetrei, pé-ante-pé, na cozinha; minha mãe, como que prevenida, atenazou minha orelha esquerda, "Aonde você se meteu, peste?", ralhou, "Ai, ai, mãe, minha orelha!", "Deixou todo mundo preocupado, ô-coisa!", gritava, os lábios descoloridos, "Quer me matar de susto? É?", o dedo erguido nas minhas fuças, "Vai já pro banho, já!", um tapa na bunda, "Seu pai está louco da vida! Revirou a cidade de pernas pro ar... e nada! Aonde você estava escondido, heim?, diacho!, aonde? Nas pintangueiras? Sozinho? O que você foi fazer lá, heim? O quê? Ai, minha nossa! É assim... Os filhos... Ai, ai, ai".

Na hora da janta, meus olhos rastejantes, a indiferença do Reginaldo, o esgar da Mirtes, o sermão silencioso do meu pai, mais ardido que uma coça de vara-de-marmelo.

Em meados de outubro, o zunido do rádio arrancou-me do sono. Arreceando assustar o Reginaldo, engatinhei à cata do aparelho no negrume da madrugada, prendi-o entre os dedos, arrastei-o, sentei-me na beira da cama, procurei o botão do liga--desliga, mas, antes de achá-lo, escutei, nítido, "Aqui, Rádio BBC, transmitindo desde Londres, em mais uma emissão em português. Seguem novas instruções ao povo de Cataguases: o ataque alemão, segundo agentes da CIA, deverá ocorrer no fim de dezembro. Vinda do leste, uma esquadrilha bombardeará impiedosamente a cidade, abrindo caminho para a Cavalaria e Infantaria. Mais uma vez, recomendamos: mobilizem-se!" Meu corpo, um pião desequilibrado, o coração aos murros, um arrupio na espinha, uma bambeza nas pernas, uma barulheira em--dentro da cabeça, a treva, meus olhos esbugalhados, corri a cortina que separava a cozinha do quarto dos meus pais, entrei, "Que foi?", "Sou eu, mãe...", "Quem é, Geni?", "Sou eu, pai...", "Vem cá, meu filho... Quê que foi? Teve um sonho ruim?", "Mãe... Pai... eu... eu... eu ouvi... aquela coisa... de novo...", "A guerra?", perguntou meu pai, aflito, vestindo a boca com a dentadura, "É... a guerra...", respondi, focinhando-me entre os dois. Dia seguinte, meu pai iniciou uma peregrinação, na tentativa de fazer-se ouvir pelas autoridades competentes:

O prefeito, Dr. Manoel Prata, estava em Juiz de Fora, "Tratamento de saúde", explicaram, "Sabe quando ele volta?", "Sei dizer não";

O vereador Levindo Novaes, conhecido de vista, ouviu-o pacientemente, enquanto cumprimentava um e outro na Rua do Comércio, "Seu... Sebastião? Sebastião! Seu Sebastião... sinceramente acho isso tudo, como vou dizer?, estranho... meio... absurdo... Mas, o senhor pode ficar tranquilo, eu vou propor, numa próxima sessão, que o assunto seja colocado em pauta... Pode ficar sossegado... Bom, seu Sebastião, eu preciso ir andando... se o senhor precisar de mais alguma coisa, não se acanhe... pode me procurar...";

O padre Heraldo, da Igreja de São José Operário, conduziu meu pai até a porta da sacristia, a mão em seu ombro, disse, sorrindo, "Seu Sebastião, isso é imaginação... pura imaginação do menino...";

O Zé Pinto, seu bastante conhecido ex-senhorio, "Dá uma coça de corrião nele, bem dada, passa pimenta nos beiços dele, que ele para de inventar mentira. E, ó, quer um conselho?, faz isso logo, porque depois... depois tem jeito mais não... Escuta o que estou falando...";

O prefeito, Dr. Manoel Prata, estava em Belo Horizonte, "Foi resolver umas pendências lá....", explicaram, "Sabe quando ele volta?", "Sei dizer não";

O diretor do Colégio Cataguases, professor Guaraciaba dos Reis, atrás de uma enorme mesa de cabiúna, adornada por um solitário vazio e um pequeno busto grego de gesso, argumentava, "Seu Sebastião... seu Sebastião... Antes de mais nada, deixe-me esclarecer uma coisa pro senhor: desde que perderam a Segunda Guerra Mundial, em 1945, em 1945, eu repito, os alemães nem Forças Armadas têm mais... E, não fosse isso, imagine o senhor... essa notícia já seria do conhecimento, no mínimo, do presidente da República, o senhor concorda? Além do que, cá entre nós, seu Sebastião, se alguém fosse atacar o Brasil, por que que ia começar logo por Cataguases?, hein, seu Sebastião, me explica, por que logo por Cataguases? Olha, seu filho é um bom aluno, esforçado, tem bom comportamento... não seria o caso... seu Sebastião... de o senhor... encaminhá-lo... a um médico... um... psiquiatra... quem sabe é coisa boba... um tratamentinho à toa resolve... Tem aí o Dr. Gilson Machado... o senhor conhece, não conhece? Pois então... atende no INPS... é só entrar na fila... vai cedinho... pega a ficha...";

O delegado, Dr. Aníbal Resende, apertou a mão do meu pai (**camarada**), "Obrigado, seu Sebastião, por ter aceitado o nosso convite. Isso só me dá mais convicção de que se trata de um grande equívoco... e é isso, aliás, que nós vamos esclarecer agora... (*acende um cigarro*) Pode se sentar, seu Sebastião, fique à vontade. Bom, pra não me estender muito, seu Sebastião, vamos direto ao ponto: (*irônico, a voz alterada*) que raio de história é essa que o senhor anda espalhando por aí, seu Sebastião, de que Cataguases vai ser invadida pelos alemães? Quem foi que inventou uma besteira tão grande, seu Sebastião? (*compreensivo, a voz mais baixa*) Seu Sebastião, deixe-me explicar uma coisa pro senhor: o senhor, a sua família, são pessoas de bem, conhecidos, ordeiros, cumpridores do dever... Agora, o senhor já ouviu falar dos comunistas? (*didático*) Existe em nosso país gente que quer implantar o terror, irmão matando irmão, (*a voz amplifica-se, o suor escorre da testa*) (*As mãos gesticulam, teatrais*) quer ver o Brasil nas mãos dos comunistas, da Rússia!, seu Sebastião, da Rússia!, onde os valores cristãos de nada valem, onde os homens dividem as mulheres com os amigos, as filhas dormem com os pais, os padres são enforcados por pura diversão, onde não há lei, só anarquia, bagunça, perdição... (*gritando*) São esses comunistas, seu Sebastião, que espalham notícias como essa que o senhor anda espalhando, com o objetivo de provocar o pânico, a desordem, a desconfiança... (*esmurra a mesa*) (*Levanta-se, acende outro cigarro, acalma-se*) Seu Sebastião... seu Sebastião... deixe-me fazer uma pergunta pro senhor e queria que o senhor me respondesse com toda sinceridade: (*fixa seus olhos nos olhos do meu pai*) seu Sebastião, o senhor conhece algum comunista? Já viu um? Não? O senhor sabe quem é comunista? Não? (*Senta-se, limpa o rosto com um lenço, enfia-o de novo no bolso de trás da calça*) (*sarcástico*) Nem nós, seu Sebastião... Nem nós, da polícia... Sabe por quê? Porque comunista não traz isso escrito na testa... Como posso ter certeza de que o senhor, seu Sebastião, não é comunista, se o senhor está agindo como um? Bom, então vamos dar um voto de confiança pro senhor, seu Sebastião. (*autoritário*) Agora, a partir de hoje o senhor está proibido, proibido, o senhor entendeu?, de abrir a boca pra falar sobre isso. Proibido! Outra coisa: vamos confiscar... temporariamente apenas... todos os aparelhos de rádio e televisão que o senhor tiver em casa... (*gritando*) Eu não tenho nada com isso! Se o senhor ainda está pagando a televisão, problema seu! Estou sendo seu amigo, seu Sebastião, não sei se o senhor percebeu! (*Pega um papelzinho na gaveta*) (*a voz mais mansa, confidente*)

O senhor tem um filho... Reginaldo? Reginaldo... tinha um tio meu que chamava Reginaldo... Bom, o Reginaldo trabalha na Manufatora, não é mesmo? E tem uma filha... Mirtes... a Mirtes trabalha na sala de pano da Industrial? Belo emprego, hein, seu Sebastião... Os filhos bem encaminhados, graças a Deus... (*comovido*) Pois é, e tem gente que jura que o senhor é comunista, só pra ver seus filhos serem mandados embora, só pra ver a família do senhor passando dificuldades... Que mundo, esse, seu Sebastião, que mundo! (*amigo*) Ah, não esquece de levar o menino no psiquiatra, como recomendou o professor Guaraciaba...";

O médico-psiquiatra, Dr. Gilson Machado, me disse para esperar lá fora, virou-se para meu pai, "O menino... parece... tem uma tendência... à esquizofrenia... à... loucura... vamos... vamos continuar acompanhando... ficar de-olho... vamos ver o que acontece..."

Havíamos vislumbrado um dia a felicidade?

Minha mãe aguou. À tardinha, sentada na poltrona da sala, a porta às escâncaras, nenhuma brisa a espanar o calor, os olhos esmaecidos tropeçavam nos desenhos do bordado da toalha que cobria a mesinha, onde, até há pouco, lembra?, pousava a televisão, a nossa televisão, que nem tínhamos acabado de pagar ainda.

Então, as mãos magras, manchadas, feridas pela água sanitária, buscavam cobrir o rosto curtido pelo sol, meu Deus, me ajude!, tentavam compreender o que se passava, que mal tomara sua casa, sua família, que força era aquela que ameaçava tornar ao chão o que levaram vidas para erguer, o que, meu Deus, está havendo, o quê?, não ajuizava por que as vizinhas a evitavam, por que as comadres escapuliam, por que os moleques a apontavam, zombeteiros, por acaso sabiam todos de algum algo que ignorava?, por que então não dividiam com ela?, por quê?, sentia-se como se dona de uma doença-ruim, de um mal do sangue, levantava-se, suspirava, procurava, através da janela, uma explicação, as roupas ressecando penduradas no varal, amontoando-se empilhadas no guarda-roupa para passar, a janta por fazer, a poeira acumulando-se no amarelão, esmagrecida, entojada, cabelos desgrenhados, varizes estuporadas, "Tião... o menino... o menino é doido, Tião? É doido?"

Meu pai perdeu a graça. Cofiava os dias embirrado no entre-quatro-paredes da quitanda de chão serenado, lendo amiudado jornais passados que iriam no após embrulhar verduras, legumes e frutas, entrincheirado num silêncio enfezado, cada vez menos granado às coisas do mundo, nos confins de tarde entornando cachaça na venda, mastigando tira-gostos, um jiló cozido, um ovo colorido, uma linguiça frita, remoendo as lorotas, as vantagens, as novidades dos que largavam do serviço na Industrial, ralando o braço no chapisco da parede de casa, noite-feita, fedendo a álcool, recendendo a vômito, esquivando-se dos sonhos que infestam a madrugada.

O Reginaldo voltou para a Rejane – "Mandinga", jurava minha mãe –, falando até em casamento, enxoval, compra de móveis, em viver-sob-o-mesmo-teto... A Mirtes reconsiderava, juntar os panos com um igual talvez não fosse tão sério assim...

Em tudo, o desânimo.

Onde a explicação para aquela desgraça? Onde?

Urgia o tempo, larguei a escola.

Com uma talhadeira, demarquei no cimento debaixo da minha cama um quadrado de trinta centímetros, para desgosto da minha mãe. Com a cavadeira, alimentei o buraco. De começo, explodiram calos de sangue, o serviço só avançando guiado pelas mãos mumificadas; à noite, latejavam os músculos, incendiava a cabeça, enjoava o estômago, roíam os rins, rilhavam os dentes. A terra desassentada carregava num balde de zinco, a alça amarrada a uma corda, escalava as paredes úmidas, puxava, despejava num carrinho de mão, uma, duas, três, quatro, cinco viagens, até enchê-lo, conduzia-o para o atrás-da-casa, riscando o chão do quarto e da cozinha, a um agora monturo, outrora pequena horta, e voltava à faina. Quando reparei os dois metros de fundura, empunhei um enxadãozinho e cavuquei lateralmente, dia e noite, endiabrado, corpo bobo, maquinal, até esculpir um aposento pequeno, metro e vinte de altura, hum de largura, hum de comprimento. Aí, a enfeitação: calços de madeira para amparar o teto, taubas para forrar o chão, uma extensão de força, meu colchão de capim, meu trabesseiro de pena. Uma tampa de latão cerrava a boca do buraco.

Na folhinha, dezembro dobrado ao meio.

Pedro Salgueiro

Pedro Salgueiro nasceu em 1964, em Tamboril (CE). Professor e funcionário público federal, publicou *O peso do morto* (contos, 1995; 2ª edição, 1997), *O espantalho* (contos, 1996) e *Brincar com armas* (contos, 2000). Tem um conto na antologia *Talento cearense em contos*, da editora Maltese (1996). Possui contos publicados nas revistas *Literatura* e *Ficções*, entre outras. Dos prêmios que recebeu destacam-se o II Prêmio Ceará de Literatura (1994), o da Fundação Cultural de Fortaleza (1994, 1995 e 1998), a Bolsa para Autores Brasileiros com Obras em Fase de Conclusão, da Fundação Biblioteca Nacional (1997), e o do Concurso de Contos Guimarães Rosa, patrocinado pela Radio France Internationale (França, 1999).

AUTOBIOGRAFIA COM GIZ

a Dalton Trevisan

Apareceu na cidade um palhaço com um ouvido imundo.

Vaga pelas ruas com a impunidade que apenas os saltimbancos tentam ter. Teve a petulância de, mal chegado, negar umas linhas para o nosso prestigioso jornal: quando muitos aqui venderiam a mãe, ou a mão. Diz ter poucas ideias por ano, e que não sabe a hora em que elas vêm ou vão. Fez sua casa no prédio antigo da cadeia – paredes robustas, chão áspero; como ornamentos somente dois armadores e a rede grossa e a mesa gasta onde lapida suas preces. Quando a ideia vem, quando vem, puxa o tamborete, afia a faca, apruma o esmeril entre os joelhos, e sua que sua. Da pouca frase resta o cascalho que joga pelas ruas nas raras manhãs em que se arrisca a sair. Deixar a toca, só à tardinha, aí não mais de rosto limpo – o sorriso agora pintado na face: a boca fala, o ouvido escuta. Tudo é impunidade nestes gestos loucos: puxa a língua de sogra, enrijece a gravata, dá banana para o secretário de governo – tudo pode no final da tarde, a máscara lhe impede o pranto.

242 Geração 90: manuscritos de computador

Anda pela cidade um médico insano. Diz que veio curar as doenças do mundo. Montou consultório na praça, cobra pouco, e já possui uma freguesia respeitável. Durante a manhã rega o jardim, poda os galhos do flamboyant – espalha as rosas frescas pelo chão, que somente apanhará murchas: quando então realiza o ritual das três da tarde. Respira fundo; veste o macacão; põe as luvas, o nariz de cera, a peruca; pega o velocípede e sai por aí, fingindo a alegria de sempre.

Corre pelas calçadas um homem doido. Procura com insistência as praças, esmaga as flores, espanta o casal de namorados, consola dois velhos que conversam em silêncio. Atravessa as ruas em disparada, desmantelando o trânsito; mas quando o observamos atentos, assustado puxa um caco de espelho, que vira sorrindo em nossa direção.

Desliza pela noite um sorriso insano. Ouve coisas, distorce loisas. E nunca olha para frente...

ABISMO

O homem, essa corda sobre o abismo.
Nietzsche

Noite profunda. Sono... sonho; sinto as garras na gola do casaco, subo leve, leve: resistência alguma; flutuo acima da cama, bem acima; alcanço o teto, abro a claraboia, desvio os galhos do benjamim, a copa fechada, escurecendo. Ao mesmo tempo, o calcanhar resvalando nas pedras do caminho... As mãos firmes suspendem meu corpo, aos solavancos – contenho o gemido, enquanto me dou conta da situação... Sonho, sono: alternam-se; vejo o mundo de baixo e de cima, o vento frio na copa da árvore, o barro sujando os pés. Um canto de galo confirma a madrugada. Devagarinho a consciência, as mãos fortes descem-me dos galhos, arrastam-me pelo meio da rua. Param, mudam de rumo, como se não soubessem o caminho. Seguem apressados, descansam um pouco, a respiração ofegante; não arrisco abrir os olhos... Longe, bem longe, o canto insistente dos galos – um grilo teimoso abafa qualquer barulho. Endureço os braços, mas não evito um gemido quando sinto o sangue escorrer do joelho... talvez por isso me amarram os punhos para trás, atados aos calcanhares, as cordas frouxas – o lenço apertado nos olhos; não ouço suas respirações, esmoreço e sou levantado à força. O caminho agora íngreme, um cheiro de mato; pela fresta do lenço vejo meus pés, a brecha parecendo ter sido deixada de propósito, apenas o suficiente para avistar meus próprios pés. Ouço suas pisadas bem atrás, logo as escuto na direita, depois na esquerda: a subida difícil, os garranchos me arranhando as pernas. Procuro me manter firme, caminhando devagar por causa das cordas; porém o queixo levantado, o corpo teso; tento manter a compostura, jamais me render ao medo, sem perder o controle da situação, apesar de saber que não a domino, que estou inteiramente nas mãos do inimigo... Contra mim, tudo: o absurdo daquela situação, o completo desconhecimento sobre meu agressor; além do mais, o domínio físico – a favor, talvez a esperteza, o silêncio... Não devo, pois, ceder às expectativas dele; seu riso cínico com certeza espera apenas um instante de fraqueza de minha parte. Não fraquejando, eu nunca o autorizo a vencer, apesar de já vencido; mas sabe-se lá o que rege a consciência de um desconhecido, que em uma noite qualquer – sem motivo aparente – invade o sono (ou seria o sonho) de alguém e o sequestra, carregando-o bruscamente ao cimo de um morro, sem dizer a que veio, nem por quê... Contenho o grito, imagino seu sorriso de vitória ao escutar aquele berro, o momento certo, milimetricamente calculado – o grito invadindo a mata como um sinal combinado. Não! o rosto duro, as pernas firmes, o suor escorrendo pelo corpo. Sinto a corda mais frouxa, fico em alerta, paro... ouço seus passos ao meu redor, tranquilos, também firmes, sempre dos lados, atrás... imagino o pior. Localizo com o pé uma pedra, chuto-a com certa força, não escuto seu baque, como se houvesse desaparecido no vazio. Percebo que venci mais uma etapa, pela fresta do lenço avisto agora os sapatos dele... que me arrodeiam, como fera que encurrala a presa. Basta um empurrão para aquele jogo acabar, mas talvez ele não queira vitória fácil – por isso me escolheu?

Sabedor de minha astúcia!... Demonstra me conhecer, sua frieza minando toda resistência; pressenti-o pela primeira vez à frente, ao meu alcance; seguro, desfila à beira do abismo, desafia-me, com certeza rindo de minha covardia – confiante na próxima reação, talvez nesse momento espere meu desespero completo, aquele instante de fraqueza que todos temos um dia na vida, aquele momento certo, fatal. Aguardo por instinto, fazendo sempre o contrário do esperado. O impulso de atirá-lo ladeira abaixo é contido a custo. A facilidade da solução me desafia – um jogador nunca daria chance, por remota que fosse, ao adversário... a não ser que o conhecesse profundamente e resolvesse explorar a sua astúcia; blefando talvez, dando chances reais ao xeque-mate que jamais seria concretizado por um adversário temeroso de uma armadilha genial. Aguardei impassível – o dia clareando, aqueles pés agora a poucos centímetros do vazio. Só então percebi, preso ao seu calcanhar magro, a mesma corda que desde o início me atava os braços e pernas.

QUASE-NOITE

...desta hora, sim, tenho medo.
Carlos Drummond de Andrade

Chegava aquele momento em que a tarde parecia neutra – não pertencendo a tempo algum. As andorinhas haviam se recolhido à fresta das telhas, depois de terem sobrevoado a cidade o dia inteiro. Os gritos das crianças em ruas bem distantes agora eram ouvidos como em um sonho – ecoavam talvez de tempos longínquos... vozes que, com certeza, nem mais existiam.

Do pomar da casa-grande já não se avistava o sol, que há pouco sumira atrás do casarão ao lado. As plantas iam sendo banhadas por uma luz amarela, quase noite... e as coisas foram adquirindo um formato estranho, um ritmo lento: como se não fosse somente hoje, mas todos os dias de todos os tempos... naquela hora morta da tarde.

O relógio preparava-se para anunciar a hora do Ângelus. Um rádio triste, perdido em algum quintal da vizinhança, logo mais tocaria a ave-maria... espalhando por todas as casas um ar grave, de paz e medo. A velha senhora, nesse momento, largaria o tricô sobre a cadeira e pensaria nos filhos distantes, quando eles ainda brincavam entre as árvores do quintal. Recordaria inutilmente o marido, mesmo sabendo que depois sempre vinham as lembranças tristes.

Lembrou-se de que exatamente a essa hora, há muito tempo, tivera pela primeira vez a mesma impressão sobre o final da tarde. O filho menor entrou porta adentro, vinha do pomar, dizendo ter visto o primo Isaías entre as plantas, e que lhe perguntara pela tia. Ao olhar novamente não o avistou mais. *Então veio correndo me contar aos gritos.* Na madrugada seguinte, chegou (a cavalo, do lugarejo distante) um mensageiro, anunciando a morte do menino na tarde anterior.

Desde aquele dia ela tem certeza de que à boquinha da noite – quando não é mais tarde, nem ainda é noite – se estabelece um vínculo entre todas as coisas em todos os tempos. Talvez por isso largue o que esteja fazendo, apure bem os ouvidos e reze uma prece em silêncio... no mais absoluto silêncio.

A PROFECIA

Manuelzinho veio com a notícia, juntou os seis amigos que ainda restavam, os únicos sobreviventes daqueles dias difíceis. Correram ao local combinado para as reuniões, na beira da praia, entre as pedras. Oliveira era o mais tranquilo, afinal há décadas tratavam do mesmo assunto; e que apenas eles poderiam resolver.

– Não diga que o túmulo rachou de novo!?

Foi inútil a resposta: todos já bolavam uma maneira de consertá-lo antes do amanhecer.

– Recebi o aviso à boquinha da noite, num sonho leve... depois do jantar – falou Manuel sem se dirigir a ninguém, pensando alto.

246   Geração 90: manuscritos de computador

– Eu tenho visto as marés, a água avançou sete palmos desde o último ano, mas ainda falta muito para chegar à igreja – comentou Raimundo, mais para justificar sua parte no trato.

– E o pior é que ninguém percebe, mesmo estando tão claro...

– Mas ela previu isto também, por isso fez o pacto com a gente; somos sua garantia – retrucou Firmino.

– Tudo foge ao nosso domínio... o que devemos é cuidar do túmulo, para que não caia de vez – fechou a questão Oliveira, olhando calmamente o rosto de cada um.

Correram às ferramentas, prepararam a argamassa e seguiram caminho pela praia, aproveitando a noite de lua. Parecendo obedecer a um ritual, foram pulando o muro do cemitério, um de cada vez, respeitando a hierarquia da idade: Oliveira à frente, puxando a fila com bastante cuidado, olhando em todas as direções.

Quando chegaram ao mausoléu, a surpresa... as rachaduras extrapolavam suas expectativas – nunca, em muitos anos, viram o túmulo em tal situação.

– Acho que é o sinal... Não basta o aviso do mar avançando – comentou Afonso pela primeira vez; parecia o mais trágico de todos.

– Tratemos de fechar logo, depois decidiremos o que fazer – recomendou Aprígio, receoso da manhã se aproximando.

Nenhum mais falou, somente as ferramentas quebravam o silêncio da madrugada. E tiveram que providenciar pedras para tapar os buracos que ameaçavam a integridade da construção antiga, escurecida pelo lodo e desgastada pela maresia. Acabaram antes de o galo cantar e pularam o muro com a mesma solenidade, cada um aguardando sua vez.

Acordaram já com o sol alto, angustiados pelo acontecimento da noite anterior. Um grande alvoroço tomava conta das ruas, um burburinho enchia as casas junto com o vento da manhã.

Era domingo e ninguém havia saído para trabalhar, a zoeira dos meninos misturava-se com o alarido geral. Foi quando todos ficaram sabendo (à mesma hora, como previram as escrituras) do avanço do mar até à igreja da matriz. Finalmente a Sé tornou-se a tão esperada cama de baleia da profecia... e, em pleno sol do meio-dia, alguns bêbados alarmavam ter avistado a grande serpente, com seus olhos de fogo, tentando inutilmente entrar no túmulo da mulher desconhecida.

MADRUGADA

Pelo mês de setembro o tempo começa a esquentar. Sinto uma saudade dos ventos de julho, trazendo a frieza do mar distante. Nesses dias escuto, com o ouvido colado à parede, o barulho do trem chegando ao povoado: o chão vibra sob meus pés... Seguro o punho da rede e sinto um leve tremor. Apresso-me na direção da janela que dá para a linha de ferro e fico esperando que ele cruze nossas ruas.

Em casa todos dormem, e só deixo de ouvir a respiração difícil de meu pai no instante em que a máquina chacoalha os trilhos, bem pertinho. Na estação ninguém aguarda parentes ou amigos. O trem rasga sozinho o descampado e se aproxima lento... Sem fazer alarde, pulo a janela e subo no benjamim do terreiro, para espiar melhor se alguém desembarca no meio da escuridão. Inutilmente apuro a vista, como sempre faço desde que me entendo por gente. Ao contrário do que era de se esperar, a minha angústia (minha esperança, para melhor dizer) aumenta a cada dia.

No início eu não compreendia bem o que me atraía à janela; sei que fui me acostumando a diferenciar o barulho do trem dos outros ruídos da noite... e quando ele ainda vinha longe, muito além das montanhas, eu já ficava atento... preparado para correr em direção ao jardim, tomando os devidos cuidados para não acordar os de casa. Fui crescendo e passei a sentir no meu corpo os sinais da aproximação, e se colava o ouvido à parede era apenas para entender melhor aquele tremor que somente eu percebia.

Durante os meses de vento, todos dormiam mais cedo, facilitando a minha espera madrugada adentro; mas nesse calorão dos últimos dias as pessoas se demoram nas calçadas, aguardando alguma brisa. Espero ansioso que se recolham e só me acalmo quando escuto o primeiro cantar de galo. Daí a pouco começo a sentir o leve tremor de sempre, então arregalo os olhos e aproveito cada minuto até a chegada da locomotiva.

De cima da árvore observo a estação deserta, nem parece que há décadas está abandonada... desde a passagem do último trem, quando todos vestiam as melhores roupas, calçavam suas mais finas sandálias e iam esperar parentes e conhecidos, ou simplesmente matar a curiosidade enfiando as cabeças nas janelas entreabertas. Hoje, não... tudo destroçado, a estação vazia, o capim cobrindo a plataforma... sequer os trilhos permanecem no lugar, os dormentes esquecidos no meio do mato.

Logo avistarei a máquina fazendo a curva da Rua de Baixo, diminuindo devagarinho a marcha ao se aproximar da estação. Apurarei a vista mesmo sem distinguir quase nada naquele escuro. Dentro de casa o mais absoluto silêncio... e, em todo o povoado, apenas eu acompanho a velha máquina a deslizar madrugada afora, afastando-se antes que os galos anunciem um novo dia.

O JOGO DE DAMAS

Há cento e trinta anos jogava aquela partida, os parceiros se revezavam até sumirem de vez, os filhos e netos os sucediam e tornavam a envelhecer, enquanto ele permanecia ao pé do balcão, pelo lado de dentro: somente ele sentado – o tilintar dos dedos da mão esquerda continuava a fazer sulcos na madeira: os parceiros teimavam em desaparecer.

Na madrugada em que vieram me avisar que ele jogava à luz de candeeiro na mesma mercearia virada para o nascente, no mercado, eu comecei a chorar e rezei três terços e acendi duas velas em cada canto da sala; não dormi a madrugada inteira, sem coragem de ir vê-lo: a rua deserta, os cães ladrando insistentes, até os grilos pararam...

...eu pequenininho e fugia da oficina de meu pai e maquinalmente corria à mercearia do avô, onde já divisava, de longe, as latas de bombons enferrujadas, mas nunca as vimos por dentro, é um mistério que estamos levando para o túmulo... o tac-tac das pedras no tabuleiro de vidro nos invadia os ouvidos e nos atraía para lá. Disfarçando, fingíamos nem ligar, sentados a um canto. E apenas um mundo girava em seu eixo naquela tarde morta em que os únicos ruídos eram o trovejar das moscas no saco de açúcar e o arrastar das pedras no vidro.

O silêncio doía. Comentários, só os dele, irritado com alguma demora do adversário – cantava às vezes uma musiquinha insistente, quando ganhava folgado: "caboclo, caboclo... ô caboclo perigoso!" ou insistia por horas na mesma palavra, até o limite da exaustão: "mas homem, mas homem, mas homem..."

Madrugávamos com o reco-teco das pedras no tabuleiro da cabeça, o começo incisivo, a vagareza do meio, rumando para o final nervoso de horas depois; no resto da tarde, imitava-se com a dama riscada na areia e nos enraivecíamos por as pedras de cacos de telha não chiarem no tabuleiro do chão...

...e o vizinho contava de novo que o viram jogar, cantarolando a mesma palavra a madrugada inteira, o bater de pedras invadindo o mercado e assustando quem passava distraído pelas calçadas àquela hora da noite.

Acendi mais uma vela, pensei em quebrar a dama empoeirada e não tive coragem... ela estava gravada, fazia tempo, na lembrança; abandonara para sempre o baú velho em que fora esquecida. Perseguia-me. Agora o bisavô do meu vizinho vinha insistir que o deixassem descansar, que parassem com aquele jogo a noite toda, sem sossego.

...decidi abrir o armário antigo, há décadas fechado. Jogaria o tabuleiro no cacimbão ou o quebraria a marteladas, contudo...

...abri de chofre a tampa e, entre casas de aranha e poeira, a jogada já não era a mesma da noite passada; movi a

ACONTECIMENTO

minha pedra, fechei o armário num supetão, rezei meu terço, acendi as velas...

Tudo só porque tinham prestado atenção,
só porque não estavam bastante distraídos.
Clarice Lispector

A tarde passava lerda, sufocando os que se arriscavam a sair de casa. O mormaço do asfalto invadia os carros, e os que vinham de ônibus arranjavam um jeito de pôr a cabeça na janela, como se lhes faltasse o ar.

Na ânsia de desamarrar a gravata – que me sufocava – levantei o queixo e, sem nenhuma intenção além do gesto involuntário, olhei para cima. Naturalmente, após afrouxar o laço, abaixei a cabeça... e só aí me dei conta do que "tinha" visto. Mirei de novo, incrédulo, o sol forte quase me ofuscando a visão. Um nó na garganta me impediu de gritar; reparei em volta: o mais absoluto descaso, ninguém notara o mesmo que eu – ou fingiam de maneira perfeita.

Tentei me comunicar com o vizinho de poltrona: ele me encarou displicente – um ligeiro sorriso no canto do lábio –, voltando o rosto para o outro lado; à minha frente todos se abanavam, alguns limpando o suor com as mãos, respirando fundo. Virei para a cadeira de trás, uma senhora rezava em meio a balbucios, de olhos fechados e os dedos tateando as contas do rosário – a seu lado um homem gordo dormia com a cabeça escorada na vidraça.

Não tive outra alternativa senão observar de novo. E aquilo continuava lá como se houvesse estado ali sempre, e ninguém notava, nem percebia meu gesto. Nas calçadas todos caminhavam como se nada estivesse prestes a acontecer. Nenhum dava o mínimo sinal de haver percebido... e agora eu duvidava de tudo: do ônibus que parecia irreal, das pessoas que deviam ter saído de um sonho, desse calor infernal, e daquele prenúncio de tudo o que estava para acontecer.

Afrouxei de vez o colarinho, larguei no chão a pasta, afastei o mais que pude os joelhos... respirei bem fundo por alguns minutos. Quando despertei, na esperança de que tudo fosse apenas um pesadelo, vi que nada tinha mudado, a senhora gorda agora se desmanchava devagarinho, os outros tornavam-se avermelhados, uma fumaça negra subia-me dos ombros e eu não tive mais coragem de olhar para cima, então baixei resignadamente a cabeça e esperei.

Cadão Volpato

Cadão Volpato nasceu em 1956, em São Paulo (SP). Jornalista e músico, publicou *Ronda noturna* (contos, 1995) e *Dezembro de um verão maravilhoso* (contos, 1999). Apresentou o programa Metrópolis, da TV Cultura, e faz parte da banda Fellini, do *underground* paulistano.

AZUL REAL LAVÁVEL

Ela disse que o bebê tinha quebrado um dente dela com uma cabeçada. Um dente da frente. E tapava a boca quando ria. Depois ficou brava e socou o ombro dele porque ele riu. E socou suas costas quando ele se virou para ir embora. Desceu as escadas com ela no alto, chorando arrependida.

Quando ele desapareceu no baque ferroso da porta de entrada, ela arregalou os olhos cor de água e parou de chorar.

No dia seguinte, ele voltou. A porta do apartamento estava aberta. Ela dava papinha para o neném, que começava a andar e escapava o tempo todo, babador borrado de cenoura. Ele encostou no umbral e ficou olhando. As pernas brancas de fora do shortinho desfiado. Um buraquinho na coxa. Olhou para ele de relance. Engatinhando, perseguiu o neném com a colher na mão. Descuidou-se e riu e assim revelou o dente lascado. Quase não dava para ver, o menino agarrou-se na perna dele, o interfone tocou e ele recuou para a cozinha com o bebê dependurado na perna carimbada de cenoura.

Era o zelador avisando que o carro do moço tinha sido arrombado por um sujeito que desceu de uma motocicleta, onde ficou um parceiro, e levou o toca-fitas dentro do casaco.

Ele tirou a perna, o neném esticou o peito e caiu sentado enquanto ele corria até a janela para ver o estrago. Ela veio por trás para olhar também e encostou a mão com um resto de papinha nas suas costas. Ele achou reconfortante, tudo ficaria em paz e ela afinal não estava banguela. Nem tão irada. E pensou em tirar com água a mancha da calça o mais rápido possível.

"Nossa, como você é fresco!", ela disse. E deu-lhe um pontapé na bunda, de mentira, quando ele se limpava na cozinha. O bebê foi posto para dormir (se fosse o bebê também tinha dormido, ele pensou, porque ela não sabia cantar nem boi da cara preta, nem assobiar), ela saiu do quarto da criança e disparou para o dela, rompendo a cortina de contas coloridas da sala, voltou rapidinho com os olhos arregalados na interrogação e agora o que vamos fazer?, um baseado entre o indicador e o polegar soltando uma fumacinha densa que ia se enroscar na tatuagem da clavícula em forma de código de barras. Ele foi atrás dela, segurando na cintura ainda fina.

Dois minutos depois a criança chorou e ela rompeu a cortina em outro estrondo, pelada, e reapareceu no quarto como num carrossel. O neném ficou quieto pelo tempo necessário e só voltou a chorar mesmo quando ele, apressado, despediu-se – a língua dela no céu da boca dele, frio – e bateu a porta da frente.

*

Mais ou menos um ano antes, ele estava passando de carro e viu a mulher com o bebê diante do portão de ferro. Parou, sem saber por quê. Voltou a pé. Os dois tinham se movido na direção contrária, mas ela olhou para trás, sobre a cabeça do bebê, que apertava contra o peito, o queixo sobre o ombro.

Ele estava a poucos passos dela. Ela usava uma frente única, tinha uma tatuagem em forma de código de barras na clavícula. Ele advinhou mãe tatuada e abandonada na porta da mansão em busca da pensão alimentícia do bebê que o filhinho de papai não quer pagar, nem mesmo abriu o portão de ferro.

Ela tomou água de torneira num boteco antigo, de esquina. Ele entrou e pediu uma coca. Ela o encarou desafiadora, como que mostrando a criança, pôs o copo no balcão, um resto de água pulou para a fórmica com o baque, saiu e subiu num ônibus qualquer e desapareceu. E começou uma chuva de pingos assustadores, do tamanho de bolas de boliche.

Mas outro dia... Uma noite, ela o vê no café em frente ao seu prédio. Ela nunca tinha entrado ali, uma enorme floresta antiga do Rugendas reproduzida na parede, o bebê lá em cima tão só por um momento, e ainda assim ela chegou e pediu um café e ajeitou o cabelo atrás da orelha e virou a clavícula para deixar o código de barras bem claro, e encarou o açucareiro e depois desviou uma rápida olhadinha para o seu lado e ele surpreso foi chegando perto devagar, a xícara ainda a caminho da boca dizendo te vi outro dia na rua se lembra como vai o bebê? (uma nódoa de tinta azul no bolso da camisa branca que ele tentava esconder apalpando um maço de cigarros imaginário). A conversa termina com um descuidado e quase inaudível quer subir? da parte dela. Subir para ver o bebê. Você não está com saudade do bebê?

Ele acha engraçado esse negócio de você não está com saudade do bebê? e sobe prensando o corpo dela contra o espelho do elevador de madeira brilhante asa de barata e batendo os dentes nos dentes dela para ver o bebê, ela abre a porta com desleixo e acende as luzes da casa inteira e o farol dele também ajuda a acordar o neném cara de lua, lua de gorro, quarto gelado, riso de gengiva, neném pacífico bebê. Ela contou toda a história dela.

O CARIMBO DE UMA COISA LIVRE

Esta noite sonhei que meu filho posava para uma fotografia.

Uma gola redonda e branca desabava sobre seu casaquinho de veludo preto. O cabelo loiro lambido para o lado.

258 Geração 90: manuscritos de computador

A todo instante a mãe corria para ajeitar a gola, que resplandecia no cenário de castanhos e verdes desgastados de uma floresta antiga.

Deixa o garoto, eu disse.

Ele encarava a câmera sem piscar os olhos.

Eu estava postado atrás do fotógrafo, no escuro. Minha mulher voltava para ajeitar a gola.

Só então o menino moveu os olhos: o colarinho se mexeu, girou um pouco para a esquerda e para a direita. Uma das abas da gola dobrou-se para cima, depois a outra.

Cada vez mais velozes, as abas desabotoaram o colarinho. Aí uniram-se de novo sobre a cabeça do menino. Batiam asas e cintilavam como uma grande borboleta branca espanando o ar.

Saí do escuro e me aproximei com a cara de susto que ela e eu costumávamos fazer para o garoto quando algo incrível acontecia. Estava acontecendo. Ele respondeu com a mesma careta e voltou a olhar para cima.

Então cheguei mais perto, segurei com delicadeza o colarinho, bem no botão, e a borboleta tremeu as asas um pouco mais. Fez cócegas na palma da minha mão. Deixaria impresso o carimbo encarvoado de uma coisa, uma coisa livre.

Fechei os olhos. Senti que eles também.

Queria saber o que o fotógrafo tinha achado. Eu me lembro. A opinião de alguém de fora da família era muito importante.

IRENE FUMETTI

Ela assobia uma música para o cara da loja de discos. Sem pai nem mãe, ela, na loja (trabalha ali perto), assobia para comprar um disco perto do Natal.

O falcão peregrino, a vitrine na loja de guarda-chuvas, galerias que se fundem com outras galerias. Ele (um cara que passava ali perto) faz aniversário no Natal, ela assobia na loja de discos.

Praça Júlio Mesquita: lagostas. Ele trabalha numa enciclopédia como revisor, ela conheceu o Madame Satã com uma amiga, mas não sabe dançar a música que não consegue comprar quando assobia.

Bonita, mas não vira o pescoço da multidão escura.

Seguida por ele no viaduto do Chá, toca um aparelhinho de um camelô com a ponta da unha, onde o esmalte descasca. A coisa funciona, faz barulho.

Natal no Ácido Plástico: por acaso vão chegando cada vez mais perto um do outro. E o fecho de ouro: É seu aniversário? Parabéns para você e Jesus Menino.

É o começo.

Ela descola a moto de um ex-namorado, certa noite. Ficam rodando. O cara da loja de discos largou o serviço e está, nesse momento, levando um coquetel de drogas para casa (ele já trabalhou numa farmácia). Eles passam perto dele, ela assobia, e ainda que o assobio tenha ido embora com a máquina, ele se lembra de um pedido.

O MAIÔ DE FREIRA

Abri o portão, o cachorro foi saindo calmamente, acenou com o rabo antes de ganhar a rua da casa da praia. Ela passou por mim numa nuvem perfumada, antes que eu fechasse o portão, óculos escuros, guarda-sol, o maiô preto antiquado. Esperei ela desaparecer na direção do mar. Depois toquei para lá.

A paisagem mudou, pensei, estava se abrindo.

Gostei de chegar perto do grupo. Zu, a empregada (Zu para lá e para cá o tempo todo, como o vento), o filho maior e o menor ocupados com um castelo de areia desconstruído. Ela já devia estar na água. Mas não saía de lá. Esperei.

Talvez estivesse caminhando na areia. Um ponto preto desaparecia na direção da gruta, no fim da praia.

Fui atrás dela. Onde ela estivesse eu preferia estar.

Um bando de siris atravessou na minha frente para se enterrar na areia. Um novo vira-lata me acompanhou por um bom tempo e de repente saiu pela direita. Um garotinho barrigudo com um balde de plástico na cabeça me encarou do alto de um banco de areia, escondendo os olhos do sol, nariz branco de protetor solar. Perdeu o equilíbrio e caiu sentado.

Quando olhei de novo para a frente levei um susto, ela vinha voltando. Apertei o passo mas não querendo chegar de jeito nenhum.

Ela chegou.

Passou direto.

Antes, ri para ela. Sempre rio para alguma coisa, isso é verdade.

Ela continuou andando, mas olhou para trás, levantou os óculos até a testa e riu de volta.

Uma onda quente morreu nos meus pés, a espuma sumindo devagar. Foi o que vi antes de voltar os olhos para ela, o corpo tão branco de quem nunca jamais tomou sol, o maiô de freira, as pegadas pouco a pouco cobertas pela água. Na dúvida entre ir em frente ou voltar, fiquei parado, como se tivesse perdido um ente querido.

*

Molhei os pés com a mangueira, no jardim. Interrompi uma procissão de formigas que escalava a roseira de uma rosa só. A copa de um coqueiro balançava no azul da noite recém-chegada, num dos quintais da rua. O cachorro voltou.

Piso nas lajotas frescas da sala, teimo em ligar o rádio que não funciona e procurar uma fruta que já não há. O cachorro vem adernando o rabo de tal forma que as patas traseiras esfregam o chão.

Folheio uma das revistas que sempre estiveram por aqui. A vida de um beija-flor em uma página. Decido fazer alguma coisa para comer. Ele sabe. Afeiçoou-se ao cardápio, dança ao som do rádio mudo. Engraçado, não me lembro de seus latidos.

Prestamos atenção: a vizinha também já estava em casa. Ouvimos sua voz. Por que os meninos estiveram tão quietos? São a minha banda de música, anunciam a chegada da mãe.

Ela deve estar em pé na porta da cozinha, de banho tomado, observando os garotos. O maiô goteja no varal. Morcego molhado. Agora eles chutam a bola, que atravessa o muro e quica do nosso lado. É música. Ela diz "ahh!" Saímos e assistimos. A bola despetala a rosa. As formigas veem um planeta inteiro cair.

O BAILE DOS TÍMIDOS

Dizer o quê? Lá estava ele, o primo, irremediavelmente amarrado, dançando com a mãe da noiva. Depois, ao passar por ele, não adiantava mais lançar aquele olhar ejetado de desespero, de estrangulamento, a pele muito branca, cheia de buracos e gotas geladas de suor.

Tarde demais, ele pensou, na sua maneira derrotista de enxergar as coisas, com pena do primo que tinha crescido com ele.

Talvez porque ela estivesse lá, a noiva, sendo apertada por outro homem. E rindo, indecifrável, bem mais velha que ele e o noivo. Muito perto da feiúra.

o grandalhão de olheiras profundas com uma menininha sorridente trepada em seus grandes sapatos marrons,

a mulher gorda dançando só e feliz com as florzinhas do próprio vestido, os dedos em posição de flor de lótus,

as três moças e seus namorados, brincando entre si

ele passa por um grupo de mulheres e ouve: que cabelo bonito!

as orelhas ardem

Ela está do outro lado da sala, numa fileira de cadeiras vazias, mas não parecendo nem um pouco incomodada.

Os olhos grandes um pouco puxados. Está chapada, ele pensa.

Ela move os saltos altos no descompasso da música. Está de preto, com um colar de pérolas (falsas, do fundo de um mar de plástico). Os cabelos escuros escorrem até a barriga, as mãos pálidas descansam no meio deles, uma sobre a outra. Cruza as pernas. Estará mesmo ali? Que música estará ouvindo? Não essa.

Todo mundo dança, agora. A criança ainda está sobre os sapatos do homem alto, que se curva para alguma coisa lá embaixo, escondida pela multidão.

Alguém sentou-se ao lado dela, passou um braço atrás da cadeira e acompanhou a música com os dedos no seu ombro. Por volta de 3 da manhã, ele foi atrás de um lugar para dormir.

Abriu uma porta, deu alguns passos na penumbra e apalpou um colchão. Deitou-se encolhido. Depois de um tempo podia enxergar no escuro. Ouviu a micro-respiração de um bebê que dormia de olhos abertos no lado mais fresco do travesseiro.

Adormeceu também, profundamente. As dobradiças da porta do quarto rangem, mas ele não acorda, nem mesmo quando ela entra no quarto e leva embora o bebê. Ele sonhava com ela.

Sonho nº 1

Criatura da noite, ela vem do escuro, passa pela porta e o atira numa cadeira de palhinha. Senta no seu colo, não me deixes, diz, não me deixes! O que você tem no bolso? E dá uma gargalhada. Não me deixes! É porque estou amamentando? Então, um estrondo na rua.

Vão até a janela. O noivo arrasta-se para fora de um carro batido num poste de ferro. Vandinha (a noiva), onde está você?, ele grita na direção das ferragens fumegantes.

Dentro do quarto, ele percebe que ela se escondeu numa gaveta. Senta-se na cadeira de palhinha e estuda a grande cômoda onde a mulher se meteu. Resolve abrir a gaveta. Ela salta do escuro, minúscula (um palmo) e vai direto ao seu pescoço.

Me leva pra casa, diz, terna. Não aguento mais esperar você. E o beija com carinho. Cresce com o beijo.

Sonho nº 2

Tem alguma coisa no seu bolso, ela diz, sentada no colo dele. Veio do escuro. Ele não consegue dizer uma palavra. Percebe que ga-gue-ja-rá para sempre diante dela. Então lhe dá uma palmada na bunda. Ela se assusta. Depois gargalha. Ele pressente que vai balbuciar alguma coisa. Ouve o mar, fecha os olhos, é um dia claro.

O primo vem andando pela praia, de sunga. Está bronzeado, feliz, não tem mais buracos na pele.

Mulheres de preto da cabeça aos pés caminham para o mar. Os siris disparam ao redor. A noiva está entre elas. Desaparece no meio delas, é tão feia quanto elas.

A moça de cabelos compridos até a barriga fura as ondas. Ele e o primo observam sua chegada na praia.

Ela torce os cabelos. Vem sentar-se ao lado dele. Guardou meu colar?, pergunta.

Está aqui.

O primo suspira bem alto, olhando para a linha do horizonte. As mulheres de preto boiam no mar, como dejetos.

Sonhos do Instrumental T.A.

Os músicos deixam o sítio onde animaram o casamento por volta das 5 e meia da manhã. Sonham juntos no automóvel. Ariomar, negro que toca o contrabaixo quase no pescoço, como se fosse uma gravata, dirige. Ele não sonha.

Toni, o guitarrista, cabelo de Beatle e suíças, sonha com Graça (teclados): toca na mão dela (com muita dificuldade), sente a textura veludosa, tanto insiste que acaba ficando com ela. Leva-a por toda parte, no bolso. Vai pagar o ônibus e tira a mão. Acaricia um dos dedos com o indicador. Pega o troco e vai sentar de mãos dadas com ela.

Graça, cabelos longos e lisos, sonha com a mãe. Chega em casa com um liquificador de presente para ela. Cabe na palma da mão. A mãe diz que só dá para bater pólen nele. Graça se lembra de um poema do jardim da infância: o zumbido da abelha/faz coceguinhas/na orelha. Gostou, mãe?, ela pergunta, ansiosa. Gostou? Puxa os cabelos para trás das orelhas de abano.

Caio Bola, o baterista, cabelo só dos lados, magreza de faquir, sonha com os sobrinhos: tira a ponte móvel para eles. Ninguém sabe que ele usa ponte móvel. Ele também não sabe nadar, mas as pessoas acham que sim, porque ele disfarça toda vez que pula numa piscina, da parte mais funda para a parte mais rasa. Os meninos gritam, a ponte cai e vai para baixo da cama. Toni e Graça e Ariomar estão na porta do quarto. Entram.

Este livro foi composto em Garamond
BE, corpo 11/13, e impresso em papel
Norbrite 66,6 g/m² na gráfica Neograf
para a Boitempo Editorial, em maio de
2013, com tiragem de 300 exemplares